科幻星系丛书

意识镜像

苏莞雯 等著

中国科学技术出版社
·北　京·

图书在版编目（CIP）数据

意识镜像 / 苏莞雯等著 . -- 北京：中国科学技术出版社，2023.3

（科幻星系丛书）

ISBN 978-7-5046-9914-5

Ⅰ. ①意… Ⅱ. ①苏… Ⅲ. ①幻想小说 – 小说集 – 中国 – 当代 Ⅳ. ① I247.5

中国国家版本馆 CIP 数据核字（2023）第 030971 号

策划编辑	王卫英
责任编辑	刘　畅
封面设计	北京中科星河文化传媒有限公司
正文设计	中文天地
责任校对	吕传新
责任印制	徐　飞

出　　版	中国科学技术出版社
发　　行	中国科学技术出版社有限公司发行部
地　　址	北京市海淀区中关村南大街 16 号
邮　　编	100081
发行电话	010-62173865
传　　真	010-62173081
网　　址	http://www.cspbooks.com.cn

开　　本	880mm × 1230mm　1/32
字　　数	237 千字
印　　张	9.5
版　　次	2023 年 3 月第 1 版
印　　次	2023 年 3 月第 1 次印刷
印　　刷	北京中科印刷有限公司
书　　号	ISBN 978-7-5046-9914-5 / I · 78
定　　价	59.80 元

科幻文学的未来之星

近年来，科幻的热潮由科幻文学而生发，至影视圈蓬勃发展，又反过来影响了文学圈层，众多作家与文学爱好者，都情不自禁地在作品中融入科幻的概念或者内容，也重新将科幻文学的审美进行了多层次、多维度、多品类的展现。

目前在众多的纯文学刊物中都能看到不少科幻向的文学作品，许多严肃文学作家在新的创作方向上都融合了科幻的表达，汲取了科幻的想象力，而许多科幻作家也在创作中更偏向于运用纯文学的技巧和思考方法，这展现了科幻文学广博的包容性和在想象力方面的优势；殊途同归，创作科幻作品的作家数量增多，将会找到一个最佳的基准点，形成具有较高文学水准和富有科幻魅力的佳作。历史上，意大利作家卡尔维诺的《宇宙奇趣全集》便是二者结合的典范，将科幻里的科学想象、童真童趣，与文学的浪漫深刻合而为一，成就了经典之作。我们期待这样的作品能够再次出现。如今，在这套“科幻星系丛书”中，我看到了未来之星的影子。

科幻星系丛书收集了众多国内青年科幻作家的中短篇佳作，题材之丰富，范围之广博，想象之卓绝，角度之新颖，确实跳脱出了现实主义、历史主义的经验，在一个又一个脑洞大开的故事中，我们惊喜地看到文学的另一种更尖锐、更深刻、更富有意象的表达。在这些故事中，我们能够看到让整个世界的时间倒流的黑瓶，看到量子纠缠的“仙界”里游戏性的冒险，还有对人体衰老的反思，对未来生育、男女平等的极限设想，以及对基因工程、人工智能、虚拟现实技术等方面的创想与焦思。大多数作品都充满了悬念，也用了较为不寻常的文学技巧和表现手法来展现不一样的科幻内容。我们从这些故事的内核中可以看出，作者们是在借用科幻进行对现实边界的探索、对现实矛盾的揭示，幻想与现实的碰撞映射着现代人类孤独焦虑的内心之间的隔绝与断层。

在新的生活方式的影响下，新一代的科幻作家用新鲜的目光、新奇的思考，给我们带来了崭新的文学创作角度，这表示在多种类型文学式微的今天，科技的进步不仅给我们的生活带来了无与伦比的改变，也给我们的文学增加了新的书写维度。这种建立在科学幻想基础上的文学创作，也许会更贴近于我们的时代，更能彰显文学的力量，让文学的趣味性、思考性得到新的提升；或许这将带来新文学或者未来文学的嬗变，科幻文学将会又一次成为文学类型的热点，而科幻文学的未来之星，就在其间。

中国作家协会书记处书记　邱华栋

目录
Contents

风云阿嬷

苏莞雯

一

一双手正了正桌上的照片。

“宝宝，我今天也七十岁了。”姜蓉对着照片里笑容灿烂的老头说，“追上你的年纪啦。”

院子里那棵老槐树依然光秃秃的。今年春天来得有点晚。

“那我去上课了啊。”姜蓉关上门窗，穿袜穿鞋，锁门出发。

几个小时后，她就身处省体校的跳水馆里，做着伸展运动。有新面孔路过她身边时会喊一声“老师”甚至“教授”，几乎所有人都忘了她也是学生。

她扭扭腰，抖抖手，但没有更进一步的训练。眼前来了一对青春洋溢的女学生，一人说着“已经被晾干好久了”时瞄了她一眼。

“要是四十岁就来上学该多好。”姜蓉忍不住咕哝着，目光在女学生身上晃荡。

“全员集合——”教练吹了哨子。

队员们站成一排，姜蓉在队伍的一侧。教练盯着一张名单说：“恭喜这些学员通过考试，你们可以毕业了。”

教练念出了一个个名字，念到最后，他抬起眼皮看了一眼姜蓉，喊出她的名字。

姜蓉张了张嘴：“教练，我……”

“你的理论考试得到了 B 级反馈，不错嘛。”

“可是实操……”

“你理论太好了，考虑到你的年纪，实操就不需要了。唉，不用说了，恭喜毕业，不容易啊。”

下课后，跳水馆里很快变得冷清。姜蓉推开玻璃大门，下了两级楼梯后就停下了。她呼吸困难，觉得自己几乎走不完这段楼梯。

还没有变成一个正式跳水运动员，怎么就要毕业了。

她一点点降低重心，在台阶上坐下来。黄昏的校园里有三三两两的年轻人骑车掠过，她想起再不走就要错过末班车了。但硬邦邦的身体拖累着她，还有一些情绪在胸口跳动。

“啊……不想毕业。”

/ 二 /

这天从家里出发前，姜蓉用一块又大又厚的海绵往粉盒里蘸了粉，拍在脸上。等两颊的黄斑变得朦胧后，她又对着镜子擦了点口红，上下嘴唇抿起来发出叭的一声。

这下看起来精神多了。

她住在连江县，每天凌晨三点就摸黑起床，一边打扫卫生一边听语音广播，反正也睡不着。在出行高峰期到来之前，她就会去坐车，两个小时后刚好到福州的省体校上课。

这天她抬头挺胸走过跳水馆的大门，那里的海报写着“装备奥运会”的口号：科技与人的更快、更高、更强。

教练在训练新人，声音洪亮：“十米跳板是什么概念？你要适应这个高度！没事干就给我站上去，去感受它。”

“教练。”姜蓉直接找到教练，“我还不能毕业。”

“啊？”

“我要去奥运会上跳水。现在普通人也能报名参加奥运会了，只要我能入选国家队就可以了吧？”

确实，和所有年纪都能参加高考一样，现在的装备奥运会是报名自由的。教练有些为难。

“要不，我先去跳板上站着？”姜蓉问。

“不用不用，你先等等。”

周围的队员私下讨论起来：“让她孩子来劝劝呗？”

“她没有子女，老伴儿也去世了。”

“一个人，没有亲人？”

旁人无奈地摇头。

“那教练要怎么办？”

“肯定是打算拖着呗，跟以前一样，一直拖着。”

教练还是没有给姜蓉安排训练，但姜蓉已经开始观察其他队员了。一个叫张欣的年轻人是公认的装备奥运会黑马，她今年二十七岁，穿着定制的泳衣，意气风发。姜蓉对着她做起笔记，模仿她的训练动作甚至行走姿势，只在对方眼神厌恶时稍稍拉远一些距离。

这样一天下来，姜蓉回到家时比平时更加腰腿酸疼。她走过院子，心里只想着进屋好好躺一会儿，但脚步却停下了。

抬头，继续抬头，她打量起那棵老槐树。

“这个高度哦……”她喃喃着。

天色黑了又亮。第二天一早，姜蓉推着一架梯子来到槐树下。她先颤巍巍地爬到梯子上，伸长手脚攀上了树，再往上爬。到了接近一根粗壮树枝的位置，离地差不多十米。

她抱住树干，闭上眼睛。不行，要睁开才能感受高度。

调整呼吸，用心感受。

她感觉自己长进颇多。之后几日，那架曾经被丈夫用来修补屋顶的梯子就放在树下不再挪动了。有时候，姜蓉还会把早饭也带上去吃。一只小袋装着两粒馒头，一个保温杯装了五分之四满的热豆浆，带起来都方便。

这天她在树梢上一边眺望远方，一边投入地嚼着馒头时，听到了院子外头路人的讨论。

“是不是脑子有问题了？”

“报警吧。”

/ 三 /

教练迈进警察局大院时，不住地擦汗。

姜蓉低着头坐在屋子里，一声不吭地喝茶。当教练要带她走时，她的脸色已经由红转白。他开车送她回学校，一路上没说话。

进了学校，到了跳水馆门口，教练停下车才转向姜蓉说：“你先去换衣服。”

“什么衣服？”姜蓉这时才好意思直视着教练。

“你的泳衣，我说的是装备。”

“我没有自己的，之前都是借用公共的。”

两人下了车，一前一后进了跳水馆。教练叫上了负责装备维护的小刘：“等下帮她定做一套装备。”

小刘使劲冲教练使眼色，教练假装没看见。

姜蓉第一次跟着小刘进了材料室。

“定制装备之前我们要先做个测试。”小刘说，“你应该知道了吧，泳衣使用的这种新型金属基复合材料，不仅在多种温度条件下振动不会破裂，而且是有功能性的。但材料只是一方面，装备奥运会说到底还是围绕人的赛事。进来吧。”

“去哪儿？”姜蓉原地旋转半圈，目光落在一扇圆形的白色小门上。

“里面是微重力环境模拟舱。你还不清楚吧，跳水本质上就是一种微重力情况下的运动，在这个模拟室里测试，可以得到校准后的身体数据。”

姜蓉钻进那个空间中，一开始还感觉一切如常，直到小刘的声音从黑漆漆的广播中传出。“开始了。”他说。一瞬间，姜蓉的四肢被抽掉了重量，甚至感觉不到身体和头部的连接。她挥动手脚挣扎了一番，身体却静止不动。还没明白发生了什么，她就头晕恶心得闭上了眼睛。

“好了。”小刘说完，姜蓉的心脏这才平静下来。

她颤颤巍巍地钻出模拟舱，看到小刘正在电脑屏幕前观察一串数据和她的全身模型。“这可是最新的航天技术，想象你自己是一架飞机，把大气层当作一个跳板，你俯冲直下，但是完全不受大气密度、成分甚至是污染程度的影响，轻轻松松完成各种高难度的动作，最后完美着陆，怎么样？激动吧？”

“我也穿过这种泳衣的。”

“那不一样，不是量身定制的。现在材料和你的身体数值一结合，再通过微纳米技术进行加工，就有了一套只属于你的泳衣装备。”小刘夸张地比画着手势，“穿上它，你会像一只通体光滑的蜗牛。更重要的是，你会更灵敏、更强壮。”

两天后，姜蓉头一回拿到了专属于自己的特制泳衣。

她还记得自己生平第一次跳水后，两手和肚皮肿得有多高。有了它，今后不会再有那种麻烦了。

她站在更衣镜前，左看右看，泳衣质量确实好，和身体线条完全贴合。只是瞄了眼在近旁调整泳衣的年轻女孩后，她悄悄将手伸向刚刚从泳衣上撕下的包装塑料，把它们揉成一团，往脖子下方塞进去。

胸口的位置鼓起了一些弧度。

“不好看……”她喃喃着，又将塑料掏出来。

“奶奶您好。”张欣凑过来，第一次主动和她打招呼。

姜蓉受了些惊吓，将那团塑料抛得远远的。

“您不用在家带孙子啊？”

“我……不用。”姜蓉伸手摸摸头发，转身走出更衣室。

／ 四 ／

教练坐在跳水池边看着一沓资料，眉头紧锁。

“教练，你还在琢磨这个事啊？”小刘坐到教练身边，“偶尔让她训练训练就行了。”

“你知道姜蓉过去两年总共跳过几次吗？”

“八次吧。其中两次骨折，五次怯场，我记得只成功过一次。”小刘有点不敢大声说话。

“还有一次也成功了，你忘了入学考试的那次。”教练敲敲桌子，

“两次了，这就不是偶然。”

“你是说……”

“让她试试。”教练站起身，吹哨集合队员。

对姜蓉而言，特别的一刻到来了。

教练批准了她今天试跳。他话一出口，跳水池边的气氛都不同了。两名队医匆匆赶来，在跳水板斜下方就位，紧张得直咽唾沫。

姜蓉排在练习的队伍里，手指不听使唤地反复搓揉。

她前面的女孩跳下去了。

“水花太大，怎么回事，臀部给我紧绷起来！”教练响亮的训斥叫人害怕。

轮到姜蓉时，她反复深深吸气，心中将所有要做的动作都默默演示了一遍。

所有人都安静下来，目光跟着她的动作而移动。

抬手，踮脚，跃起，翻转，入水。“咚——”

水花太大了，姜蓉心想。她浮出水面，抹了一把脸，有点不好意思。

教练的训斥声没有响起，不仅如此，他反而握住拳头，轻声说了句“成了”。有几人给出了稀稀落落的掌声。

／ 五 ／

这天姜蓉休息时，张欣主动坐到她身边，一边拧头发一边问：“奶奶……阿嬷啊。”

“学姐……”

“你就这么喜欢跳水啊？”

“也……没。”

“那你来跳水干吗？想博眼球啊？”

“因为以前没做过嘛。”姜蓉反复摸着大腿。

“那你没做过的事那么多，你咋不上太空呢？”

姜蓉不出声。

“你想想看，你还有多少时间，怎么不知道把机会让给年轻人？”张欣说着站起来，“你想想这是正常人干的事吗？没有孙子你去养老院啊。你这样会毁掉年轻人的前程……”

“普通人不是能上奥运会了嘛。这都行了……怎么不行呢？”姜蓉省略了“我”字，这才勉强把话送出口。

张欣无奈地摇头：“不是行不行的问题，是你该不该的问题。”

“不是该不该的问题，是想不想的问题。”教练突然走来，打断了张欣。

“教练……”张欣转向教练。

“你们也都懂，装备奥运会的综合评分是由两项构成的。”教练显得比平时有耐心，“一项是装备发挥的作用，另一项是人的表现。如果整体完成度又好，原始身体条件又弱，得分自然就高了。虽然以姜蓉现在的能力，就算做到有一定完成度，综合得分也不见得会有多高，但我刚刚得到一个好消息，奥组委出了一个新机制。”

教练顿了顿，姜蓉和张欣都在等他说完。

“奥组委加上了年龄这一评分项。加上年龄因素后，她的综合评分就高了。你们猜能有多高？以我的经验判断，是有希望进奥运会十强的级别！”

“教练！”张欣跺脚了，“我们全队只有一个奥运会名额，她要是去了，那我怎么办？”

没等教练开口，她就红着眼跑开了。

/ 六 /

网络上出现了一则偷拍姜蓉训练的视频片段，配上了夸张的讽刺文字。点开视频下的留言，能看到有人痛骂老太太不切实际，有人则想对她好言相劝。

教练看烦了那些留言，合上笔记本电脑，抬头望了一眼在近处热身的张欣。张欣立马低下头，脸上有愧意。

“集合——”

教练扫视着队员：“推荐去奥运会的人选定下来了。”

队员们屏住呼吸。

“入选的人是——张欣。”

张欣脸上的阴云瞬间消散，她跳了起来。

姜蓉低着头不说话。

“没有选上的人，还有一个机会。装备商那边也有选送奥运会的名额，今天开始会接收全国运动员的报名表，这个竞争比我们省队推选更加激烈。”教练的目光在姜蓉身上停留，“你也准备下报名表。”

视频发布者删除了姜蓉的视频，但网络上关于七十岁老太太练跳水的话题还在继续，甚至时不时有人往姜蓉家的院子里丢点东西，好试探住在里头的究竟是白痴还是巫婆。在跳水馆门口，时不时也会聚集一拨看热闹和扯嗓门儿的人。

终于有一天，一个人挤过围观人群找到了教练。

“要撒野吗？不要到我的地盘来。”教练不客气地说。

“我是装备公司的代表。”来人擦了擦汗，“想了解一下最近在网络上谈论比较多的姜蓉女士。”

“装备公司？”教练神色变了，“哦哦，您来我办公室吧，我们慢慢说。”

“她训练方面完成程度如何？”

教练将手边的事交给小刘，和对方边走边聊：“经过系统训练后提升比较明显，基本达到上一届装备奥运会的运动员平均分值。”

“这是不是意味着她现在就已经准备好了？”

“那不可能。运动纪录是在不断被刷新的，和上一届水平齐平还远远达不到跳水界的期待……”

/ 七 /

更快，更高，更强。

奥运会自从增设了装备赛分会场后，已吸引了全球各个年龄层的普通人参赛。在奖牌榜上，得奖年龄最大的人超过了 90 岁，但跳水这一项目仍旧是中青年的主场。

姜蓉在家推开饭桌上的杂物，找到一张撕得方正的红纸，用毛笔在上面写了一个端端正正的“快”字。

她把它贴在家里大门上。

每天出门和买菜回家时，她都能看到那个字。看到了它，她就会更利索地择菜削皮，刷洗假牙，换衣服打扫卫生。

她还站在椅子上，往高处的窗户贴上“高”字。

每天她站在阳台做早操，然后外出爬楼梯迎接日出。有时会有路人举起手机跟着她拍摄，并且配上解说：“这个阿嬷真的很严格。老实讲，之前就是我说她脑子有病报的警，现在我收回那句话……”

她在健身房举哑铃和练习蹦床时，也想要更高更稳一点。但是多数时候就算咆哮也做不到，她就只能一点一点调节手臂外侧的泳衣数值，让装备助她一臂之力。

她的卫生间门上贴的是“强”字。

既然决定了把日常生活都变成训练，就要深入到每分每秒。她给自己新添置了一个浴缸，方便洗澡时躲进水中训练水性。

泳衣一旦穿上就不想脱下，她在家跟跳芭蕾舞蹈的视频锻炼肢体柔韧度时还穿着它，上街买箱牛奶也要穿着它，扛起牛奶在坡道上一走一跳，让路人摸不着头脑。

认识她的人比以往多了。谁又能想到，一个普普通通的老奶奶，还能被路边小孩大喊“加油”。

关于泳衣的使用攻略，姜蓉也已经烂熟于胸。

在跳水的过程中，人将体验到类似太空中的失重感。空气的阻力能给人体微小支撑，因而运动员在空中处于微重力环境。如果调高泳衣手臂外侧上的装备数值，运动员做各种动作时就会得到“辅助”，从而降低难度。但装备奥运会并非单纯的装备崇拜，人仍然占据重要地位。一旦数值调节上升，就会降低系数分，影响比赛结果。

一个月后的一天，训练结束后的跳水馆里传来消息：“姜蓉通过了装备公司的评估！将被推选去参加奥运会预选赛！”

队员们关注地围在一起，有人不以为意地说：“不算什么，装备公司也只是想捞个噱头，赚一次广告机会嘛。”

说话的人是张欣的密友，但张欣这次没有说什么。

姜蓉听到了消息，只是她还在更衣室里头，只能一个人对着镜子嘿嘿傻笑。她解除开关，换下泳衣，全身皮肉松垮了下去。

少了装备的支撑，她疲惫地呼出一口气。

/ 八 /

奥运会赛场留给跳水运动员的时间只有两天，但是奥运会前的预选赛却长达半年。

张欣、姜蓉随教练一同奔赴北京，又辗转世界各地参加了十几场预选赛。姜蓉的身体条件在所有运动员中稳居末位，屡屡拿到惊人的系数分。从初出茅庐到化身年迈黑马，她总计得到了三枚铜牌和一枚金牌，在东南亚一带还引起了福建乡亲的热烈追捧。马来西亚媒体给她冠以“风云阿嬷”的称号。

私底下，姜蓉的刻苦训练也感动了队友。人们偷偷拍摄她的日常生活，并配上“蓉蓉冲呀”“我从来没有这么激动过”的话语发布在网络上。

当初那个说她脑子有问题的人，成了姜蓉粉丝团团长。他把自家院子改造为奥运应援站，计划开发成连江旅游的一个新亮点。

在姜蓉顺利通过五十进三十的奥运会名额选拔时，他在家门口摆出了以“连江人的骄傲”为主题的大字手写海报。三十进二十后，“连江”二字就被划掉，替换成了“福建”，他还为外地媒体提供了“福建人你怕了吗！七十岁挑战世界跳水板”的新闻素材。

“风云阿嬷起步虽晚，却从不缺乏野心。现在已经不是向年龄妥协的年代了，只有更多各个年龄、各种背景的人加入其中，装备奥运会才能越发凸显科技对人的影响。”新闻以鼓动性的话语结束了报道，撩拨着高龄运动员跃跃欲试的心。

二十进十选拔结束，姜蓉以第七名有惊无险入选后，海报上的“福建”二字被改写成“中国”。“中国老太太走向奥运会领奖台”专题片里，不再只有支持者和质疑者两种人，还新多了挑战者。

“八十五岁、九十岁的跳水挑战者相继出现，风云阿嬷的年龄优势面临挑战。近几年的装备运动比赛中，获胜者往往有着优秀的装备，这到底是科技和资本的胜利，还是运动员的努力呢？不管怎么样，人类的尝试不会止步……”

姜蓉训练的跳水馆里也播放了这一部专题片，她休息的时候看到了。只不过还没来得及看一眼那些老年挑战者的资料，她就得出发去商演了。

在装备商举办的商业演出现场，姜蓉要走进天花乱坠的布景中，接受媒体的拍摄。媒体喊她是老年偶像，她知道在那个地方，她只拥有僵硬的身姿、不自在的微笑和被镜头无限放大的皱纹。

对了，还有不可忽视的钱。

如果没有装备商，她的存款可不足以支付一大堆账单。

商演和比赛的时间相互交错，在一场和八十三岁新人运动员的比赛中，姜蓉输了。得分出来后，教练在更衣室发了脾气：“那些裁判睁着眼睛瞎打分！要说跳得好，肯定是我们好。”

姜蓉不敢说话，毕竟她输了比赛。

教练看她这个样子，也熄了怒火：“装备比赛一半评分靠装备数值，一半还是靠人工裁判打分，有时难免会有不公平的现象，我们能做的，就是保住装备数值分，还要争取表现得让裁判无话可说。”

然而比赛的失利，让原本聚集在连江小院里看热闹的人散了一波。不少人发出了质疑：“原来这个比赛是越老就越吃香，我还以为她有什么真本事呢。”

姜蓉还没缓一口气，又要马不停蹄去赶商演。这一次，装备商特意找了个跳水馆，她得当着媒体记者和观众的面实实在在地跳一场。

上台后，她才发觉脚下的跳板不是专业人员清理的，结果第一跳就受了伤。人们手忙脚乱把她送去医院时，她却有了种难得的自在感——人们的声音越来越远，直到寂静无声。眼前的衣裳与脸孔越来越模糊，最后变成了滚滚而来的暮云与海浪。

让我缓一缓——她想。

这一缓就歇了两个月。

新闻上说，之前赢了风云阿嬷的八十三岁运动员首战告捷后立刻宣布退役，呼吁老年人应该多给年轻人创造机会。新闻上说，风云阿嬷已经停训两个月，奥运之路恐怕就此戛然而止。

新闻上说这说那的时候，教练来看望了她。

“别想东想西的，出院以后我计划让你先从小比赛开始训练，把节奏慢慢调整回来。”教练说。

姜蓉的身子却像猫头鹰一样缩起来。教练走后，她发现病房门口还有一个人在转悠，吓了一跳——是张欣。

“学姐……”姜蓉叫出了声。

“别，还是叫我张欣吧。”张欣坐到她床前，“你别管那些乱七八糟的媒体和网友啊，他们都活在上个世纪。现在都是普通人也能上奥运会的时代了。”

“我是不是挺坏的，还挺恶毒的？”姜蓉瘪着嘴，小心翼翼地吐着字，“因为怕死怕没机会了，所以才挤破头争这个争那个的。”

张欣瞪了她一眼：“你看看我，我还是一个单亲妈妈呢，不是也有人在背地里骂我作风有问题，不配代表国家参加奥运会。说实话，二十二岁以前，我也不知道自己会变成一个运动员。做过前台、搬水工，后来教练挖掘了我。你说我做这个，是天生就名正言顺的吗？”

姜蓉说不上来，但她这下子瞧见了张欣脸上的憔悴。那些泪沟和斑点，就像姜蓉自己脸上的皱纹一样，是累了的痕迹。

“放心吧。生活很苦，只要活得够久，对谁来说都是这样的。”张欣拍拍姜蓉的被子，“你看到的那些人表面上风风光光、快快乐乐，其实没比我们好多少。我们都是要和苦搏斗的人。”

张欣走后，姜蓉摸出手机。她要做的第一件事是查看账户的余额。一个月前，装备商认定她的商演失败涉嫌违约，已经暂停了资助。

她看到了一笔不寻常的入账，点开明细，是教练给她打的钱，备注里联合写上了十几个队员的姓名。

护士举着一托盘的药水进来了：“就要出院了，想去哪里散散心呀？”

“去跳水。”姜蓉抹了抹眼角。

重新站上十米跳板的姜蓉，迎来了一波连续的胜利。胜利太多，以至于她都记不住每一枚奖牌上的花纹。而张欣那次在病房里留下的许多话，却在记忆中一直很清晰。

“你可别退缩啊。其实你自己心里知道的吧。”

“是你让那么多老头子、老太太穿上泳衣，白天装得淡定从容，晚上在镜子前怕得哇哇大哭。是你激发了老人的自尊心和上进心。”

张欣说这话时，两人都笑了。带着这相似的笑容，她连续迎击了七十八岁、八十五岁、九十三岁的各国选手。

媒体说她“如同暴戾的狂风，撕碎了那些天真而虚伪的挑战者”，说她“用艰苦的训练和强大的意志告诉所有人，她之所以能赢，不是因为她的装备和年龄，而是因为她就是她”，还说她“面带微笑望向远方，似乎期待着下一场奥运会赛场的胜利”。

过关斩将之后，数以万计的年轻人开始以她这张布满皱纹的面孔为标志，为了一些触手可及的小事和不靠谱的大事爆发热血，前赴后继。

这些花哨的评价及其引发的旋风她也不太记得住，但她记得张欣的话：“别问脑子，问你的心。”

／ 九 ／

“本月八日，四年一度的重要时刻终于来临。奥运会及装备奥运会联合举办，中国代表团跳水队派出了史上年龄差距最大的阵容，其中参加装备奥运会的运动员最大年纪达到七十岁……”

奥运会比赛分为两天，第一天的预选赛前，姜蓉一入场试水就被各国记者拦住采访和拍摄。她的视线越过人群，望见一直陪伴她到入选国家队前的教练也在观众区看着她。教练用眼神让她安心，她乖巧地点点头。

预选赛和决赛一样，共分为十组跳水。张欣的序号排在姜蓉之前，她的第一跳表现不错，但出水后她在后台多逗留了一会儿，等着看姜蓉的成绩。

中文解说员这样介绍即将出场的姜蓉：“来自福建省连江县的选手姜蓉，是一个很有希望夺得装备奥运会奖牌的运动员，如果夺得奖牌，将是历史上年纪最大的获得奖牌的跳板跳水运动员。”

在连江那个挂着“姜蓉粉丝后援会”横幅的院子里，也聚集了一批人在看现场直播。姜蓉想到世界各地还有那么多盯着她的人，一出场便感到眩晕。她身体僵硬，几米长的跳板都差点走不到头。

她知道这心情叫作紧张，不算什么，但越是劝自己，越是没法放松。还没想好怎么起跳，她的身体就跃了起来。

“咚——咚——”

“哎呀，水花出现了比较大的失误。空中动作的完成度也不是太高，目前排名只有第五名……”

姜蓉边上，表现好的运动员出水后和自己的教练开心地击掌，笑着。她也试着笑。

第二跳，紧张感没有缓解，姜蓉能想象很多镜头追了过来，想象自己眉头透着疲惫，满脸的慌张失措。同样的心境早就反复品尝过那么多次了，怎么到了大一点的赛场，还是这样想要退缩？她不知道答案，一时间，没有千言万语，只有和水面的深深对视。

十组跳水结束后，姜蓉的总分排名降至第九。“虽然前十二名进入决赛，但根据规则，排名不利的她会在决赛当天靠前出场，关键就在明天了。”解说员这样评论时，姜蓉跌坐在休息椅上。

／ 十 ／

第一日的比赛结束后，姜蓉进了更衣室，没有再出来。

她想一个人静一静，但总是精神不集中，仿佛有幻听——止不住地想该不该把泳衣的数值调大。

姜蓉的手靠近了按钮，要是当真向数值认输，那么分数优势将不复存在，意味着她得不到奖牌了。

但好处是空中动作容易完成，她会像风筝御风流浪，会像机器人通电而行。

是平坦走完这条路，还是……她又想起了“不想毕业”的感慨——还没有真正试过，怎么就没机会了。

她将手从泳衣手臂那侧移开，站起来，挺胸收腹，踮了踮脚。

无论有没有跳板和水池，有没有教练和观众，她只是被这个准备就绪的动作吸引，自顾自地练习起来。

“别问脑子，问你的心。”张欣的话蜕变为一个极其自然的想法，冒了出来。

她拉伸着手臂，感觉自己即将腾空而起，是门外的动静提醒了她此时此刻身在何地。

她开了门，发现之前的教练和队友都在门口围着偷听。

几双眼睛望着她，她也望着他们。

“你们为什么都不去休息？”她留下这句话，一手拽着物品袋要回房间去。

“我在台下——”教练对着她的背影握了握拳头说，“给你加油！”

“加油！”队友们异口同声，像是在喊每次训练开始前的“集合”。

她回头看着他们年轻矫健的身体，真想展示给他们一个笑脸——但挣扎了一下，还是先确保不要哭得太难看。

“观众朋友们大家好，现在是北京时间十八时二十分，奥组委主席刚刚寄语全体运动员：你们为运动事业付出了不懈努力，我为你们骄傲，和你们一同拼搏！”

姜蓉站上了第二日的跳水台。

眼前的水是白亮亮的，观众也是白亮亮的。彩色的广告横幅在她眼底虚化为摇曳的火光，和她这辈子的光影交相辉映。

昨天她还觉得那些东西太过锐利，不是给她这样的老人准备的，今天她就不这么想了。反而是这场馆里的温度和湿度过于温柔和模糊，快要把彩色的世界熏成了粉红泡泡——这柔和，不是给她这样的老人准备的。

她这样的老人，决定不遮不掩，用肢体坦白地流露感情。

坦白的，就不丢脸。

坦白的，就可能伟大。

她开始深呼吸，仔细呼吸。

/十一/

那一天，姜蓉在医院睁开眼睛。

“宝宝……”隔壁病床传来喘息声。

“宝宝，你说什么？”姜蓉转头看着丈夫，试图挪动身体。

“我想起了……你说的一件事。”丈夫有点变形的眼睛难得放光，“当年高中你们学校选拔跳水运动员，你体检都过了……就差上台试跳了。结果你一怕，跑了。你说过的，全班就两个人过了体检。当年……要是……试一试就好了。”

丈夫的话是临终前的胡话，不讲道理，异想天开。但是半年过去，从初秋到早春，姜蓉还总是会想起自己回答“都这么大年纪了，还说这些干吗呢”之后，有啜泣声被哽在喉咙里。

到底还是走到了这里。

这里是十米跳水板，空气的震荡和别处都不一样。

姜蓉从来不是什么风云人物，她知道别人的热闹过后，自己还是皱皮老太婆一个。这一跳开始，不为别人，而是为了高中时代没敢下水试跳的那份懊悔。

她居高临下，深吸一口气。

三、二、一！

两手高举，颠倒，感受风，感受重力，纵身入水。

当她嘴唇发白钻出水面时，望见人们挥舞的双手像镜面上的阳光一样刺眼。

“噢……这一跳是灾难性的，现在她的综合得分垫底了。”解说员发出遗憾的感叹。

继续跳，姜蓉想，还有九次！

从今往后的每一天，她会萎缩得更瘦小，呼吸也总会像丈夫一样微弱下去，但她不能再添懊悔了。

第二跳出场时，她的状态开始令人惊讶。

跳！

“这一跳没有问题，可能会成为关键的转折……”

跳！

“太出色了，精彩的表现！”

她的得分稳定攀升，排名不断刷新，观众时不时爆发出高亢的喊声与掌声。

跳！

“这一跳开局还不错，最后的入水有点遗憾。”

人生真是反反复复。

“有国外的选手提出抗议，要求检查姜蓉选手的装备是否出现问题。裁判过去了，检测完毕，没有问题！”

“第六跳非常漂亮！看来她很有可能拿到奖牌！”

教练在场边站着，双手合十贴在嘴上。

“跳水的奇妙之处就是形势风云变幻。”解说员说，“不到最后一刻谁也不知道会怎么样。”

不知道会怎么样，所以跳！

“漂亮！尽善尽美！姜蓉真是在她的最佳状态。”

不知道会怎么样，才要跳！

“这一跳也成功完成了！现在还有两跳，如果这两跳都能保持这个水准，她就能锁定一枚奖牌了，至少是铜牌！”

跳！

“噢……有点小遗憾，入水之前的姿势都是非常完美的……”

人生真是变幻莫测。

所有人都将目光聚焦在她的最后一跳上。

“姜蓉临时改变了难度系数——向后翻腾两周半转体一周半屈体，这是女子十米跳水难度最高的动作之一！这真是太疯狂了！我们从教练那儿得到消息，姜蓉在训练时曾经成功挑战过这个难度，但是在赛场上还没有尝试过。这会是她的第一次成功公开挑战吗？”

跳！

“最后一跳完成！无话可说，惊心动魄，接下来只剩等待了！中国队又锁定了一枚奖牌，而且极有可能是金牌！这可能成为跳水历史上的一个伟大瞬间，惊人的景象……”

姜蓉出了水，喘着气，连她也忘了接下来发生了什么。只有后来电视上反复重播的各国点评才能帮她记起一些片段。

“一股非同寻常的情绪在现场爆发了。我从未想过会在这项运动中见到这样的场景。成千上万的欢呼声，这些无疑是只有冠军才能享受的荣耀。这名七十岁的运动员做到了。不可思议！我们虽有预期，但仍对这种热情程度始料未及。”

“天哪，那种压力，你能想象吗？我去看过她的训练，有人说老运动员的优点是有平常心。我看到的完全不是这样的，她作为一个老人之前首先是一名运动员。我们都错了，我们不该把她当作一个老人，她和我们没有不一样。”

也有一位欧洲解说员除重复“这不可能、这不可能”之外，再也说不出其他话来。

“分数马上就要出来了！我们知道，上一届装备奥运会十米跳板跳水冠军的总分是 895.80 分，如果能超越这个分数，她无疑会是今天的赢家！

“得分出来了——903.20 分！她做到了！一个新的纪录！她将跳水这项运动带向新的高度……

“我试图回顾我进行体育报道的过去这二三十年，在我报道过的所有比赛中，我不知道还有谁让我这样热泪盈眶，从未见过，不可思议。她在这里奋力拼搏，不知道她是怎么撑住的。我感觉她应该已经完全没有力气了。现在，她将巨大的压力转移到了在她之后要出场的张欣身上……”

姜蓉的比赛结束了，之后的时间像梦境的碎片一般，让人时常搞不清身处何方。聒噪的记者会结束后，奥运会之行告一段落。她回到连江老家，休养身体。

餐桌上的广播开着，奥运会征战的新闻热度未减，时不时还能听到她的名字。

她把银牌摆在丈夫的遗像旁边。

起风了，院子里老槐树的枝头不断摇晃。

她正了正奖牌，咕哝一句：“好像还是金牌好看点。”

奥运会决赛那天，最后出场的张欣发挥出超常水准，从姜蓉手中夺下了金牌。这对忘记了年龄差距的姐妹在领奖台上久久拥抱。

“宝宝，下一届奥运会还有四年，不知道我能不能撑到那时候……”

“人类想要进军太空，就必须深入研究微重力环境下各种现象的规律。”广播中有了新的播报内容，“我国下一颗微重力卫星发射在即，将面向全国招募志愿者参与微重力流体物理等现象研究，为期一年，目前正在接受报名……”

姜蓉的眼神变了。

风声抖动了窗户。

“你知道我想什么了？哪有为什么……”姜蓉反复摸起大腿，“因为，我没试过嘛。”

作者简介
苏莞雯

科幻作家、独立音乐人，北京大学艺术学硕士。擅长在日常生活场景中展现惊奇想象。2021 年获第十二届全球华语科幻星云奖 2018—2020 年度新星银奖。代表作《三千世界》《龙盒子》《我的恋人是猿人》《九月十二岛》。《九月十二岛》获豆瓣阅读小雅奖最佳连载。《三千世界》获第四届广州青年文学奖。

不合格机器人

陈文烨 ／

／ 一 ／

我受到永龄的邀约，担任初代陪伴型机器人纪录片的导演。永龄选择我的理由主要有二：其一，我去年的作品《阿喀琉斯之踵》获得了维里奖纪录片单元的首奖；其二，这部纪录片的主角唐贝，曾经作为一名陪伴型机器人在我家工作过。

确认意向阶段几乎没花费什么时间，负责接洽的工作人员都知道我与唐贝之间的这层“缘分”，以一种笃定般的期望来与我商谈，他们给的条件很有诚意，我没有拒绝的理由。再加上，这部纪录片本身承载的意义又预示着我很有希望通过它大展拳脚，我深爱自己的职业——拍出好作品，这像是写进我灵魂与骨髓里的天命。

何况，那是唐贝。

唐贝，永龄初代陪伴型机器人测试机。他在初次投入测试短短两年内就遭到雇主退货，但测试数据为后续改进提供了颇有价值的信息。现在是他出厂后的第九个年头，距离报废预期还有一年时间。

永龄希望这部纪录片能留下唐贝在最后使用期限里的影像资料，作为公开影片放映，试图通过展现短寿命机器人逐渐走向报废的过程，来激励潜在顾客定制寿命更长的新一代陪伴型机器人。负责接洽的工作人员向我解释这一点时，露出名为“你懂得”的那种表情，使用寿命越长，能够操纵的溢价就越高，也越有可能带来更换零部件产生的高额利润，这是他们未来长远的销售策略。

我就是给唐贝写下负面评价并申请退货的那一名坏脾气雇主。在那之后，我再也没有见过他，他或许去了别的家庭，陪伴别的人，他那些新的经历，我都刻意回避不愿了解。因此，为了熟悉我将拍摄的主角，我总该先见过他了，才能决定签合同。

然而令我意外的是，唐贝作为陪伴型机器人，却并没有从事他的本职工作——陪伴他的雇主，而是在永龄办公大楼四十五层的玻璃花园，负责花草设计、修剪与换季更新的工作。这是他诸多功能中的一项，而且是最不起眼的那一类功能。

我坐在玻璃花园外，隔着玻璃观望唐贝在里头的动作。我到达时，他正拿着大剪把毛糙树球逐个修剪成一丝不苟的圆润球形，然后是检查各类花草的生长态势，不时往电子屏里输入信息。我其实不太能理解机器人的报废是怎么一回事，他们可以不断地更换躯壳，分明是能实现永生的……可能是我对此理解有误，我不是专业人士。但我注意到，唐贝的动作不如我记忆中的那般麻利，他应当是很认真地在做手头的工作，他做什么事都会很认真，却因为动作迟缓而显出漫不经心与木讷的意味，我想这或许就是他走向衰老……走向报废的征兆。

我看着唐贝，忘了在意时间，直到下午茶的提示音乐响起时，我意识到已经在此坐了两个多小时，只是看着他，其他什么也没有做。

音乐令唐贝从花坛里直起身子来，他似乎是想要休息一下。

于是他正好看见了我，隔着那层阳光下显出暖色的弧形玻璃。

他眯起了深蓝色的眼睛，分辨几秒后，他说了两个字——我看他的唇瓣，知道那是两个字。

“小铭。”

小铭，这个称呼触发了我一连串的回忆。我很精准地知道，他第一次那么叫我，是在我十四岁那年。

然后，他说的话平平无奇，可能是语料库里最为基础的一句问候。

“你长高了啊。”

/ 二 /

我的记忆告诉我，我是在十四岁那年认识了唐贝。他是一个突然造访的客人，后来成了我最好的伙伴。

或许是因为我在学校安排的心理测评中表现得过于古怪，母亲终于觉得应当进行一些干预。比如，帮我找个玩伴。

她找我交谈时的语气特别像是在试探我对未来弟弟或妹妹的态度。她问我，想不想让家里添一位新成员。

见我沉默不语，她直接当作是默认，继续问我希望新成员有什么样的特点。其实那时我是在想，妈妈是要再生一个孩子吗？可是她不会有时间的，这个尚不存在的生命也不会依照我的喜好而诞生，她应该是在找话题敷衍我。

于是我也想敷衍她，但我敷衍得很认真，以至于听起来不太像敷衍。

我说，我想要一个比我年长几岁的玩伴，能辅导我的功课，告诉我如何让老师不再找我的茬儿，和我一样喜欢吃虾仁滑蛋，以及，要长得上镜，因为我很喜欢摄影课，期末作业要求拍一组照片或一部短片时，我需要上镜的演员。我还强调说，最后这点最重要，我想要拿摄影课的最高分。

我没有想到，两周后，母亲真的把一个和我的描述别无二致的少年带到了我面前。她告诉我，他叫唐贝，是她和爸爸一同决定收养的孩子。

母亲起初担心我与唐贝无法好好相处，难得地对我多唠叨了几句。她的担心是多余的，我与唐贝非常快速地建立了友谊，原因很简单，他满足我最重视的那个条件——上镜。

唐贝的眼睛是深蓝色的，头发银灰，身材纤长，如此漂亮的一个男孩，他理应被装进取景框里。

我甚至对唐贝表现得过于热情了，情不自禁地赞叹他在视觉上的表现力。

这是唐贝从此开始进入我的生活领域的引子，他像水一样渗透在我身边，听我说学校里发生的无关紧要的小事，教我做很难懂的练习题，与我一起抢着吃虾仁滑蛋。

我父亲对永龄的经营投入了九成九的心力，我母亲则身在永龄机器人产品研发的第一线，他们真正的孩子是永龄而不是我。只有唐贝，只有唐贝是真正与我分享生命里绝大多数重要时刻的人。

我和唐贝一起完成的第一部短片，取景于我就读学校里的天文科技楼楼顶，不久之后它就要被拆除。

那其实是一栋半废弃的建筑，低楼层的几间房间被当成杂物间，高楼层就几乎无人问津了，我猜许多学生都不知道在学校的偏僻老楼最高处还有个天文台。学校里的漂亮建筑很多，于是天文台显得非常格格不入。但很快，这个学校就要成为一个漂亮的整体了。

我常常独自去那儿，那里是我的秘密基地。高，是天文台的必备特点，在高处不易被人打扰，又可俯瞰整个校园，仰观整片星空。

我从没在天文台见过其他人，也没主动邀请任何人一同前往。那些文学作品与电影里的秘密基地，都是由三两朋友共同守护的，以前我一个人守护，也不觉得怪。

周六的晚上，按理说已经清校了。我带着唐贝从校园侧门不远处的一个墙缝里溜进去。墙缝下窄上宽，我的背包里装着机器设备，恰好就卡在中高部位，唐贝身材比我纤细，也比我高，他轻轻一抬手，背包就稳稳地运过来了。

他在隐隐的月色下好像悄悄地笑了一下，我没看清，不过却清楚地听到他说："你还会再长高的。"

我记得我还故意躲开了他想摸我头的那只手，他适合入镜，与我的气场又合得来，所以我才带他来天文台，但这样的举动还是太亲昵了，总觉得我和他还不是那么好的朋友。

唐贝没计较我的躲闪，反正，他是哥哥。

天文科技楼的大门是锁着的生锈铁制栅栏，我走在唐贝前头，找到那个熟悉的错位凹槽，轻巧掰开，弯下身子钻了进去。我隔着栅栏看向那一边的唐贝，他看上去很无奈，他说："这一晚上跟着你，好像没有走过正常的门。"

"还没走到顶呢。"我拉着唐贝的一只手，帮他也从栅栏间钻进来，他很瘦，其实应该不需要我帮忙的。"最顶楼通往天文台的门，要是锁上了，那是真没办法。"

"竟然有你也过不去的门？"

"有啊。"

不多就是了。

我与唐贝一同拾级而上，我发现这与一人独行的感觉很不一样，越接近楼顶，我好像心跳得就越快，我将此归咎于我从未如此期待过那最顶上的一扇门是开着的。所以当我们依次踏亮每层的声控灯，终于登上第十二层楼，看到那扇紧闭着的门时，我觉得十分遗憾。

遗憾，没有期许的话，也就不会有遗憾。

我对落后于我半层楼的唐贝说："别上来了，门是锁的，这一扇门我没办法。"

我已经要下楼了，那一刻我的脑子里可能瞬间浮现出了好几种可供替换的拍摄方案，也不是非拍这一个场景不可……

"我来试试吧。"唐贝突然说道。

楼顶的门使用的是机械式密码锁，唐贝上前凑近去一边拨弄数字，一边听里头微小的机械声音。他闭着眼睛，全神贯注，身上的黑色风衣与废旧老楼的背景融为一体。等我反应过来自己在做什么时，手里的机器已经在录制了。

锁开得很突然，唐贝似乎没想到门是往外开的，他身体的大部分重量压在门上，差点狼狈地摔倒，唐贝一手撑在落着薄灰的地上，抬眼就被清晰透亮的星空吸引住了。

他半个身子探出那扇小门，很小声地说了一句："今天晚上天气真好啊。"

这一幕我记了很久，它成了我往后多年对自己艺术直觉的自信来源，唐贝果然是最适合装进镜头的人选。

如果我没有意外得知他是永龄研发的陪伴型机器人的话，十四岁时的我应该毫不怀疑，他会是我一生的伙伴与亲人。

/ 三 /

唐贝来到我家的第四百七十九天，我发现他是一名机器人。

那时我正忙着拍摄进阶摄影课程的单人作业，唐贝依然是出镜演员。我不是只拍唐贝一个人，我拍其他人也同样能出好效果，这回选择唐贝是因为他与预想风格融合得最好。

我需要拍一个唐贝走在旋转楼梯上的镜头，所需布景结构正好与我家的装修相似，我调整了全息投影的设置和灯光，就这样搭出了景。这是个过渡镜头，能省拍摄成本则省，若是效果不好再另做安排也不迟。

我给唐贝讲解了要点，他听懂后我们就开始试拍。

一切都如常进行，然而我对熟悉的场地反而掉以轻心。

霎时间，我感到重心陡然一空，眼前的景象旋转着往上飞。全息投影下，我对楼梯栏杆的高度估计错误，整个人往楼下栽去。

摄影设备直接脱手，我甚至还本能地想要用手把它捞回来。

下落的时间应当不过半秒，但那短暂的时间在回忆里会显得过于漫长。

我没看清唐贝是如何翻越栏杆，又是如何凌空把我接住的。我闭着眼睛跌落到地上时，并没有预想中的那么痛——唐贝的身体垫在我身下，他的腿折成过分扭曲的角度，皮肤摔破了，没有流血，而是露出了里头的机械结构。

这番景象让我一时忘记了摔落带来的疼痛，我的目光被唐贝身上的破损牢牢牵住，无论如何，他受伤了，他需要包扎和治疗……

唐贝看到自己腿上的伤，罕见地慌乱起来，他唤我的名字，叫我小铭，然后再无下文，他也不知道此时该说些什么。他的程序里没有写。

“你别动，你的膝盖伤得很重，我马上打电话给家庭医生。”

不知为何当时的我竟然那么镇定，一边安抚唐贝一边扶起他，让他靠坐在楼梯上，接着拨通了家庭医生的电话，将情况简明扼要地告诉了他。

“你是说……唐贝？他的情况，我不知道能否帮得上忙，你先联系你的母亲吧，我会尽快过来。”

听到医生的反应，我突然意识到，这个家里，只有我不知道唐贝是一个机器人。

医生很快就来了，应该只花了不到五分钟的时间。但五分钟内能发生很多事，我对唐贝的“伤势”束手无策，医药箱可笑地开着口，我坐在比他低几阶的楼梯上，侧过身仰起头去看他。

“你会冲过来救我，是因为受到程序给你的命令，还是因为我们是好朋友？”

这是一个二选一的问题，简单得不能再简单，可唐贝犹豫了很久。对我诚实，或是让我高兴，这两个选项在他的判断体系里不断纠缠，争夺上位。

他正要开口时，医生揿响了门铃，且揿得很着急，连续揿了三下，门铃声因此变得紧张急促，于是唐贝起身想要去开门，毫不顾忌他那摔破了的机械腿。

“别动，回答我的问题。”我挡在他的必经之路上，任性地抓住他的手臂，我这才注意到他的右臂也擦伤了。

医生执着地按门铃，门铃声令唐贝焦虑不安，他的视线在门与我之间来回游移数次，终于，他说：“我的一切行动都是因为受到程序给的命令。”

我近乎冷漠地回答知道了，然后起身去给医生开了门。

跟在医生背后的还有其他人，我认识其中一个，他是妈妈的同事，胸牌上还印着永龄的徽章，他看到唐贝后表情不太妙，却也并没有多说什么。

他们把唐贝接走了，我也跟着。他们把唐贝带进了一间手术室模样的屋子，母亲也在场，她建议我回避，我说我想看，她同意了。

于是我看着唐贝的腿被“修理”好，接着是例行检查，他的胸腔被打开，露出里面错综复杂的人造结构，他没有血，也没有心脏。

在此刻之前，我尚可欺骗自己，唐贝不是机器人，他的那条腿是机械义肢。

但事实是，他确实是一名机器人，他带着陪伴我的使命而来，他那些看似与我不谋而合的共同爱好都是刻意设计的。

我在认识他的第四百七十九天才知晓了这一切。

/ 四 /

我装成不知道唐贝是机器人的态度，把修理完毕的唐贝接回了家。回家的车上，我还煞有介事地询问他膝盖伤势是否没问题，需不需要静养。唐贝闻言愣了一会儿，用有些喑哑的声音回答道，他没事。我说没事就好。我们似乎是瞬间就生疏起来了。

我尽己所能地按照以前的生活模式与唐贝相处，想要把他当成人类，即使我已经知道组成他的是各种各样的机械与代码，而非血肉与精神。我想把唐贝视作人类，这个想法越是去想就越显得刻意，又越显得违和，与之一体两面的，也是在提醒我自己，唐贝并非人类。

生活中越来越多的事情无法解释。唐贝是机器人，他为什么需要吃饭，仅仅是为了陪伴我一起吃，同时听我讲学校里发生的琐碎事情吗？唐贝是机器人，他为什么对各种问题应对自如，是谁为他设定了所有问题的标准答案，他从不出自本心发出回应吗？唐贝是机器人，他为什么会露出笑容与忧伤的神情，这也是程序设定好的吗，他不会真的开心也不会真的难过吗？

…………

层出不穷的问题在我每次看见唐贝的那一刻都会源源不断地涌现出来，它们宛如飘浮在空中的实体黑色字符，势必要挡住我的视线让我什么也看不见才罢休。

我意识到自己陷在怪圈里，我没办法再支撑自己相信那个脆弱不堪的假象。

我坐在旋转阶梯的台阶上，正是我三个月前不小心踏空摔倒的位置，身侧放着我最近偏爱的那款相机。唐贝本来在整理书架上的装饰摆件，见我突然坐在那儿，就走过来想看我是怎么了。等他走到最低那级台阶时，我叫住了他，让他不要再靠近了。

“唐贝，那天你冲过来救我，膝盖被台阶撞开，为什么你会一脸痛苦？你明明是一个机器人。”

他又短暂地表现出错愕的表情，一如当时维修完毕的回家路上，他发现我竟不多追问时的那副模样。我越发觉得这是程式化的情绪反应——发现预期之外的行动，露出错愕表情留出运算时间，套入行为模式进行分析，最后给出程序认为的最佳回答。

我从没有主动向他提过关于机器人的问题，这令他措手不及，尽管只是极为短暂的措手不及，甚至还有故意表演的可能性。

他思考片刻，回答道：“我有痛觉模拟模块，神经分布的轮廓与人类大致相似，受到外伤会激活痛觉，视受伤情况不同，痛觉的强烈程度也不同。”

“我想看看，就像在维修时那样，你能把腿部的外壳拆开吗？”有些恶劣的念头在我脑海里冒出了芽尖，我选择放任它肆意生长。

“可以。我去拿工具箱。”唐贝反身走到书架旁，很快从右侧的橱柜底层找出一只长方形的黑色工具箱，又折返回到旋转阶梯，在我下方几阶台阶的位置坐下，开始用箱子里头的各种工具解剖自己。

唐贝的动作很利索，不输给为他维修的机械臂。

我在想，人类就做不到如此坦然地剥开自己的皮肤。我又在胡思乱想了，我控制不了自己的胡思乱想。

唐贝把内部结构袒露无遗的右腿横放在台阶面上，细致地告诉我里头错综复杂的线路和传感器都分别起着什么作用，这场景很像以前他给我讲解我在学校没有听懂的物理知识点。

“也就是说，如果刺激与痛觉相关的感受器，你就会感到……不，你就会‘知道’应该有痛觉产生。”我低头注视着唐贝机械外壳下的模拟神经元与感受器，它们都携带着各自的、早就设定好的使命。

“可以这么说。”唐贝侧坐在台阶上，仰起脸来与我说话，他看上去面露疑惑，不明白我这么做的原因是什么。

我听永龄的工作人员说，陪伴型机器人的情绪感知能力被开发得很敏锐，以期能够察觉到陪伴对象细微的情绪变化，及时给到适宜的行为反应。这份敏锐也不过如此，人类总会有些莫名其妙的、难以合理化的想法与行动，连本人都不一定能说得清楚其中的作用机理。我想，这就是我与唐贝之间最不能忽视的差别。

我从唐贝手里抢过了神经测试笔——这种工具常用于检测反射是否正常，按压力度决定感受的强度——说不上抢，他只是短暂地握紧了几秒，很快就松开手。

测试笔接上感受器的端口时，唐贝的身体肉眼可见地僵住了。我观察他的表情，他在忍，于是我手腕用力，让测试笔带去的刺激更为强烈，他精致的面容逐渐变得扭曲，眉眼皱在一起。

测试笔接触到感受器，传导信号，程序接到指令，经过一番运算，告诉唐贝他现在应该痛，应该露出名为痛苦或忍耐的表情。

我在旋转楼梯上不小心踩空，这个画面的视觉信号立刻被唐贝接收，预设的保护指令瞬间成为最优先级，告诉唐贝他必须冲上前来保护我。

他所有的行为都依照类似的反应模式，他会成为我的伙伴，是因为程序要求他必须这么做。

我下手越来越重，唐贝痛得紧紧抓住楼梯栏杆，细雕花深嵌进他手部的人造皮肉里，但他依旧没有躲开的意思。这又是程序吗，程序让他不能真正地违抗我？

“小铭，能不能停下？”他面色苍白，怎会如此逼真。

他请求我停下，这是他能做的最大限度的拒绝吗？

测试笔从我手里滑落下去，沿着阶梯一路往下摔，最后停在墙角，那可能是易耗品，不经摔，直接沿着笔身裂成了两半，我不知道它能不能修好，像唐贝被修好那样，恢复成原来的模样……我又联想到唐贝，只要是和机械有关的东西，我就不可避免地绕回唐贝身上。

唐贝在擦拭我的脸颊，他那被栏杆雕花压出痕迹的手掌下一片水迹，我这才意识到是我正在流泪。太奇怪了，明明是我在伤害他，却是我在哭。

我上身后仰，不让他再触摸到我。

我抬手胡乱蹭掉眼泪，拿起放在身侧的相机，举到眼前，拍下了最后一张以唐贝为主角的照片。

我说:“我不想再见到你。”

唐贝说:“你可以先把我关机，关机指令是……”

“出去。”我打断了他的话，我不想知道他的任何指令，又重复了一遍,“出去，离开我的家。”

那天之后，我再没有见过他了。

/ 五 /

我的名字是裴铭，唐贝来我家时，看上去年龄比我大，因此叫我小铭。现在，他隔着弧形玻璃看见我，仍然叫我小铭，已经不太合适了。

这并不是我立刻转身离开的原因。

我走得太急，在不远处等候的接待人员连忙跟上我的脚步，询问我是发生什么事了吗?

我说，没有，只是有些累了。

这次跟着我的接待人员也是永龄生产的机器人，他胸前的工作牌上写着他的工作代号:“隼”。此类机器人的专长在于处理日常接洽工作，尤其善于敷衍性质居多的客套对话。所以，当他面对我明显潦草的回答，没有露出一丝尴尬，很快就用巧妙的话术来引出下一个话题。

“裴先生，我理解您，签合同的事确实该深思熟虑，这是对合作双方都认真负责嘛。”隼紧紧地跟在我侧后方半步的距离，不放过任何可能让我下定决心的瞬间,“您和唐贝许久未见，可能缺少碰撞的火花，我们可以多安排一些你们交流的时间，您看如何?”

“可以，我会发一份行程表给你，时间定好了请给我发邮件。”我已走到电梯门口，朝着隼竖起手掌，示意他送到这里就好。我几乎是落荒而逃。

我大概能猜到永龄很期望促成这桩合作的目的。以永龄开出的价格当然可以找到更有实力与名气的导演，但他们想让我来拍摄这部纪录片，是期望着我与唐贝在拍摄过程中发生某些值得一讲的故事，放在映后谈里或是写进幕后记录里，竭尽可能地刻画所有能激发顾客定制更长寿命陪伴机器人的细节。

我只是没有想到永龄会如此急切——隼将我与唐贝的会面安排在了后天下午，由唐贝带领我参观我母亲 Luna 的遗物陈列馆。此举近乎拿着喇叭在我耳边催促，着实不太体面了。隼看出我的表情沉重，低声向我解释道，唐贝的时间有限，经不起拖延。

应当简单介绍一下我的母亲 Luna。Luna 是我母亲在永龄工作时用的代号，她是机器人研发部门的领头人，重大决策几乎都经由她手，唐贝的初次测试也不例外。她死于意外车祸，英年早逝，遗物涉及诸多商业机密，甚至没有留给至亲家属，而是由永龄专门开辟了陈列馆，存放她的日记与手稿。这几年技术更新，曾经的秘密也说不上是秘密了，陈列馆里的遗物得以部分公开。我从未主动去看过。

这次是唐贝带我进来，为我介绍我母亲的遗物。

他没再像之前那样叫我小铭，而是叫我裴先生，一副公事公办的模样，这样最好。

“Luna 女士是个有些怀旧的人，她会把自己的灵感和想法随手记在纸质的笔记本上，据她所说，是迷恋笔尖和纸张摩擦时的感受。”唐贝在空气键盘上输入了密码，笼罩在皮质封面笔记本上的玻璃应声缓缓落下，“她偏爱的那种纸张一经久放就会变得很脆，虽然存过电子版影像，还是请小心翻阅。”

唐贝用很轻盈的手势拿起那本笔记本，微微朝我的方向递过来，无声地询问我要不要拿过去看看，我摆摆手，示意由他来展示就好。

“这是 Luna 女士第一本用来记录关于职业机器人灵感的笔记本，前三分之一中有九成是可以公开的，我们就看看这部分吧。开篇几页是外观设计，比预想中出现得早很多，对吧？”

此时 Luna 画出来的机器人外貌就已经能看出唐贝的五官和轮廓特点，手稿上特意标注了发缝分界比例与深蓝瞳色，而这些早期细节一一还原在了唐贝的脸上。这幅手稿似曾相识，我可以肯定，是她看了我放在抽屉里的分镜稿，再经过自己的几番修饰从而画成的。

唐贝逐页讲解过去，低垂着眼眸翻动纸张，讲 Luna 如何把自己的科技美学投注到最初的这款测试机——也就是他自己的身上。唐贝展示出笔记本上偶尔出现的圆圈状铅笔笔迹，说这类笔迹代表 Luna 在回看时认为当时的考虑欠佳。

“嗯，看样子她并不觉得把情绪模块设置得很敏锐是错误的。”唐贝指着 Luna 后续补充的反馈摘要说，“即使测试的结果非常糟糕。”

他端住笔记本的左手纹丝不动，右手则精准地控制翻动的页数，略过那些可能涉及机密的内容，他不会失手多翻，更不会失手弄破，以及不知疲倦。

“她会得到糟糕的结果，又不是因为情绪模块敏锐。”而是她侵害了受测者的知情权。

“实际上，约九成知情的受测者，都不期望机器人具有过于仿真的情绪。”

“是吗？”我想起那个名为隼的接待机器人，看来他是在这种经验之后诞生的。

“是，想要购买机器人来陪伴自己的顾客内心都十分清楚，机器人是他们暂时获得情感力量的对象，但并非长久之计，他们需要……一些感到违和的时刻，去提醒自己不要过于依赖。”

我无法获得与那类顾客相似的感受。我看过永龄出具的年度调查报告，平均每个家庭会购买 0.8 个高仿真款机器人和 2.4 个基础功能机器人，我对此拖了严重的后腿，自唐贝以后，我家再也没有购置过任何机器人，连许多基础的中控物联网系统都没有装。他们想要真实陪伴的替代品，还想要保持清醒，但我想要的是无法替代的那种陪伴。目前来看，他们的需求更容易得到满足。

我本以为亲眼看到母亲的遗物会让我内心多少有些触动，其实没有。唐贝在场，他的存在就是无声的提醒，不断提醒我，我与他都是我母亲的造物，而他是更了解母亲，更了解 Luna 的那一个。

临分别时唐贝问我是否需要 Luna 研发日记的复制版，可能方便我为纪录片做前期准备。

唐贝是个内敛的……内敛的机器人，若非我追问，主动提出建议的时刻不常有。我猜这是项目组的意愿使然，于是随口答应了。

我会看吗？如果接了这个项目，当然会看的吧。

/ 六 /

永龄又给了我一段时间考虑，我回了原来的家，打算在此住下。旧家常年无人到访，第一天的时间基本花在除尘打扫上。

我坐在旋转楼梯上一遍遍地阅读母亲留下的手稿，从缔造者的角度去看唐贝诞生的过程。我也读隼发给我的各种可公开资料——经典受测者反馈报告、顾客意见表、各代机器人改进思路、前沿发展理念，等等。

我发现了几处不曾注意过的细节，比如被擦过的铅笔痕迹，她后悔的事，比我最初以为的要多。

我还从以前的书房里翻出了相册，我翻开其中一本的封皮，果不其然看到了我为唐贝拍摄的最后一张照片。

我端详照片良久，久到眼睛发涩，恍然间觉得自己现在的视角与彼时重合。

我合上相册，接通了隼的通话。

我告诉他，我会接这个纪录片项目。

敲定细节的流程推得很快，我们的商谈都建立于共同的前提——我们要为唐贝抢时间。我将担任纪录片的总导演，同时会在某些片段里出镜，给出反应或是讨论。这算得上是我经历的扯皮环节最少的项目了，顺利到难以置信的程度。

第一场的拍摄内容定为唐贝的日常修理。时隔多年，我又一次看见了唐贝的身躯内部，零件和线路进行了更新换代，但大致的结构还是与我记忆中的模样相似。

摄像机隔着单向玻璃旁观这场属于机器人的外科手术。唐贝躺在操作台上，平静地注视着机械臂在他的身躯内部拆卸又装填，一根红色导线连在他的后颈处，把痛觉的传输阻断，算是给机器人用的麻醉。

我回忆着儿时观看的那场手术，将其与眼前的景象比对，即使我是纯粹的外行，也感觉到现在的手术流程更为烦琐，几乎是把唐贝全身能换的零件都换了个遍。唐贝很老了，衰老带给他的伤害比那次猛烈的撞击要严重得多。

见我沉默得太久，隼依照着不冷场的指令开口说道："根据成本效益原则，唐贝的老化程度早已不值得再继续修理了，但考虑到这是第一台投入实际使用的陪伴型机器人，具有一定的纪念意义，我们才尽可能地延长唐贝的使用寿命。”

“机器人真的会像人一样要面临死亡吗？”我盯着那些森冷的机械臂，问，“在我的理解里，机器人的所谓记忆与情感应当是存储在硬盘或云端的数据和运算机制，这些存储单元是可复制、可移植的，机体报废了换一具新的即可，就像保留人的大脑换上新的身体。这并没有死亡与终结的含义存在。”

“这个……请您稍等。”隼短暂地露出了迟疑的表情，他应该是在即时询问权限，“您可以把唐贝的核心想象为一块石板，石板上可以刻字，但总会刻到一个字也刻不下的程度，再要刻上去，就势必覆盖原先的字，层层覆盖下去，石板会被刻得脆弱不堪，与此同时对刻字功夫的要求就越苛刻——体现到唐贝身上，就是在脆弱核心的拖累下，零件和动力耗费速度都越来越快——直到石板碎成粉末。”

机械臂开始把唐贝身上敞开的口子合上，他又将变回我最熟悉的模样。

“恕我直言，作为‘陪伴型’机器人，你们为他设置的使用寿命是不是过于短暂了？”

“请您理解，唐贝是测试机。随着使用寿命延长，需要耗费的成本几乎是呈指数增长。根据前期调研报告的数据，有百分之七十四的受访者在最期望的陪伴周期一栏里选择了五至八年的区间。而且，Luna 女士的团队认为，人类迟早要与自己的童年玩伴分道扬镳，唐贝的使用寿命与之相比已经是十分够用了。”

“是吗，现在看来不把寿命设置得太长是个明智的选择，既没有让第一次失败的测试带来太大损失，又可以尽早拍摄纪录片来进行宣传。”我联想起此次纪录片的宣传目的之一——吸引顾客购买使用寿命更长的机器人，不禁觉得很讽刺。

“实际上第一次测试带来的损失依然超出预期，因为唐贝被提前退货，研发团队为了获得更多的实践数据，陆续给他安排了其他的陪伴对象，结果也十分不理想。唐贝的情感参数过多，保留了与初任陪伴对象有关的记忆，这使后续几任陪伴对象感觉到各种各样的不适。所以唐贝作为失败的测试机，无法被投入原本期望的使用途径，就留在研发大楼里做一些家政机器人的工作，偶尔会与员工交谈。”

这位接待机器人显然点亮了诸如直言直语的个性，他在权限允许的范围内知无不谈，简直快到不合时宜的程度。

“不过唐贝也为后续实际投产带来了重要的经验，为了降低退货率，陪伴型机器人的出厂参数区间往往不会与顾客定制的完全一致，而是在定制基础上适当扩大区间范围……”

隼后来又说了些关于陪伴型机器人的定制与销售的话，这是永龄安排的讲解，作为必要的背景知识补充。机械臂正在撤除唐贝后颈的痛觉阻断，这意味着手术和第一场拍摄都即将结束。

/ 七 /

你需要休息。

但凡见过我的工作人员，都对我说过这句话。

有人还劝过我，不必守着太多的重复片段，只要拍到关键的点就好。

他们说的不是没有道理，只是，我身体里有个声音好像一直在告诉我，我现在状态很好，我应当继续拍。而且，唐贝剩下的时间不多，我是在抢他的时间。

这一连串的后果积累下来就是，我直接累倒在了片场。

两眼一黑，直接什么都不知道了。

等到我“醒来”时，竟看见另一个“我”坐在床边。

“我”和我长得一模一样——或许我应该称其为他——甚至他的神态都与我别无二致，他微微皱着眉头，其实不明显，但我太了解自己了，一眼就能看出来。

一个念头浮现在我的脑海里，面前这位可能是永龄制造的高仿真机器人，他们竟然在我没有授权的情况下就贸然这么做，实在是……

我的感官突然变得怪异起来，自从这个和我一模一样的人出现在我的眼前，我就像是瞬间拥有了无数不同寻常的感觉与意识。

意识成了一本日历，它被无形的手强行翻动了一页，真的是翻动，于是我再也看不到原先的那一页，新的内容取而代之了——

我是一名高仿真机器人，我模拟的对象是名为裴铭的青年纪录片导演，在初始设定中，我获得了裴铭的绝大多数重要记忆信息，同时也消除了我对自身机器人身份的自我认知，从而一直以裴铭的思维进行整个纪录片的筹划与拍摄。直到我与真正的裴铭见面，这一切的自我认知将会自动重写。

此时此刻，我感觉陷入了极为深沉的海水里，先前的记忆都被推翻了前提，短暂的几秒钟里，我如同重新过了一遍自己的人生，准确地说是机器人生。

这下倒是突然清楚了，我之所以那么偏执地想要拍好这部纪录片，就是因为写在我程序生命中的那条最高指令罢了。

“你是过度劳累，没有定时进行能量补充才会宕机的。”真正的裴铭环抱着双臂，目光落在空无一物的白色墙壁上，乍一看并不像是在与我说话，而显然，房间内就只有我们两个。

“嗯，是。”我应声道，我刚修复好自己的认知，与他的对话尚不熟练，但我看他的表情，立刻知道他是陷在自己的思考里头，他对着我说话，并非是真想听我的回应，更多的是通过讲述的动作来厘清思路。

“我不明白。”他突然看向我，四目相对时他明显地躲闪了片刻，又硬生生地将视线固定住，“你的程序是设定好的，一旦检测到能量不足，就会自发地去补充，难道不是这样的吗？”

“我没有那么严格执行的规矩。”我对裴铭应当是知无不言的，只是找到精准的表达方式仍需要一些程序的运算，“用最简单的模型来说，在我宕机之前的一段时间里，我有两个选择：继续拍摄；休息充能。这二者之间不存在严格的优先级，我能作出自己的选择……如果你也觉得，机器人真能有自己的选择的话。”

裴铭的表情意味着他很不解，有某种逻辑性的问题触发了他很久远的回忆，我对此知晓甚多，因为，裴铭重要的经历与记忆都共享在我的数据库里。我几乎是立刻就明白了他此时的感受，我的思维就是他的思维，他的感受也是我的感受。

不管裴铭如何想，我和他就是一体两面的。

／ 八 ／

唐贝救过我一次，准确地说，是救过裴铭一次。偏偏是这次不假思索的帮助令裴铭知道了一些 Luna 女士不愿让他知道的事情。

他觉得唐贝是出于指令才会救他，以此推演过去，唐贝陪他做的一切事情都是出于指令，他童年里宝贵的瞬间都来自人为写就的安排。我知道，Luna 女士把他的过激反应当成是小孩子闹脾气，以为他小题大做，自己不断强化负面情绪。

才不是小题大做，若我是裴铭……我确实是裴铭，我也会一样地难过、偏执。

可现下麻烦的事情是，我和唐贝都并非纯粹听从指令来做出行动。至少我认为，我是有“自由意志”这种特质的。那些名为开发者的人会给我下命令，但具体如何执行，那都是我基于自身已有的数据与经验而作出的自我选择。

就像目前我手头的工作一样，永龄交给我来拍摄纪录片，这是个最终任务，而拍什么镜头，如何剪辑，这绝不受到任何人的授意。

现实与数据库记忆里写入的事件交织到一起，我对于自己被创造出来作为导演型机器人的原因有了大胆猜想。

“裴铭，”我称呼自己的原型，应该不必多么客气，“让一个外观、经历、思维都和你一模一样的机器人来代替你完成拍摄工作，难道是你提出的想法？”

裴铭对我也不必说谎，他犹豫启齿，但还是承认了。

裴铭无疑是个成功的导演，他有天赋，不只是天赋，他曾经孤僻的性格在次次拍摄的磨炼下逐渐变成由执着引领的超高行动力——这么说起来像是在夸自己，真怪。他在片场里不再是以前那个沉默寡言、不善交际的小孩了，他身处片场时，时间对他来说是流动的，而他与唐贝的时间并不是这样，面对与唐贝有关的事，他仍然是小孩。

所以裴铭才能那么任性地把我造出来，试图用同样的方式去拙劣地报复他的少年玩伴。

“你要问我的意见……导演型机器人的最终任务是拍摄一部作品，那陪伴型机器人的最终任务自然就是陪伴预设的对象。”

裴铭询问我是否知道唐贝的思维方式，这真是强机器人所难，我彻底了解自己这具人造之躯也不过是刚刚的事，就得为他找到一种便于理解的方法。

裴铭此刻的状态可以说是坐立不安，我看他这样也连带着有点焦灼起来，我像是镜中的他，作为镜中倒影，会有倒影的自觉，不知这是不是一种有名字的人机效应。

“在你的理解里，唐贝没有欺骗我，他甚至不自知，他与我相处的时光也都是……是真实的、非人造的？”

“当然。”严谨起见，我强调说，“仅仅是我的理解。”

我看着裴铭逐渐瘫进他自己营造的沉默空气里，我突然明白了那句诗——“拔剑四顾心茫然”。

我躺在病床上，让我并不以此种方式休息的身体惬意地休息。我想，既然事情到了这一步，纪录片总归不应当是我来继续拍了，这部片子将迎来它真正的主人，唐贝或许会知道隐藏在纪录片背后的真相，或许不会知道，全看这位真正的导演裴铭如何决策了。

我回想着前几周的拍摄经历，在我得知自己的机器人身份之后，这段经历仿佛镀上了数字镀层，怎么想都有违和感。我还有些后悔，若是不那么任性，没有忽视那次能源警告，也就不会这么快告别片场了——我喜欢拍纪录片啊，哪怕是出于指令呢，喜欢驱动身体去执行动作的这个过程，不管怎么说都是真实存在的。

我甚至都开始想象交接工作的事了，裴铭却在此时开口了。

他在称呼上措辞半天，索性没叫我，直接有事说事。

“这部纪录片，你继续拍吧。”

裴铭给了我一张泛着金属质感的卡片，卡片上镌满了小字，它是用来证明我机器人身份的实体，标着我的出厂日期和型号，以及永龄认为其他有必要的各类信息。

“在你觉得合适的时机，让唐贝看到这张卡片。”

我答应了裴铭的要求。

裴铭离开前，又是没来由地提起，有一些时间段，是我和唐贝共同的维修充能时间，他趁这些机会去看过唐贝。

我不太确定，我该说我不懂人类，还是该说，我不懂小孩。

╱ 九 ╱

为了回顾唐贝被“我”解雇退回的那段往事，我们回到了裴铭的旧家取景。

唐贝已经与这里阔别多年了，他还保留着以前的习惯，想要上前去输密码，手抬到了半空就尴尬地停住了，示意由我来。确实，密码早已换了，我打开门，领他走进去。

唐贝一走进这间屋子，就明显地变得局促起来。里头陈设没变，按理说都是他熟悉的样子，他却不敢随意走动。

这段拍得极其不顺利，唐贝配合度莫名地低，我作为主要引导故事线的角色也很难强行推进。唐贝不愿意靠近旋转楼梯，不愿意讲述他记忆中的场景，甚至想要拍他的表情，他也抗拒。

我见他状态不对，宣布中止拍摄。

他坐在离旋转楼梯有一定距离的盆栽旁边，小心翼翼地观察着房间里头的细节，而我则在观察他。他的目光最终落到了茶几上——一张泛着金属光泽的卡片。

我朝身后比了个手势，暗示设备跟上。今天的片场是提前安排过的，不论发生什么，其实都不会中止拍摄。

唐贝拾起了那张卡片，拿在手里端详，他当然知道那是什么，他在确认，这是谁的卡片。

等他看到卡片上镌刻的裴铭二字，他会立刻明白的。

唐贝攥着卡片，几乎是冲过去打开储物柜，在里面暴力地翻找。我趁他在找东西，发消息给裴铭，让他立即回旧家来。消息刚发出去，我就被唐贝揪住衣领，径直摔到了那个他不敢靠近的旋转楼梯上，他的手上抓着一支笔，神经测试笔。

我不知他哪儿来这么大的力气，纵然我毫无防备，可这也太夸张了。

“你是机器人。”他不是在问我，只是在陈述，“你从什么时候开始是……从拍摄开始到现在，你一直都是机器人？”

他的念叨越来越疯狂——疯狂，是的，我用这个词来形容一个机器人。语言疯到极致，他就动起手来。

我敞露着身躯内部的机械结构躺在楼梯上，不知名的零件滚落四处——我被拆开了，拆卸手段极其粗暴。

唐贝用左腿压在我的胸腔上，使我动弹不得，便于他继续施展手头的暴力拆卸动作。

我任凭唐贝在身躯上发疯似的拆卸与寻找，我看向收到消息匆匆赶来的裴铭，轻声告诉唐贝说：“他来了。”

唐贝没有停下手头的动作，他找到了想找的东西，将它与手中的神经测试笔连接在了一起。唐贝下了狠手，手臂上的青筋都突了起来，我受到的痛觉刺激过于强烈，整个身躯猛地挣动，而唐贝压得太死，我根本挣脱不开。

裴铭僵硬地站立在原地，旁观这场多年前曾经上演过的闹剧。

他愣了片刻，回过神后连忙冲过来把唐贝从我身上抱开，拿走了唐贝手中的神经测试笔，唐贝连丝毫抗拒的意思都没有。

唐贝坐在地上，眼眶发红，很小声很小声地在说些什么，裴铭侧耳倾听，我躺在地上，也听见了。他在说，我们扯平了。

那天的拍摄现场一片混乱。我被唐贝拆得乱七八糟，却绝不喊“卡”，我真感激那些工作人员，他们真把我当成导演来对待。唐贝过于激烈的动作和情绪加速了损耗，瘫倒在裴铭的肩膀上，就像是死了一样。裴铭僵硬地维持着姿势不敢乱动，像是害怕没有撑住不小心让他摔下去。

我不知到底等了多久，终于等到有工作人员把唐贝接走，隼则过来关掉了我的躯体控制开关，我现在只能看着眼前发生的事情，不能说话，也不再痛了。这一段凌乱的剧情才就此宣告落幕。

隼故作周到地说，维修时间会很长，如果想等唐贝修好，可以坐在修理室外面的长椅上休息。他可真行，丝毫没管关于我的事。

隼对着裴铭开始了他的看家本领——“夸赞”：“裴先生，唐贝发现真相的这一场拍摄，实际效果比你预想的情景还要好，它融合了突发、回忆、消亡的预兆，看到这一幕，哪位顾客会不愿意为自己的机器伙伴定制最长的寿命年限呢？”

我必须要说，设计出隼的机器人设计师着实品味奇特，他的察言观色全都用在了相反的方向上。

“是谁教你说这句话的？”裴铭看着乱七八糟的我，似乎心情复杂。

“没有谁教我说这句话。”隼的语调依然轻快得过分，“我的一切行为都来源于过往的经验，我想说什么、想做什么，全凭自己的意思——嗯，或许某个设计师在我的行为模式里加了些无伤大雅的设定？”

裴铭点点头，不再接他的话了。

唐贝的维修预计耗费五个小时。我身上的问题则很简单，唐贝拆得很利索，重新组装回去也不是难事。

我被修好后就去找裴铭，我看他安静地坐在外面等，旁边的拍摄机器居然都是关闭的，未免太没有敏锐度了。我向工作人员示意了开机，才走过去和裴铭坐在一起，就像是一对双胞胎在手术室外守候亲人。

唐贝花在维修上的时间会越来越多，总有一天他的核心无法再支持机体正常运转，而那一天不会太远了，他会死去。我也和唐贝一样，会在核心衰老报废的时刻死去。

我决定不去想这些，人活着，活得很好，有事业可做的时候，也不会总想着死亡的事。

我本想问问裴铭，弄成今天这般局面，和他预想的是否一致，他那幼稚的报复把戏真的让他变得快乐了吗？我偏过头看着裴铭，又实在问不出口，我对这个和自己高度相似的人类有着奇异的保护心理。再说，他的想法，我自己算一算，也是能算出来的，也不必再问了。

“裴导，我有个不情之请。”裴铭说，“我想接任导演一职。”

隼不知从哪儿冒出来，适时地递给他一份文件，如同早就预知了他的选择，说：“裴先生，这是提前拟好的合同。”

裴铭接了合同，却看向我，我这才反应过来，他方才的话是要对我说的。

我越过他的右侧肩膀，视线落到不远处的那个镜头附近。我意识到当下的这个瞬间应当就是影视创作的玄妙之处，这个镜头没有写在计划里，它连沟通的环节也不存在，我来之前随手安排了开机，所以现在的时刻得以被记录下来。

这又是我身体里的矛盾点了，我的最高级目标，是要完成这部纪录片的拍摄，若是答应了裴铭，我之后该以什么名义存活下去呢？

漫长的维修结束时，唐贝从操作台上坐起。是我的错觉吗？他看上去脆弱不堪，马上又要倒下去。

如果我真的有自己的选择，我希望这真是我自己的选择。

“好。”我说，“交给你了。”

作者简介
陈文烨

暨南大学硕士研究生在读，担任电影短片《向海的另一面》联合编剧，短片获得第十届温哥华华语电影节优秀短片奖，科幻小说《万物》在中国美术学院主办的青艺周·科幻写作松比赛中获得第八名，收录于获奖作品集《寰宇社交的故事》，其他小说作品散见于《漫客·小说绘》杂志和不存在科幻公众号。

沉默的音节

昼　温

一

十三岁那年，最爱我的小姑遭遇了一场意外。

当我在学校得知噩耗时，小姑已经住进了ICU。

父母没有向我解释太多。他们为了小姑忙前忙后，与医生商讨治疗方案，联系亲属互助献血，去警局查看办案进程。所以，没有人发现一丝变化在我的心里悄然而起。

大人们的只言片语，让巨大的恐惧随着少年对于死亡的懵懂认知逐渐爬上我的心头。

我这才从真正意义上认识到，原来每个人最终都会在这个世界上消失。

人生在世，每一条路都通向死亡。

而我最喜欢的小姑就在这条路的尽头。她正在那个无知无觉、无底无光的深渊之上，随时会一跃而下，融入其中，不再回来。

现在还没有，但是随时都有可能，而且到最后一定会。

我怕极了。这些年的成长，我离不开小姑带给我的温暖与快乐、启发与鼓励。我无法想象没有小姑的日子。

可是，随着病危通知书一次又一次下达，小姑的离去已经变成了时间问题。

每天下午，坐在教室里的我就开始感到担忧。那份冰冷的害怕随着时间的推移愈演愈烈，在放学时达到顶峰。那时，我已经听不清老师布置作业的声音，只等下课铃响起，飞快地跑向医院。来到大门口，我的脚步又开始慢下来，一步一步挪上楼梯。移动越来越慢，心却越跳越快。我害怕听到绝望的哭泣，害怕在来来往往的亲戚口中听到不祥的字眼。只有绷着就要断掉的心弦走上那条熟悉的走廊，看见父母一如昨日疲惫却还带着一丝希望的面孔，我才能长舒一口气，暂时放下心来。

循环往复，日子像砂纸一样无情地打磨我脆弱的神经。

终于，小姑走了。

得到消息的那一天，我看到痛苦裹挟着怀念从遥远的天际线排山倒海而来，誓要吞没我的一切。我瑟瑟发抖。我怕我会哭得天昏地暗，我怕我会想得寝食不安，我怕我会从此崩溃。

突然，我的心底响起一个邪恶的小声音：忘了吧，忘了小姑，就不会痛苦了。

像抓住了救命稻草一样，我拼命点头。我臆想出一双无情的大手伸进记忆的深处，把小姑的音容笑貌、我与小姑的快乐回忆删了个干净。而锁着小姑遗物的阁楼，我也再未涉足。

一道心墙轰然而立，拦住了所有的怀念与悲伤。

后来，我开始一样一样地把曾经珍爱的东西从心底里掏出来，开始拒绝一切真心的爱与被爱，开始不在乎一切。

容颜，梦想，健康，亲人。如我所料，在这个可怕的世界上生活，有太多的失去要承受。不过，从那之后，没有任何离去可以打败我。

即使是后来在小姑的葬礼上，我也没有流一滴眼泪。

冷漠的名声渐渐传开，但我的内心静如雪原。

/ 二 /

大三那年，我认识了杨渊。

依稀记得是一场跨校区的社团聚会。大家都不是很熟，不过整个气氛还是很活跃的。一个男生正侃侃而谈，娴熟地引领着饭桌上的话题，时不时抛出几句俏皮话惹得众人哈哈大笑。

我看着他，几次抬起酒杯轻抿几口，把想说的话全都压回肚子里。

几年前，我经常担任同样的角色，成为目光的焦点，在合适的场合说出合适的话，带动几十人甚至几百人的情绪。一般不易受到情绪干扰的人更容易做到这点，而我正是其中的佼佼者。只要我愿意，心里随时可以如死水般平静。

在我第六次欲言又止时，突然意识到左边有人在和我搭话。

“喂，你是不是有颞下颌关节紊乱综合征？”

我一愣。回过头，一个苍白的少年正冲着我笑。

“对了，我叫杨渊。”

“你怎么……”

“颧骨附近有硬币大小的淤血，应该是经常接受放血治疗；不是内向的人却拒绝开口说话，怕是在避免关节磨损；打呵欠的时候会刻意控制张口程度，避免关节弹响。我说的对不对，周可音同学？”

“你怎么知道我叫……”

"我在学工部帮老师干活的时候，曾经看过你的档案。"

看到我皱起了眉头，杨渊突然有点慌乱。

"呃，我不是故意的，只是看照片有点眼熟，所以……"

"没事。"

我恢复了淡淡的语气。

"这个病，很困扰吧。"

"还好。"

除了关节时时酸痛偶尔剧痛，不能吃稍微硬一点的食物，被迫放弃当主持人的梦想，在脸上顶着两块粉底都遮不住的淤青外，还好。

杨渊小心翼翼地看着我，好像有什么话要说。

我又抿了一口酒，给他一点措辞的时间。

"我们家是研究这个病的。"

"中医世家？"

"不是。"

/ 三 /

我一直认为，社交媒体没有办法带给我们真正的交流。

我从小就知道，那一串串文字只是对话的残骸。我们的语气，我们的声调，我们发出每一个音节的方式才是最重要的。重音的选择意味着关注点，尾音的长短暗示了性格，乡音的影响将成长环境和盘托出。有的时候，我甚至可以通过聆听语言的旋律来判断谎言。

那些只知捧着手机的远距离情侣——无论是心理距离、生理距离还是地理距离——实际上爱的都不是真正的那个他 / 她。因为，除了一地的文字残骸，他 / 她的一切都是你脑补出来的。就像安德烈 · 纪德所说的："我终于感到，我们之间的全部通信只是一个大大的幻影，我们每个人只是在给自己写信，我深刻地爱着你，但却绝望地承认，当你远离我时，我爱你更深。"

不过，当杨渊开始频繁地在微信上找我聊天时，我还是察觉到了什么。我看着他每天对我说"早安"和"晚安"，看着他在节假日小心翼翼地问候，看着他在网上收集来各种各样的冷笑话发给我。

我有时候会想，他所爱的我，会是什么样的呢？

不过，比起这个，我对于杨渊母亲所在职的声学研究所更感兴趣。她叫孙素怀，来学校看杨渊的时候见过我几次。和名字一样，孙女士的着装一直十分素雅，说起话来平静淡然，让我都听不出一点波澜。这样的人我只见过几次，要不就是对一切都不在乎，看淡一切；要不就是城府极深，足以抹去除文字之外的语言信息。

要练成这种能力极难，再加上她科学家的身份，我的大脑几乎没有经过判断便将孙女士归为了前者。

三个月后，我便以女朋友的身份跟着杨渊去孙女士那里参观了。

那栋老式的小三层建筑坐落在护城河边上，灰扑扑的，一点都不起眼。不过，令我惊讶的是，这里面竟然有世界第五所、中国第三所声学吸波暗室。

我还是小时候从小姑送的科普杂志上第一次知道这种神秘房间的。那篇文章浅浅地介绍了美国明尼苏达州奥菲尔德实验室里的吸波暗室。据说房间内的环境噪声可以低至 –9 分贝，是吉尼斯世界纪录认证的世界上最安静的房间，一般用来检测产品的噪声。

在我的想象中，那个房间应该是这样的：内部空无一物，四壁洁白光滑，可以阻挡外界一切声音。

简直是我内心的写照。

据说没有人能够单独在这个房间里停留四十五分钟以上，我觉得那是他们的心里不够安静。

不过，孙素怀女士所拥有的这个房间和我的想象完全不一样。

空间很小，六个墙面都是看不出材质的棕褐色，布满了半掌宽、一臂深的纵横沟壑，样子十分古怪。为了防止被绊倒，地上铺着一层细网。

之后，孙女士邀我来到了吸波暗室旁边的监控室。在这里，我们可以通过屏幕看到吸波暗室里的景象。不过，如果不特别设定的话，声音是听不到的，只能听到窗外的护城河在缓慢翻涌。

监视器中，杨渊轻轻带上门，走向了中间的一桌一椅。椅子是那种很普通的黑漆折叠铁椅，边角磨损严重，露出了银白的金属色。单人桌也不大，上面放着一张 A4 纸。

杨渊坐下来，拿起纸，快速浏览了一遍，然后对着监控设备所在的方向比了一个 OK 的手势。同在监控室的孙女士按下了一个按钮，吸波暗室的一角亮起了一盏红灯。

杨渊朝那个方向看了一眼，随即又把目光投向了手中的纸张，开始念上面的文字。

他念得很慢，而且每念一个字都要停顿几秒，闭上眼睛思索一番。

然后，他会点点头或者摇摇头，再念下一个字。

这时孙女士就会根据他的反应在电脑上做一个标记。

杨渊曾经告诉过我，这是一项为预防颞下颌关节紊乱综合征而进行的新型实验。

这是一个不致命，但很麻烦的病。

很多活泼开朗的青年人和我一样深受困扰，不过得病最多最严重的还是老年人。他们的关节处剧烈疼痛，张嘴受限，甚至无法进食。

现代文明把人类的寿命越拉越长，可是我们还是拖着一副原始人的身体，不少器官的出厂设置里都没有写好足够长的使用年限。于是，以癌症为代表，很多寿命有限的古代人都无缘一见的疾病在漫长的岁月里纷纷登场，成了人类健康的终点杀手。

下颌关节也是这样。长年累月的磨损令它们早已失去了先前的灵活，开始用疼痛抗议超负荷运转。

磨损的过程是不可逆的，所以这也是一种只可缓解而无法根治的“绝症”。

／ 四 ／

在孙女士的介绍下，我认识到口腔系统的复杂程度简直超乎想象。

吞咽，咀嚼，呼吸，讲话，接吻；黏膜，关节，血管，唾液，神经；最灵活的肌肉，最坚硬的骨头。

当人们使用交谈这一高级的功能时，精密的血肉机器就开始以极其复杂的方式转动起来。

舌位分高、中、低，口腔位置分前、中、后。清音、浊音、软腭音，齿音、鼻音、声门音。

一声又一声，伴随着牵拉、共振、磨损。

每一个发音组合的运转方式都是不一样的，所以每说一个字、一个词、一个句子对关节的磨损程度也是不一样的。

孙女士他们就致力于找到最容易磨损下颌关节的发音，从而提醒相关人群少说这样的字句，甚至把这些加快关节老化的“恶魔”字眼从语言中删去，达到全民口腔保健的效果。

杨渊在吸波暗室所做的工作，就是这个计划的一部分。杨渊的耳朵极其敏感。在布满吸音材料的房间，他甚至可以分辨出自己说话时关节的摩擦声，进而判断该发音对关节的磨损力度。

这个计划听起来又原始又麻烦，但是是机器没有办法替代的。电脑可以模拟发音的物理过程，却没办法重现人类语音中的抽象特征和心理特征。汉语拼音和英语音标的音位是有限的，但是随着临音的不同，同一个音位可能有无数个变体。

在英语里，/p/ 在 pair 和 span 中的发音就是不一样的，前者带有轻微的吐气，后者则不送气。

汉语里也有类似的例子。同样是简简单单的“一”，在“一律”“一块”中“一”全部由本调阴平变为阳平调，而“一番”“一端”中的“一”则遵循着“阴平字前变去声”的规律。

还有些差别极其细微，比如同样是 /i:/ 音，在 lead 和 leave 中的音长也会有厘秒级的差异。所以，目前还没有任何机器或是模型可以代替人类对自然语言进行精确判定。

不过，字词句的组合几乎是无穷无尽的，为了提高效率、减轻杨渊的工作量，孙女士他们想出了另一个办法。

她和她的同事招募了一些青年颞下颌关节紊乱综合征患者，在征得同意后，为他们提供随身携带的录音设备。这些小玩意儿可以对患者每天说的话进行长达一个月的追踪记录。记录回收之后，超级计算机将提取发音单位的出现频率，并与未患病的人进行对比。这样，孙女士的团队就可以提取出患者的语言中平时比常人更频繁出现的发音组合，从而有针对性地进行下颌关节磨损测试。

这项工作从立项到实施，已经进行了很多年。

“其间因为发生了一场事故，停了一段时间，”杨渊说，“不过现在一切都很顺利。”

“你当时找我，也是希望收集我的日常讲话编入数据库吗？”

“不不不，收集工作很早就结束了。我只是觉得你，比较，嗯，眼熟。”

我淡淡地笑了一下，没有再问下去，恐怕再牵扯出一个和我长相相近的前女友。

杨渊好像有点失望。他和我说话的时候，我能感受到他的声音里与心跳频率相当的小小颤抖。他一定很爱我，也一定希望我能够关心他。

但是，关于他的事，我很少过问。这其实让杨渊的哥们儿都很羡慕。他们的女友要不就像没骨头一样黏着人不放，要不就是天天翻手机。

“出去吃个饭都能接到五个查岗电话，这还是人过的日子吗！”

而我呢，我估计一年也不会给杨渊打超过五个电话，也很少主动联系他。

不过，我会尽女友的一切责任。

打扮得漂漂亮亮和他一起出席饭局，情人节共进晚餐，生病时嘘寒问暖。

不撒娇。不作死。不索要礼物。无可挑剔的模范女友。

但是我能够理解那些女孩儿。因为在乎，所以太容易被男孩子不经意的一句话或是简简单单的举动伤害到。

那句话怎么说的来着？谈恋爱就像是有了软肋，也有了铠甲。

而我，有铠甲就好了。

在杨渊的心里，我肯定很没有人情味儿。

不过，我只是想在失去杨渊的时候，心痛的姿势不要太难看罢了。

／ 五 ／

“可音，你养过猫吗？”

我摇了摇头。

“这样……我以为对人冷淡的人，大多数会养个猫什么的……”

我莞尔。杨渊还是不够了解我。我不会让任何东西走进我的心里，又怎么会对宠物倾注爱意？

“其实猫挺好的，我家养过好几只。”

“哦。”

“你知道吗，很多猫会打呼噜的。而且很多猫科动物都会发出一个频率的呼噜声，二十五赫兹。”

“嗯。”

“据说这个频率的声音可以帮助它们愈合伤口、缓解全力追捕猎物导致的肌肉拉伤和肌腱过度拉伸。母猫的呼噜声还能帮助缓解分娩疼痛，促进小猫骨骼的生长。还有人专门录下这种声音来做理疗呢。”

我只是看着他微笑，他知道我在听。

“所以，有时候我感觉声音是一种很神奇的东西。”

突然，我的沉静已久的心轻微而快速地颤动了一下。

杨渊竟然连这个都注意到了。

“可音，怎么了？”

“没事，我只是，只是好像在谁那里听过类似的话。”

“谁呀？”

小姑模糊的面容在我的脑海中浮出水面，又沉了下去。

“没谁。”

“到底是谁呀？”

杨渊用双手扶住了我的肩膀，侧着头看我低下去的脸庞，声音里充满了关切。

我像往常一样，任性地不再回他的话。抬起头，正好对上杨渊的双眸。

因为我的冷淡和疏离，这还是我们第一次离得这么近。我的心跳加快了。

杨渊动了动，好像要靠过来。不过，他最终只是抬起了一只手，轻轻触碰我颧骨旁的淤血部位。

感受到他手指温度的一瞬间，一股暖流从内心闪电般划过，我不禁一阵战栗。

我挡开了他的手。

“抱歉……”

“没事。”

他放下手，转向了监控室的屏幕。此时，孙女士正收拾吸波暗室里的 A4 纸。

“什么感受？”

“嗯？”

我很少主动挑起话题，这让杨渊有点惊讶。不过他很快反应了过来。

“哦，你说在实验室里啊。很安静，真的很安静。据说如果待的时间足够长，就能够听到心里的声音。”

我望向他，他立刻读懂了我的眼神。

“你问我啊？我没试过。说实话挺害怕的，万一心里的小恶魔跑出来了呢？”

我又转向监控屏幕，看着孙女士走出了房间。

“你想进去试一试？”

“嗯。”

/ 六 /

走进吸波暗室，就好像走进了另一个世界。

平常萦绕在耳边的各类杂音全部消失了。

遥远的蝉叫声，笔记本电脑的嗡嗡声，护城河舒缓的流动声，都不见了。

我的心跳加快了。原始人的大脑失去了判断安危的依据，自动开始紧张起来。

我走到房间中心，脚步声大得像惊雷。老旧的金属单人椅还在原处，但是我没有坐上去。

我停下了脚步，细细聆听。

安静渐渐褪去了，另一簇声音席卷而来——那是来自我身体内部的声音。

心脏跳动，血液流淌，肠胃蠕动，内脏摩擦，每一个细小的声音都被无限放大。

与这副躯体共事二十多年，我还是第一次如此真切地聆听它运转的声音。

我试着张了张口，下颌关节处发出一阵不祥的吱啦声，好像一堆碎骨头在搅动。

赶紧闭上嘴，牙齿的碰撞在脑内回响了整整五秒钟。看来自己之前对它真是太粗暴了。

接着，我想起了杨渊的话。

“据说如果待的时间足够长，就能够听到心里的声音。”

说实话，自从把心掏空后，我不觉得自己的心里还会传出什么声响。不过，我还是闭上了眼睛。

身体里器官的运转声更大了，一会儿耳鸣也加入了进来。

扑通，扑通，吱呀，吱呀，咕嘟，咕嘟，嗡，嗡，嗡。

并没有什么奇怪的声音传出来。看来我的心和预想的一样，一片荒芜。

我很满意，我还是这样的坚不可摧。

突然，我意识到有什么不对。

越来越大的耳鸣声中，多了一个细小的人声。

我没有杨渊那么敏感，此时调动起全身的注意力去分辨。

嗡，嗡，嗡。

不对，不是那个。

可音，可音，可音。

我听到了，是有人在呼唤我的名字。可是，是谁呢?

渐渐地，同样的声音从我沉重的呼吸声中传来，从我胃部的蠕动声中传来，从我的心跳声中传来。

可音，可音，可音。

可音，可音，可音!

那是在我牙牙学语时，要为我轻声朗读原版《小王子》时的呼唤；那是在我关节剧痛，替我温柔敷上热毛巾时的呼唤；那是我在葬礼上摆出一副冷漠的面孔时，在天堂里伴着圣乐的呼唤。

可音！可音！可音!

是小姑。

我一直以为，只要捂住耳朵不去听那个骇人的死讯，只要远远逃走不去管后事的处理，只要把往事一件一件从心里掏出来，把她的音容相貌一点一点删个干净，我就不用承受那份名叫“永远失去”的痛苦。

可是我错了，小姑还在那里，一声一声，没有停止对我的呼唤。

可音。可音。可音。

“可音！！！”

／ 七 ／

杨渊真真切切的喊声瞬间把我拉回了现实。

我这才意识到，自己不知道什么时候已经瘫软在地，像婴儿一样蜷缩着，瑟瑟发抖。

杨渊冲了进来，把我抱在了怀中。

我也紧紧地抱着他，几年来积攒下的眼泪在此时汹涌而出。

苦苦阻挡的悲伤终于冲破了心墙，狠狠地啃食着我每一寸肌肤。不过，远没有想象中那么痛苦。我埋在杨渊的怀里大哭着，好像终于卸下了什么重担。

杨渊把我抱了出来。我的脸贴在他炙热的胸膛上，感到无比安慰。

他应该也挺惊讶吧，毕竟认识他这么久以来，我还是第一次卸下了冷冷的微笑，展现出真实的情绪。

不过，他并没有追问原因，只是抱着我，等我慢慢平静下来。

“没事，可音，有我呢。”

回家之后，我做了一个决定。

“妈妈，能不能告诉我，小姑到底是怎么去世的？”

母亲的惊讶全都写在了脸上。

我们两个都记得很清楚，几年前，她吞吞吐吐告诉我这个消息的时候，我只回了一个“哦”。

什么也没问，什么也没说，默默回到了房间里。第二天我就返校了，整整两个月没有回家，只在小姑的葬礼上露了一面，摆着一张冷漠的死人脸。

母亲为此十分担心。他们都知道一直没有嫁人的小姑最宠我，害怕我经受不住打击，心理出了问题。不过，我在学校一切正常，甚至模考成绩都没有受到影响，她也就没再当着我的面提这事。

所以，这次我主动问起小姑的情况，母亲其实是有些欣慰的。这说明我身上除了那股冷淡，多少还残留了点人情味儿。

“当时觉得你还小，没和你多说，其实当时有很多奇怪的地方。”

我这才知道，小姑是被烧死的。

现场很诡异，烧焦的尸体倒在客厅，可是旁边的纸张、沙发和电器都没有灼烧的痕迹。警察也来过，把现场勘查一番，没有找到任何入侵的迹象。后来又调查了那段时间与小姑来往密切的人，也没有什么收获。最后，只能把死因归结为“人体自燃”。

“人体自燃？”

母亲点点头。

这个词我只是小时候在《飞碟探索》之类的杂志上见过，说的就是人在毫无预兆的情况下突然自燃身亡，还煞有介事地列举了好些有名有姓的案例。不过，在我看来这就是和尼斯湖水怪差不多的传说，怎么可能真的就在我的身边发生呢?

“妈妈，小姑那段时间在做什么？和什么人来往？”

“我想想……那个时候你不是总说下巴疼吗，你小姑加入了一个治疗下颌关节的学会，那几年一直在搞研究。”

听闻小姑对我的小毛病这么上心，我心一热，眼泪又想往外涌。

“可音，其实……唉，算了没事。”

母亲的欲言又止在我听来十分刺耳。

“有什么话您就说吧，我都这么大了，没关系。”

“其实——我也不是嫌你小姑啊，但是有件事，我确实不太……”

“您说。”

“巧曼她啊，花那么大精力去搞下颌关节的研究，其实，其实很大程度上是因为愧疚。”

“对谁？”

“对你。”

原来，在母亲看来，我会得颞下颌关节紊乱综合征都是小姑害的。从某种意义上来讲，这确实是真的。在我还不会说出清晰的“爸爸”时，精通语言学的小姑就已经开始对我进行发声训练了。她并没有拘泥于寥寥几个普通话音节，而是尽力拓展我的音域，同时加强对口腔里每一块肌肉的控制。

为了不错过最佳时期，小姑的训练强度很高。也正是这种练习加速了关节磨损，使得我年纪轻轻就患上了关节病，让母亲很是心疼。

不过，我一点都不后悔。

在小姑的指导下，我几乎可以准确发出这个世界上任何一种语言中的任何一个音。从英语中需咬舌的 /th/ 和日语中轻柔的つ，到有大舌音的 churrería 和有小舌音的 bonjour，还有各种各样冷门的发音方式。在别的孩子还在利用汉字谐音去标注英文单词时，我已经可以照着国际音标念出这个世界上任何一种语言。

小姑曾经告诉我，这是很难得的。在一定语言环境里成长起来的孩子会有一个深嵌在肌肉记忆里的固定发音模式，后天很难更改。此外，还需要一点点语言天赋。所以才会有各种各样的口音，才会在推广普通话时流传着“下着下着哈（下）大了”的段子，才会有连自己的母语也发不准的人存在。

而通过聆听语言的旋律来找出讲话人没有说出来的内容，也是这项能力的延伸之一。

小姑管有这种能力的人叫“千语者”。

／ 八 ／

当汹涌的怀念渐渐流淌成一片平静的汪洋后，我开始着手调查小姑之死。

上网一查，有关人体自燃的假说竟然如此之多。我把它们分门别类建成了一个小小的资料库，打算按照可能性顺序一个一个排查。

看起来最靠谱的是烛芯效应。就是说把一个穿着衣服的人设想为里外反转的蜡烛，衣服是烛芯，人体脂肪是蜡。在这种情况下，就算是一个很小的火苗也可能会穿透皮肤将脂肪点燃，然后像蜡烛一样缓慢而持续地燃烧。

我想象小姑从里到外燃起火焰，就如一根人体蜡烛的样子，不由一阵战栗。

不过网上也提到有人用猪肉做过相关实验，并没有成功。而且小姑那么瘦，怎么想也不可能有足够的脂肪。

另外就是球状闪电假说。这个我之前也读到过，是在一本科幻小说里。那里面描述的球状闪电来去无踪，犹如致命的鬼魅，一触碰就能把人烧成灰烬。在球状闪电假说里，只有人体会燃烧，而其他物品不会受到影响，这也与小姑当时的情况相符。

我想了想，又去找到了母亲。

“当天的天气状况？我记不太清了。”

“嗯，是不是雷雨天您还记得吗？”

“那应该不是。那天巧曼还有客人呢。她不是一直自己一个人住吗，要不是她的同事来找她，还不知道什么时候才能发现……”

“同事？”

“对，那人还来参加巧曼的葬礼了，我给你找找照片……”

当听说小姑从事下颌关节紊乱相关研究时，我就在想她会不会和孙素怀女士认识。不过这几年研究这个病的组织还挺多的，我又觉得没有这么巧。

直到我拿到了那张照片。

看到它，我仿佛又回到了那个恍恍惚惚的下午。照片上的人都是一袭黑衣，低头垂泪，只有我仰着脸，一副神游天外的样子。

不去看那个幼稚的自己，我仔细端详其他人的面孔。在照片的另一端，一个正在擦眼泪的女人与孙女士的身形有些相像，而站在她身边的高个子男孩，我绝对不会认错，就是杨渊。

／ 九 ／

“你就是巧曼挂在嘴边的千千？”

说起昔日的同事，孙女士的眼圈一下子红了。

“这个项目能开展起来，巧曼真的是功不可没啊。我是搞大数据的，做梦也没想过会从事口腔医学方面的研究。是她找到了我，提出可以利用超级计算机统计高频率音节……我说她怎么会那么执着，还从就职的高校拉了那么多的资源来……原来是因为你……你知道吗，当时吸波暗室还没建好，她就自己先拿着筛选出的音节组合，关上房门一遍一遍阅读、揣摩，连电话都不接，就是为了早点儿找到对关节磨损最厉害的发音……谁想到……”

我低下了头，心里充满了悔恨。因为自己幼稚的坚持、对失去的恐惧，这些年来从未给小姑扫过一次墓。小姑的在天之灵如有知觉，该多么伤心啊！

“怪不得，我就说好像在哪里见过你。”

杨渊牵住了我的手，我没有拒绝。

“可音啊……”

“阿姨，您说。”

“阿姨之前听巧曼说过，你也是千语者？”

我点了点头。

“您也知道这个？”

“当然。实验之所以停滞，就是因为巧曼的去世。你也知道，这间吸波暗室的建造离不开奥菲尔德实验室的支持。而他们愿意提供帮助的原因，就是希望我们可以把研究范围扩大到多个语种。所以我们收集的音节中极大部分都是外语，有些甚至是几个语种混合起来的。这些发音组合严格意义上来讲不属于高频音节，甚至在正常的人类交流中基本不可能出现，但它们是计算机模拟推算出来的‘绝对磨损’音节，研究它们对下颌关节的磨损状况从而测试磨损极限是十分必要的。而要准确地念出所有的音节，只有千语者能够做到。”

孙女士顿了顿。

“巧曼是我们当时能够找到的唯一一个千语者。巧曼去世后，我对杨渊进行了很长时间的训练，他才勉强可以胜任一般的音节诵读，实验才能重新运转起来。不过稍微复杂的一点的音节他就不行了。”

“那小姑去世之后，为什么没立刻来找我？”

“我们去了。不过你的母亲和我们谈了你的心理状况，不让我们接触你。而且，就算是找到你了，你怀着对小姑之死的抗拒也没办法和我们配合。唉，可惜当时我只知道你的小名，也没见过你，不然早该认出你来了……”

孙女士的声音依然平静，不过脸上露出了悲切的表情。

我轻轻地抱住了她。

“以后让我来吧，我一定努力替小姑完成她未竟的事业。”

/ 十 /

在这之后，我与杨渊的关系又进了一步。我不再排斥他，也不再压抑自己。我接受了他所有的关怀，也尽自己所能回应。

我不想让小姑的遗憾在杨渊身上重演。

我和他度过了令人难忘的二人时光，也常常陪他去研究所做实验。虽说我也答应了去辅助实验并且拿到了一份音节资料，但大多数时间里还是杨渊在实践。一方面是因为难读的音节组合还是比较少的，另一方面是因为我下颌关节上的病。这些被千挑万选出来的音节，每一个都能带给关节相当剧烈的摩擦。

每当看着杨渊在吸波暗室认真地感受关节的响动，我又会想起当时在那里听到的声声呼唤。原来无论我如何抗拒，该留在心里的人都是不会离去的。我就此下定决心，要好好爱父母，好好爱杨渊，好好爱所有在乎我的人。

不过生活的旋律并未就此舒缓，一个命运的高音很快横在了我的面前。

那天，我照例来到了研究所。孙女士和杨渊正在监控室整理材料。见到我后，他们递给我了一张纸。

“可音，今天这十个音节挺难的，靠你啦！”

“辛苦你了，孩子。”

我伸手接来，目光扫过纸上的内容，心却毫不在此。

不对，这声音不对。

杨渊的语调变高了，颤抖声也随之放大，这意味着他的心跳在加速。今天没有发生任何事，他在紧张什么呢？

孙女士的声音还是很淡然，或者说，比之前更淡然。如果说她平时严格控制发声系统以至于不会流露出真实情绪，那么此刻她在调动全部的精力去平复声音。她在隐瞒什么呢？

我抬起头看了二人一眼，他们都在冲我和善地微笑。

——杨渊不会是要向我求婚吧？

我脸一红，随即打消了这个不切实际的念头。

走进吸波暗室，我才开始认认真真地打量这次要念的第一个音节组合。

我立刻发现了不同。之前，我要读的音节大都是小语种单词组合，例如包含德语、法语、俄语和韩语的“ÄhnlichInéligibilitéвысший굴”。而今天在我眼前的，只有一串串国际音标。

这套共有一百零七个单独字母、五十六个变音符号和超音段成分的音标系统，严格遵照着一音一符的标准，在漫长的发展和修正的过程中几乎可以标识人类所有已知语音。

之前我所读的音节组合上有时也会有一些音标辅助，而这次孙女士完全抛弃了词形，仅标注了发音，只能说明我即将念出的声音已经超越了所有语言中的可能组合，进入了完全陌生的语音领域。

不过，这并不会难倒我：从小我就在小姑的教导下熟识国际音标，再难的发音也能轻松应对。

我在脑子里简单过了一遍，清了清嗓子，开始读。

“/r/、/ɳ/、/œ/……”

第一个组合还没读完，我的下颌关节就开始剧烈地疼了起来。我忍不住低低地叫了一声，冲摄像头打出了暂停实验的手势。

我出来之后，母子二人虽关切地递上了热水袋供我热敷，但言语里却流露出了失望。

杨渊和孙女士一定有什么在瞒着我，一定。

/十一/

这件事只可能与实验相关，与我相关，而且十分重要。

我在脑海里回溯了与杨渊母子认识的这段日子，发现自己真的很难从他们话语的旋律里听出点什么来，尤其是孙女士。换句话说，和她说话，就像在和一个人远距离聊微信，除了文字残骸的所有内容实际上都是我自己的脑补。而杨渊呢，我对他深深的爱恋使得判断能力被大大削弱。

这是不正常的。毕竟在大多数时候，我都能够在一个人的话语中轻而易举地听出真实情绪和弦外之音。

孙女士与小姑在声音方面共事多年，也是她第一个发现了小姑的死亡，后来杨渊又正好搭讪到了我。

这很可能不是巧合。

而要找到答案，我只能去炸毁心底最后一道堤坝。

最终，我下定了决心：是时候直面小姑的死亡了。

我回到家里，打开了尘封的阁楼。电脑、笔记、书籍，熟悉的种种物品落满了厚厚的灰。阳光从身后倾泻，回忆和飞尘迷了我的眼。我默默地站在中间，等着一切流尽。

整理所有的资料用了整整一个晚上，我甚至用自己的生日试出了小姑邮箱的密码。我从浩如烟海的笔记、文档、日记和邮件中还原了几年前发生的所有故事。当我从震惊中缓过神来，东方已经发白。

那时我才知道，杨渊在声音里掩不住的心跳声，不是因为喜欢，而是因为谎言。

/十二/

我十二岁的时候，颞下颌关节紊乱综合征变得非常严重。小姑怀着深深的愧疚，暂停了自己手头上的教学任务，和主攻大数据方向的孙女士取得了联系。

仔细研究了小姑带来的项目后，孙女士表示一定大力支持，甚至从任职高校调动了很多计算资源。而且两人克服重重阻力，找到了奥菲尔德实验室的人，合作建立中国的第三间吸波暗室。

小姑在当时的日记里表达了对孙女士的感谢，同时也提到了她淡然隐忍的性格。

“素怀真的很厉害。她想要的东西都会深深埋在心里，然后一声不响地完成。和她合作，应该很快就能找到缓解千千病痛的方法。不过，有的时候我真的不知道她在想什么。”

吸波暗室在建的过程中，孙女士已经通过大数据得到了一手的高频音节资料，也给了小姑。如孙女士曾经告诉我的一样，小姑会在家里关上房门，对着数万个音节组合挨个朗读、细细揣摩。

也是在那个时候，小姑提出了寻找跨语言的“零频音节”，以便测试语音对关节磨损的极限。孙女士建立了一个复杂的模型，让计算机列出了一长串超越大多数人生理功能的音频组合。当然，计算机的模拟是不准确的，还需要千语者亲口诵读，在里面找出真正的“磨损音节”。

问题就出在这里。

小姑念着念着，发现其中一些音节组合会令听者产生不太舒服的生理反应。她做了一些简单的对照实验，最终从研究声波物理属性的声学语音学中找到了最可能解释这一现象的理论。

这一部分的笔记很难懂，充满了我从未见过的专有名词和长长的注解。看得出来，语言学出身的小姑在物理学这一陌生的领域下足了功夫。

“……当声波通过时，分子的内外自由度之间将发生能量的重新分配，从而导致有规的声能向无规的热能转化，即声波的弛豫吸收现象……”

这份摘抄里的很多话我都看不太懂，却感到莫名熟悉，好像在哪里读到过一样。不过也不一定，毕竟难懂的物理学名词堆砌带给我的感觉都是差不多的。小姑看起来一开始也不是很明白，她找了一个物理学专业的同事，留下了一份录音资料。

开头是“当”的一声，听上去是有人拿食指关节敲响了一张厚木桌。接着是一个男声。

“响声通过这个桌子传播的时候，桌子的微观结构会在震动中膨胀、压缩，失去曾经的平衡状态，而要恢复平衡状态，分子们就要——”

“消耗热量？”是小姑的声音。

“不，是散发热量。”

“在生物体中也是一样的吗？”

“是的。声波在生物介质中会发生各种形式的能量衰减，尤其是弛豫过程，会引起大量的能量耗散。有些特殊的声波甚至会引起分子强烈的重组运动，从而发出大量的热，如果不能及时散热，将会导致物体自燃。不过这都是理论上的。”

听到这个熟悉的词语，我终于记起来了。在我草草建起的“人体自燃”资料库里，那段文字静静地躺在名叫“分子弛豫吸收假说”的文件夹中。难道小姑的死真的与声波有关？这和她念过的音节有关系吗？带着疑问，我继续听了下去。

“特殊声波……会在人类的语言中出现吗？”

“哈哈哈，你在说咒语吗？”

“马教授，您说笑了。”

“其实也不是没可能。关于声音杀人的传说自古有之，各个文明都有关于咒语的神话。如果我没记错的话，两千多年前人类语音学在古印度刚起步的时候也有过这方面的记载。”

“唔……”

“而且，只要频率合适，每一类声波都可能会成为杀手，足以摧毁与它相对应的特定物体。不过……”

“怎么？”

“要找到这样的声波应该是很难的，因为能够被自然会产生的声音所杀死的生物大概都已经灭绝了吧。”

“也就是说，现在存在的所有生物也都存在对应的致命声波，但是一般不会在自然界出现？”

“嗯。或者严谨一点说，是在地球上很难出现。说不定有一天来到其他星球，外星人的一句‘你好’就能把所有的航天员烧成灰烬。”

“其实我还有最后一个问题，这种特殊音节能够通过计算机模拟找到吗？”

“理论上是可以的。不过计算机模拟人类语音的效果很差，就算找到了咒语所需的正确音节，也得人类念出来才能看到效果。还有，小周，我不知道你发现了什么，但是我实在不建议你去寻找这类隐藏的音节。声音太容易被复制、传播了，如果秘密泄露，人人一张嘴就能轻易杀人，后果不堪设想。还是让它们彻底沉默下去吧。”

“我知道了。谢谢您。”

／十三／

小姑并没有对音频里的那位物理学教授多说，也没提及自己最近做过的实验，而是把一切告诉了孙女士。然而从邮件里可以看出来，两人的观点渐渐起了分歧。

“巧曼，这是个千载难逢的好机会啊！咱俩合作，我这边可以用计算机模拟出可能性最高的音节，你来做最终鉴定，我们完全可以找到尘封在历史中的魔咒！”

不过，面对孙女士热情洋溢的提议，小姑在邮件里一再回绝。

“素怀，这个风险太大了，我告诉你就是希望可以停止寻找‘零频音节’的项目。听了马教授的‘自然声音选择学说’，我觉得致命咒语真的很可能藏在会对关节磨损极大的发音组合里。在生物体漫长的进化过程中，人体会在大脑意识不到的情况下自动趋利避害。只有念动死亡音节而引起严重磨损的下颌关节结构被保留了下来，才能保证人类在各种语言中都能无意识地避免使用这样的发音组合。而我们现在在做的，就是在一步步打开潘多拉的魔盒。马教授说得对，万一真的找到了已经在历史长河中遗失的咒语，那后果绝对是不堪设想的。”

“巧曼，你想得太多了吧，这些还全都是假说而已。而且对于这个实验，已经有那么多资金砸下去了，吸波暗室也在建，你这时候提出停止，我怎么给上面交代？”

“素怀，那我只能退出实验了。一切后果由我承担。”

“周巧曼，你承担得起吗？”

…………

那段时间两人的邮件往来很多，不乏一些激烈的言辞。我这才知道，看似温柔稳重的孙阿姨竟然如此强势。不过，小姑虽然语气柔和，但也一直没有退让。最后两人都妥协了：小姑再念十组“零频音节”并记录关节磨损状况，完成一阶段报告，孙女士利用这段时间再去找其他千语者继续实验。

而接下来的两个事实，更令我不寒而栗。

第一，小姑在和孙女士海量的邮件往来中多次提到过我，甚至发过不少我和小姑的合照。也就是说，孙女士和杨渊理应一早就认识我了。可是从第一次见面到现在，他俩从未显露出这一点。

第二，在小姑出事的前一天，孙女士送去了最新的“零频音节”。

/十四/

我在床上躺了整整一天。

分不清是睡是醒，一切的一切在脑海里消解又重组。我像一个新生的孩子，开始一点一点认知这个陌生的世界，认知我所知道的事情背后所代表的意义。

当最终清醒过来的时候，我变回了过去那个对一切都不在乎的人：内心曾被杨渊融化的汪洋冻成了一片冰原。

最大的可能性横亘在眼前的空气中，真实得仿佛马上就要在虚空中展现出实体。只差一步，我就可以证实它。但是我不确定自己能不能承受得住如此锋利的现实。

不，我不但要证实它，承受它，我还要让他们付出代价。

稍作休整，我化了一个淡妆稍稍遮住倦容。化妆品还是小姑生前留给我的，而我当时还小，没怎么用过。我想了想，又把头发挽了起来，用一支簪子固定好。此时看着镜子里的自己，更觉和小姑有几分相像。

当夜，我回到了研究所。在吸波暗室旁的监控室里，孙女士见到我时小小愣了一下。她很快转过身，开始调试设备。杨渊正坐在一边削苹果。他修长的手指很灵活，完美地控制着同样修长的不锈钢刀在水果表面游走，不紧不慢地像在创造一件艺术品。

我曾经很爱他这一点，如今只觉可怕。

“可音，关节不疼了？”

“嗯。”

“本来以为你要多休息几天的。”

“没事。”

“你怎么了？”

杨渊放下手里的刀，贴近了我。

“簪子很好看。”

“是小姑的。”

我笑了笑，侧身躲过他，从控制台上拿过上次没读完的音节。

最终的测试要开始了。

／十五／

要了小姑性命的死亡音节就藏在这些之中吗？

我的目光迅速在这十个音节组合上游走，嘴巴快速一张一合，不出声地过了两遍。杨渊坐了回去，继续削苹果，而孙女士则在一边默默地看着我。整个实验室只有机器嗡嗡的声响，皮肉剥离的声音，还能听到窗外护城河舒缓的波涛。

我抬眼看了一下他们，又低头看了看第一行，感觉双唇有千斤重。

我知道，只要我一开口，一切就都回不去了。

白纸黑字上，小姑在向我微笑。

“/r/、/ɳ/、/œ/——”

“当啷”一声，杨渊手里的刀和苹果都掉到了地上。

“不好意思，手滑了。”杨渊趴到桌子下面去捡，而孙女士则径直走到了我面前。

“可音，这组音节对关节损害很大，留在吸波暗室里读吧。”她的声音不紧不慢，不过很坚决地从我手里把那张白纸抽了出来。

我没有阻止。

我望着他们，笑了。

“/r/、/ɳ/、/œ/、/ɖ/——”

“孩子，你……”

“可音！”

“——/ɐ/、/k/、/ʈ/、/ʊ/、/r/。”

颤音的余波在空气中划过，杨渊和孙女士僵在了原地。

三个人都在静静地等待着什么，但是什么都没有发生。没有人烧起来。

我盯着这两张没有掩饰住惊恐的脸，意识到自己没有错。三天前，就是他们看着我拿着装了一颗子弹的左轮手枪走进吸波暗室，看着我把枪放在自己的头上，看着我走向自己的死亡。

七年前，他们把子弹装填好送给小姑的时候，也是这样的吗？小姑一枪一枪打在自己身上的时候，他们在想什么呢？最终子弹要了小姑性命时，他们又是怎样的心情呢？

小姑替他们证实了理论，缩小了范围，而我，估计就是用来最终确定咒语的工具。

十组音节，一发致命。

“看来不是这一组。”

我打破了沉默。

“孩子，你在说什么呢？”孙素怀换上了一副关切的神情，过来拉住了我的胳膊。

我第一次这么近地看到这位长辈的面孔，近到可以闻到脂粉的气息。保养很得当，眼角虽然有细细的纹路，但是配合上妆容和发型，反而衬托了作为女教授端庄稳重的气质。如果小姑没有去世，那么也会像这样散发出成熟优雅的味道吧。

想到这里，我没有再犹豫。

“/a/、/ɵ/、/ɖ/、/ɑ/、/r/、/ʀ/——”

她一把捂住了我的嘴。

“孩子，我当时根本不知道会变成那样，”她在我耳边说，“那是个巧合，是个悲剧。我很抱歉。这里消防设施很到位，只要及时降温，你根本不会有危险。”

见我瞪着她，孙素怀又补充道：“我没告诉你，是怕你怪我。毕竟巧曼的死有我的责任。对不起。”

孙素怀的眼神十分悲切，但这次没有骗过我。母亲曾经说过，孙素怀是小姑事故现场的第一发现人。也许我刚刚拿着的那张纸，就是孙素怀从小姑烧焦的手上夺下来的。

我这才意识到，孙素怀有一点和我一模一样：她的心也是空的。不让任何一个人走进内心，也就不会介意伤害任何一个人。

掰开她的手，我念出了第三组音节。

“杨渊！”孙素怀迅速后退，大声喊道。

男子已经蛰伏许久，此时迅速冲了上来。我只感到重重一击，砰地摔在了窗户上，眼前金星直冒。玻璃整个碎了，一部分碎片摔进了护城河，一部分划破了我的后脑。我踉跄地躲到一边，感到温热的血液从身体里流出。

冷风吹了进来，让我很快清醒。眼前，那个曾经领着我亦步亦趋离开冷漠世界的人，曾经给予我所有温暖的人，曾经如此体贴与温柔的人，此刻终于露出了本性。

杨渊把我紧紧地压在墙上，脸上的狰狞是我从未见过的。锋利的水果刀抵在我的喉咙，刀刃划破了皮肤的表层。

“我可是学过的，足够一刀取你声带。”

我仰着头，感到那个给过我安慰的胸膛压得我喘不过气来，拂过我泪花的右手游刃有余地操纵着利刃，寻找我发声器官的位置。

余光中，孙素怀在不远处看着这一切，脸像死人一样冷漠。

“杨渊。”

我艰难地发出声音。

“你不害怕她吗？”

“她是为了人类。有进步就要有牺牲。”

我握住了他的手腕，就像藤蔓想要拉动山岩。

“你不怕她牺牲掉你吗？”

山岩有些颤动。

“我是她的儿子。”

“如果我死了，那你就是最接近千语者的人。而且你不会不知道吧，监控室一向听不见吸波暗室里的声音。”

杨渊愣了一下。趁此机会，我拉开他的手，猛地向下一蹲，勉强挣脱了出来。接着，我拔出了头上的簪子——那枚属于小姑的簪子，尖端被我磨得锋利无比——狠狠地扎向了杨渊的右手。

那簪子穿透了他白皙修长的手，直直地钉在了老旧的墙壁上。在杨渊痛苦的叫声中，我念动了第四组音节。

／十六／

“/a/、/v/、/ɐ/ ……”

随着声音的起伏，我的内心突然升起了巨大的恐惧感。我体内有一股极大的冲动想要停止，甚至想要用双手捂住自己的嘴。这是我的生物本能，但是我克制住了。

“/ɖ/、/ɑ/、/k/、/ʈ/……”

不知道是不是我的错觉，孙素怀和杨渊似乎也感受到了这份恐惧。他们开始向门的方向冲去。

“/ʋ/、/r/。”

最后一个音节传出之后，恐惧感达到了顶峰。浑身的细胞在一瞬间灼烧起来，我感觉坠入了烈火。不，是烈火从我的体内破壳而出，火舌舔舐着一切。

我要死了。

我听到了自己的尖叫声，也听到了杨渊和孙素怀的尖叫声。所以这个结果还不坏，是不是，小姑?

小姑在半空中微笑着望着我，指了指我的身后。

同时，一个男声在我的脑海深处响起，我认出是小姑那份录音材料中马教授的声音：

“有些特殊的声波甚至会引起分子强烈的重组运动，从而发出大量的热，如果不能及时散热，将会导致物体自燃。”

散热。

我扒着窗台艰难地站了起来，身子前倾，头一沉摔了下去。

/十七/

从护城河里被救上来后，我在医院躺了半年。

孙素怀和杨渊的死被定性为实验室事故，我也没有费心思和警察解释太多。

当然，咒语的事我跟谁都没有讲。

那几个音节对关节的磨损程度超出了我的想象。勉强念出之后，我的关节几近报废，我患上了严重的张口受限，连吃饭都成了问题。

不过，跟严重烧伤相比这还是小事了。

一年之后，我告别了父母，消失在了世俗之中。

在一个隐蔽在青山绿水间的研究所里，我决心穷尽世界上所有的发音组合，找到更多对人类有益的声波。

那里，我做了一面照片墙，贴满了所有能找到的旧照片。

其中就有小姑的。她在照片里永远年轻，神采奕奕，望着我微笑。

参考文献：

［1］GEORGE YULE. The study of language [M]. 北京：外语教学与研究出版社 , 2000.

［2］胡壮麟，朱永生，张德禄，等. 系统功能语言学概论 [M]. 北京：北京大学出版社，2005.

作者简介
昼 温

科幻作家。作品发表在《三联生活周刊》《青年文学》《智族 GQ》和不存在科幻公众号等平台。《沉默的音节》和《猫群算法》分别获得 2018 年、2021 年中国科幻读者选择奖（引力奖）最佳短篇小说奖。2019 年凭借《偷走人生的少女》获得乔治 · 马丁创办的地球人奖（Terran Prize）。多篇作品被翻译成英语、日语在海外发表，其中《沉默的音节》日文版收录于立原透耶主编的《时间之梯 现代中华 SF 杰作选》，并于 2021 年获得日本星云奖提名。多次入选中国科幻年选。著有长篇科幻小说《致命失言》。出版个人选集《偷走人生的少女》。

SN 0

东心爱

我将你，放在了支点的另一头，我人生的天平，终于不再倾斜。

一

又一架满载尸体的太空电梯升上月球，巨大的啸音响彻旷野，随着电梯的远去一同遁入碧空苍穹。

一群受惊的渡鸦扑棱棱飞上天空，前一刻，它们还在享受你辛苦备下的食物。

你在高台上坐了良久，大约觉得渡鸦群还会回来，便没有收拾散落于脚边的肉糜。此时，第二声啸响传来，却是由远及近。你循声望去，只见一枚黑点自太阳中间显现，越来越大，矩形的轮廓逐渐明晰，直到现身成一台电梯的模样，降落进一千米外的发射井。

这台电梯里，载的不再是尸体，而是等质量的月岩。

五年了，这幅景象，越来越频繁。最初，电梯一天不过五六个轮回，发射时间也没规律。后来，电梯有了时刻表，一小时准点一班，跟个通勤火车似的。再后来，电梯尺寸越来越大，你猜想那里面，可能从最开始的“五星酒店”，变成了“上下铺”，接着又从起码的“卧铺”变成了“站票”。而如今，不论你何时抬起头，天上永远有着一两台丧葬电梯穿梭于“此岸”和“彼岸”。

生意真好……

第二天，你推着木板车，游走于森林深处几个下食点。傍晚，天空开始淅沥沥下起小雨，好在遮天蔽日的林子为你挡了不少，只是湿冷的风灌进你黑色的袍子，你瑟缩地打了个寒战。这场雨让天黑得更快了，你算算时辰，加快了脚步，终于在夜幕落下前，赶到那片林间空地。

没有机械，没有帮手，你吃力地将剩下的两大桶肉铺在空地上，并退到二十米开外的安全笼中，架上望远镜，静静等待狼群的到来。

十分钟后，林风中开始夹杂着一些不同寻常的窸窣声。深邃的树丛里，一双双高高低低的黄白亮点逐渐显现，试探着靠向那原本再熟悉不过的聚食地。

自从丧葬公司为提高“升天”的仪式感，往电梯外装了昭魂哨，你的投喂工作，就再也没顺利过。那是一种外挂于电梯壁上的巨大哨子，利用电梯升空时气流下降发出巨大哨音。哨音如同洪亮的宣召声，向天国昭示一个人灵魂的圆满。但这其实是演给家属看的，过了对流层，根本没有足够的空气去“吹响”哨音，何况丧葬电梯的终点是真空月球。可家属们吃这一套，愿意为这充满象征意义的营销手段额外付钱。只是突如其来的巨响常会惊扰到进食时神经敏感的动物，你几乎要多花一倍的时间等待清道夫们重回岗位。

……黑暗中，群狼灰色的背脊反射着月光，影影绰绰。一只、两只、三只……你露出欣喜的笑容，那是三只刚断奶的幼崽，如今也加入进食的队伍。它们犹犹豫豫地凑在头狼屁股后，不敢僭越，却又对那饕餮美食无比好奇。它们不断透过缝隙偷舐血腥，被头狼警告后，可怜兮兮地发出委屈的呜咽。

二十年了，当初栽下的小树苗已经长成了参天巨木。你记得这二十年来森林涵养出几处水源，记得野化基地在这里放归了多少幼崽，记得今天的哪只幼崽是当年哪只幼崽的后代，记得当年的哪只幼崽在哪一年弃下的肉体，重归了大自然的循环……

你沉浸在回忆中，镜头里的狼群却突现慌乱。你心下一沉，本能地以为又是昭魂哨，可细听之下，发现异动的源头并非高空，而是聚食地的正上方——一架无人机悬停半空，仿佛一个窥伺的瞳孔。

无人机没有追赶狼群，它对地面的肉块更感兴趣。

“唉……”你无奈地叹了口气，将望远镜对准地上的肉块，仔细复检自己的劳动成果——绝不能出现头部组织，脏器要和躯干分离，大块的肉要切小，小到看不出这曾是人体。

这么多年，人道组织从来没有放弃对你的抨击。在他们看来，你提出的丧葬模式，是最大的反人类，是文明的耻辱和倒退。即使循环丧葬法已被法律承认多年，人道组织也无时无刻不盯着你，妄图抓住你一丝一毫的懈怠，大做文章。你只能更加小心翼翼，小心翼翼地处理着尸体，小心翼翼苟活于这令你心寒的人间。

无人机似是发现了你，它慢慢抵近。可能背后的操控之人也想看看，当年那冒天下之大不韪的魔鬼如今落得个什么下场?

镜头里是你的倒影……你脸上的惊讶一闪而过，取而代之的，是无限失落与悲怆。是啊，自己看上去竟已那么老了！数十年远离城市，遁世于山林，成天绕身的不是野兽就是人尸，整个人憔悴形秽。你思忖着，自己可能已经活成了那些鄙视你的人心中，魔鬼该有的样子……

夜，静悄悄，你回了小木屋，丢下木桶和推车，也未理那满仓的尸体。

黑暗之中，我看不清你是否流下了泪水。

这么多年，你可曾后悔?

/ 二 /

“我孙子出生时，天有异象，他将来啊，一定大有出息!”

这句话几乎伴随了你的整个童年和青年时代，虽然现代科学告诉你天象和人生压根儿没有必然联系，但奶奶有句话没说错，你出生的那年，确实天有异象，而且百年不遇。

那一年，大麦哲伦星云中，一颗恒星走完了自己的一生，爆发了二百年来最明亮的一起超新星暴，产生的超新星被命名为SN 1987。

后来，你长大了一点，出于好奇查了SN 1987，却发现那不过是一颗视星等三级的星，别说白天，即便夜晚，也丝毫不比天狼星更突出。这所谓的异象，也太蹩脚了点。很明显，老太太把各种道听途说在脑海里添油加醋，强赋上小孙子有出息的愿望，从而撒了一个自欺欺人的谎。谎撒的次数多了，到最后连自己都深信不疑。

失望之余，你却对超新星起了兴趣。这才发现SN 1987不是唯一记录在案的死亡恒星，在它之前曾有SN 1885、SN 1604、SN 1572、SN 1054、SN 1006和SN 185……甚至连太阳系自己，都是一次超新星暴的遗迹。可人们为那么多超新星赋予了名字，却偏偏忘却了诞育自己的那颗。

“叫你SN 0可好?”儿时的你站在阳台上，遥想着太阳系的前世。

金色的阳光洒在手臂上，映出了皮下浅浅的血管。你仔细端详起肌肤的纹理，犹如欣赏一件旷世的艺术品——这，不就是 SN 0 的今生？

奶奶说的不错，你，真的很伟大。

“哎哟哟，又烧了。还不快回屋里避一避，愣着干什么，小心吃你一嘴死人灰。”

奶奶老远看到烟囱里又冒起了黑烟，急吼吼气呼呼地赶到阳台收刚晒出去的被子。她使劲拍打着被褥，“噗噗”直响，但你知道，按今天这风向，死人灰吹不过来，奶奶拍的不是灰，是晦气。

老人家忌讳看到这些，可你不同，自打记事起，龙华殡仪馆就一直在那里，时不时奏起哀乐，时不时冒起黑烟，你早已习以为常。可这天，你心里突然冒出了不一样的想法。

鲸落，万物生。人落，为何要烧掉？烧了，还怎么循环？

人赊了一副皮囊游走世间，穷其一世向自然索取，终了，皮囊，难道不该还给大自然吗？所有生物死后都重归了循环，或入兽腹，或沃土壤，为何只有人，奢侈地将珍贵的有机体付之一炬，无差别地报废成一捧灰烬，还封锁进隔绝循环的瓷盒，却大言不惭地称之为文明？

“火葬，将营养丰富的有机质变成仅剩的无机盐——钙、磷、钾、碳！这和扔二向箔有什么区别？一把火，蔑视了生态平衡，蔑视了进化成果，蔑视了 SN 0 的牺牲！古语云，‘身体发肤，受之父母’，可你从父母那里继承的只是遗传片段。基因之外还有无数层‘外衣’，那些让你真正变成一个可说、可看、可听、可嗅、可有所欲的人的根本是什么？是生态大循环！人类发展的道路中，多的是索取与掠夺，少的是反哺和馈赠，即使只是一副再无用处的躯壳。”

当年，攻读生物信息学博士的你义愤填膺地在阶梯教室做着演讲，台下不断有人离场，嘲笑你是个疯子，对这离经叛道的想法嗤之以鼻。

“火葬是为节约耕地，是为摒除烦冗复杂的丧俗……”有人不忿。

“之所以侵占耕地，一是因为没有行为准则去约束埋葬行为；二是因为科技落后，远距离落葬费时费力费钱。而丧俗之所以烦冗落后，症结在活人身上，你们不思考如何改进丧俗本身，不思考如何教化活人，却简单粗暴地把死人付之一炬。这和封建时代皇帝好色，大臣却戕杀美女有什么区别？这是一场零和博弈，人类方便的背后，是大自然在为此偿债！”

演讲的结果可想而知，学校取消了你接下来的几场行程。那晚，你独自坐在黄浦江边，喝着闷酒，却突见天顶悬浮着一则飞艇广告——近日为人津津乐道的——月球葬。

屏幕不断演示着殓尸的方法——尸体乘坐太空电梯升到散逸层，在空间站换接驳椁 A。近地轨道上的椁 A 与高椭圆轨道上的椁 B 通过太空绳索相连，绳索内的电流与地球磁场作用，具有了始动能，如此，接驳椁 A 就如同猎人挥动绳索扔出的石头般，从近地轨道被“扔”上更高的轨道。反复几次，直到椁 A 最终脱离地球引力场，利用引力跳板进入月球轨道。经过周密计算，翻了无数跟头的接驳椁 A 最终会恰好被月球丧葬空间站接住，尸体换电梯直降安息地。

“夜晚，当你仰望星空，仿佛就看到了亲人微笑的脸庞。”

广告词让你一阵反胃……以后谈恋爱的小青年怎么看雪看月亮？诗人怎么举杯邀明月？一邀，就是一整个月亮的死人！

只是那时太空电梯技术还不成熟，月球葬还流于概念，可这支概念股却在有钱人中颇受欢迎，谁都想尸身万年不腐，谁都想死后，真的升入天国……

/ 三 /

“三百六十行，行行出状元！”你一张稚嫩却坚毅的脸怒怼着奶奶。

终于，博士毕业的你离开了象牙塔，严峻的择业问题赤裸裸地摊在眼前。是向现实低头，找一份中规中矩却可衣食无忧的工作？还是追求梦想，借着年轻的资本撞向南墙？

“三百六十行，行行出状元。脏的累的状元谁爱当谁当去，我养你，不是为了让你去殡仪馆跟死人打交道。你出生时天有异象，算命的说你坐家里金子银子就会主动上门，远行就要受苦受累。所以你给我老实待着，别像你爷爷……”

奶奶突然滞住了话头，只是那时候，气急的你并没有注意到她眼底隐隐的闪动。你只是不忿，原来这就是奶奶脑子里的出息！她没事就往龙华寺跑，求菩萨保佑的就是这个——坐在家里，什么也不干，却能安享富贵？

世人期盼的竟都是不平等的交易！

你一气之下离家而去，寻了荒山，种了树，养了鸟兽，铺了路，为的就是创立自己的丧葬公司，还上人类一直不愿支付的皮囊债。

十年之后，循环丧葬法终于获得了法律的认可，可你赢了法律，却输了社会，不论你的数据多么有力，人类的理智却始终战胜不了情感。于是你被排斥、被异化，渐渐游离出了人类社会。即使送来的尸体越来越多，即使许多人在心底接受了你的理念，但对世人而言，你始终是清道夫，而不是同道者。毕竟谁也不愿意与黄泉路的接引人同道而行。

你渐渐割断了自己与外界的联系，剃光了本就有点斑秃的头发，忘却自己尘世的名，改了诨名，叫老和尚。十年里，没人再见过你，但只要把尸体放在林边的收尸点，第二天，尸体便不见踪影，干干净净，仿佛已经被分解，又仿佛，从未存在过。

你就这样与世无争地过着肢解尸体，喂养动物，培育土基的生活。原始的活法，时间仿佛也流逝得特别慢，短短十年，却像过了一辈子。直到有一天，一个巨大方块自森林边上升起，直冲云霄。你盯了好久，才发现那竟然是一台电梯？！只是这台电梯，比你见过的所有电梯升得都快，升得都高……

/ 四 /

再次见到你时，你“站”在博物馆的橱窗中，身边还有熟悉的木推车。全息投影循环播放着你生活工作的点点滴滴。你旁若无人、专心致志，丝毫不理会几米开外络绎不绝的游人。那一刻，仿佛我在此岸，你在彼岸。

“……十年之后，循环丧葬法终于获得了法律的认可，我赢了法律，却输了社会，不论我的数据多么有力，人类的理智却始终战胜不了情感。我奔走了十年，挣扎了十年，也尝尽世间炎凉。虽然送来的尸体越来越多，可人们只当我是清道夫，却不是同道者。这样的重担，我没有勇气去承受一辈子。于是我创造了丧葬机器人，在我退缩的那个岔路口，沿着预定的路，替我走下去。”

橱窗右下角，金属铭牌上，镂刻着你的名字：丧葬机器人 SN 0 初号机。

“这就是五十五年前，爷爷您最早的那台工程机？”

孙女推着我的轮椅，好奇地望着橱窗里一动不动、却与中年时的我有着同一副面孔的机器人。

一个月前，最后一片丧葬林宣布停业，在那片森林坚守了五十五年的你终于被关闭电源，撤下了历史舞台。

其实循环丧葬法早在十五年前就已全面工业化，数不尽的尸体每天被批量送去循环工厂，那里有大型切割流水线，效率是SN 0的上千倍。但我刻意留下了你，没有像对待其他SN 0那样早早地将你销毁。就这样，你在这天地之间，多陪伴了那片森林十五年，也多陪伴了我十五年。

我向公众开放了你所在丧葬林的空域，游客可以随时释放无人机去体会你的生活。人道组织批判这是侵犯AI的隐私，可我不过是想让更多的人看到你的喜怒哀乐，这也曾是我的喜怒哀乐。

上个月，我想最后再看你一眼，可你好像也看到了我。你错将我的影像当成了自己的倒影，于是你看到了耄耋之年的我，我看到了凄清悲怆的你。我不忍，于是我在离世前，也决定结束你的一生……

你可还记得，那五年的时光？

无数个日日夜夜，你我相对于狭小的木屋中。我设计着图纸，编辑着算法，为你一点点赋予生命的力量。最后你启动的那刻，我甚至都无法区分，哪个才是真正的我！

只可惜，相逢即别离。自你“活”过来的那刻起，你我的人生，就此分道扬镳。

你撞向南墙不再回头，而我，放弃了梦想，只为让生活不再艰难困苦。

只是这一帆风顺的人生，如今，终究也走到了尽头……

“我一直不明白，爷爷您明明有条件，为什么不选择将意识上传云端，为什么要选择真正意义上的死去？”

孙女是永生一代，她出生前，科学界就已突破意识与物质间的转化壁垒，实现了记忆的读取和存储。于是，只要将意识上传至云端，人类，便可永生。孙女这一代，于死亡的含义浅尝辄止，他们从未，也不会再懂得，什么是真正的离别，什么是此岸与彼岸。

“万物终有时，你有你的人生，我有我的命途。我的大脑已经老化，这是意识上传也无法扭转的困局，我无法理解新世界的秩序，就像你无法理解旧世界的死亡一样。在一个不属于你的世界中，即使活着，也是苟活。你爷爷我，不想苟活。”

年轻时的我，那个拼尽一切试图改变人们态度的我，怎么也不会想到，循环丧葬法真正迎来它的春天，真正形成产业化链条，不是由于我的努力，也不是大自然降下了什么了不得的灾厄，而是永生的到来，让人类不再珍视这个临时中转舱般的——肉身，它成了廉价的施舍物。

如今的人们对永生趋之若鹜，就像当年对月球葬一样。只是，当人们不再理解离别的含义时，便也同时失去了永恒的真谛……

隔着橱窗，我看到你手上布满的老茧，看到你的脚踝被树枝划破的伤口，看到你眉心的皱痕。这些本是我肩头的山，可生命不可承受之重，却要你帮我担。

“郇先生，您来啦。”一位中年女子，穿着博物馆的制服，熟稔地为我打开隔着你我的那道屏障，我伸出手，想要触摸你。

“先生——”她下意识地想要制止，这并非因为我违规碰触展品，事实上，整个博物馆都是我的。她露出的复杂表情中，有一种叫厌嫌，厌嫌我吗？不，是SN 0。

她年近五十，见过真正的死亡，体会过离别，理解彼岸的含义。那种表情，年轻时的我见过无数次，在人们面对法医时、面对殡仪馆工作人员时，以及面对讲台上宣扬循环丧葬法的我时。那是对死神的拒绝，也是对我这种成天游弋于黄泉边的清道夫的拒绝。常在河边走，哪能不湿鞋，哪能不沾晦气。就像奶奶收回的被褥，就像她手上戴着的手套……

刚开始分解尸体时，特别难熬，我几乎每周都驾车数小时，去最近的镇子上，只为看看热闹的菜市场，看看上学的小孩子，哪怕是邻里吵架，都比小木屋中独自观赏的电影来得有趣。这让我觉得自己还活着，和那些躺着的尸体不一样。

后来，我渐渐适应了肮脏的工作和孤寂的生活，却不得不正视一个问题——这些工作都必须我一个人完成，验尸、碎尸、分拣、投喂、埋葬，可即使辛劳一辈子，我又能处理多少尸体？面对如此庞大的死亡基数，我的付出，我的贡献，我处理的尸体，我喂养的动物，只是杯水车薪。我的人生，仿佛只是一场与世界的无谓对抗。

怀着对前路的彷徨，那年春节，我回了久违的家，见到快被岁月噬干的奶奶。她的眼神早已浑浊，见到我时，不再喋喋不休，也不再提那个 SN 1987 的幻梦。这些年，因为我的倒行逆施，她受尽了邻里的侧目，承接了太多的非议。我本该与她抱团，却出于对世人的怨怒而远远逃避去了荒山，丢下她一个人生活了几十年，只剩她在冰冷的城市中独自面对重重恶意……

我跪在地上，紧紧握住她的手。大过年的，泪流满面。

在通往梦想的道路上，会碰见许多艰难险阻，但不是每道坎，靠着一颗抛头颅洒热血的心就能跨越。我突然意识到，一意孤行，才是最大的自私。

那是压垮我的最后一根稻草……

/ 五 /

孙女见我一直盯着 SN 0，她走上前，学着我的样子，细细触摸 SN 0 粗糙的手掌，她想通过这种方式，体会我真实的情感，体会那对一个老者而言，弥足珍贵的“过去”。

我的过去，是 SN 0，是我的奶奶，也是孙女的父亲——我的儿子……

我看着他从呱呱坠地的婴儿长成了青葱小伙，也看着太空电梯技术一步步走向了成熟。

人们想象不到，那二三十年间，月球葬有多热门——电梯的构造一改再改，只为容下更多的尸体，饶是如此，地下冷库里依然排满了仿佛永远发射不完的尸体。城市中，有商家嗅到商机，建造了专门储藏尸体的“冷楼”，而“冷楼”一年的收尸量，就超过太空电梯十年的发射运载量。于是，月葬公司提高了全尸的发射费用，那些无力承担的家庭，最终妥协只将死者的大脑发往月球。那些年，只要是晴朗的夜晚，你抬起头，便能于月亮周围发现一条闪动的亮带，犹如散落溪水中的碎钻般璀璨夺目。那是络绎不绝的接驳桴穿梭于高椭圆轨道的身影，媒体戏称那条光带为黄泉。

我的儿子最终和我走上了一样的路——殡葬业，却也走出了不同的路——他是月球葬太空抛绳轨道的管理者。这个工种，不接触尸体，却掌握着最先进的技术和最稀缺的殡葬资源，在世人眼中，甚是高尚，和我从事的不一样。

但这些都发生在孙女记事以前，她出生于月球葬的鼎盛时期，鼎盛过后，月球葬便滑向了没落。她的记忆中，没有“黄泉”。

她听着我的描述，努力想象着那条耀眼的光带，就像她努力试图理解的“死亡”一样。

“母亲与我描述过那种繁荣，她说父亲曾不止一次增加轨道半径，以避免接驳椁之间的引力互扰。”

只是当永生骤临，月球葬迅速没落，谁也没料到不同领域的科技突破会带来殡葬业的彻底洗牌。它来得没有丝毫预兆，就像孙女的父亲、我的儿子的死，突如其来，没有一点预兆。

孙女五岁那年，她父亲死于一起飞梭事故。后台调度系统失灵，造成并轨点多台飞梭相撞。他的大脑被一台飞梭的钛合金碎片削成两半，这样的残脑无法完成意识上传，他彻底死去了。他大概没料到，自己做了一辈子的太空调度，倾尽心血确保接驳椁的零相撞率，自己却最终死在接载活人的飞梭的调度失灵上。世事就是如此玄妙。

他大约是最后一批葬上月球的人，仿佛用自己的死，亲手为月球葬闭幕。

“爷爷，您选什么葬种？”孙女平静地问我，毫无忌讳，就像在问爷爷今晚吃什么一样。

我？

我的父母选择了火葬，我的儿子选择了月球葬，我的孙女选择了永生。世界变化得太快，每代人都吃力地追赶着时代的步伐，以至于虽生活在同一片天空下，观念却隔绝着整个世界。每代人都有每代人的活法，就像每代人也都有每代人的死法一样。

/ 六 /

半个月后，爷爷去世了。直到他再也不会回应我的呼唤，我才意识到，死亡，真的会带走一些东西。

他选择的是土葬，一种我闻所未闻的葬种。埋葬地，是他最初种下的那片丧葬林，是诞生了 SN 0 的那间小木屋。那片土地，见证了爷爷整个人生的几乎所有转折。

我在云端信息库里查过，土葬，是在地上挖个坑，把人装在木盒子里，再将木盒子整个埋进坑中。但爷爷不太一样，他没有用大木盒子，他说木盒的涂层会污染土地，而他热爱那片土地……没有木盒，他便能与土地浑然一体，尘归尘，土归土，重入大自然的循环。或许将来，我眼前的落叶，我吸入的氧气，我脚下的泥土，便是他的来生。

其实我很好奇，为何他会选择土葬这么奇怪的葬种？直到我在他的遗物中翻出一张泛黄的黑白旧照，上面的一男一女，微笑着站在一株盛放的梅花树下。

经过化验，那张照片竟有一百二十五年的历史。上面的男人，不可能是爷爷。

照片背后压着一张信纸，同样已经泛黄，但检测结果显示，它的诞生比照片晚了七十五年：

……五年前的除夕夜，我握着您的手，泪流满面……那是压垮我的最后一根稻草。

这五年，我不再执拗地追逐虚无缥缈的梦，而是踏踏实实，想想自己能为您做些什么。后来，我设计的 AI 机器人在国际比赛大放异彩，评委说，这是他们见过的最有人味的机器。当我带着奖杯回家，想对您说，算命先生说的没错，您的小孙子真的很有出息时，却只见到了您的灵堂，和一具冰冷的尸体。

那时，我才真正体会到，什么叫子欲养而亲不待。也正是那晚，我收拾您的遗物，才懂得您当年为何那么执着于将年轻气盛的我困在身边，那么愿意相信天花乱坠的批命词，说我待在家，便能大富大贵。

是因为爷爷吧，那个曾与您一起站在梅花树下的男人，那个最终选择了梦想的男人。

父亲说，爷爷是祖国的第一批石油工人，曾响应国家号召，在克拉玛依工作过。那时你们新婚不久，或许旁人常在您耳边对爷爷交口称赞，夸他是祖国最需要的螺丝钉，是英雄。可又有多少人能体会，在那个交通不便、通信不畅的年代，您与他，于漫长岁月中彼此思念的伤情与苦楚？

春去秋来，聚少离多。爷爷为数不多的返乡时刻，您是否都早早站在村口的梅花树下，满怀期待和思念，等着那道熟悉的身影踏梦而归？只是那一次，您最终没有等回爷爷。他长眠在了油田公墓中……

您从未去过克拉玛依，哪怕得知了爷爷的死讯。您以为，只要不见到那座墓，他便依然活着，不过工作繁忙，不过晚些回家……

父亲说，您去世前，紧紧握住他的手，叮嘱将您土葬在梅花树下，不要烧掉，不要烧掉！否则爷爷回来时，便认不出您了。只是后来我们去了您长大的村子，农村改造，那棵梅花树，早已不在了……

对不起……

少时的我不懂事，只会埋怨您，思想老旧，鼠目寸光。却从未想过您缘何如此，惧怕别离，惧怕孤独。算命先生说我会大富大贵，其实您在乎的根本不是这些，您从来只是想留我在您身边，从来只是想一家人，平平安安……长长久久……团团圆圆……

作者简介
东心爱

90后小白领，现居上海。2019年开始科幻小说写作，风格偏向于在硬核设定中加入人文关怀。《消失的宿主》《婴之果》《伴星》等作品发表于不存在科幻、小科幻公众号。中篇小说《卞和与玉》获奇想奖，《藏春阁赌约》获光年奖。

清醒梦

范　舟

宽敞的环形会议室中洒满了阳光。沈月和另外两名建筑师一起坐在纯白的实木长桌旁，听着长桌另一边的主管侃侃而谈。曲面玻璃幕墙外的蓝天白云完美得如同虚假，天空中时而有飞鸟振翅掠过。沈月假装不经意地低下头，目光聚焦在桌面的木质纹理上，而不去看正在主管身后来回踱步，有着无数只眼睛的卵形怪物。

怪物像蜘蛛一样有着八条修长曲折的步足，在铺着厚实地毯的地面上行走时毫无声响，胶质的身体不断分泌着透明的黏液，在灰色的地毯上留下一道可疑的痕迹。有些黏液滴落在主管身后的椅背上，他却丝毫没有察觉。不管行至何处，怪物的目光始终聚焦在正兴奋地介绍着火星基地二期建设工程的主管身上，就像捕食者垂涎于无法触及的猎物。

沈月对此熟视无睹，一言不发地聆听着。主管主动征求她的意见：“沈月，你觉得多层圆柱形方案和六边形方案哪个更好？”

怪物像是听到了主管的话，毫无预兆地在他身后驻足。沈月抬起头与主管和怪物对视，以平淡的语调答道：“两个方案各有千秋。多层圆柱形方案防辐射性能一流，实验室和公共空间面积较大，工作人员住在里面会很舒适。而六边形方案在成本方面具有优势，居住空间私密性更强。具体选择哪个还是要看甲方的需求和预算。”

“你说的有道理。我个人认为……” 主管继续自己的长篇大论。沈月低下头，暗自松了一口气。当她再度抬头时，怪物枯枝般的手正抓着主管身后的椅背，毫无光泽的眼睛紧紧贴在主管的后脑勺上。

仿佛过去了一个世纪，会议终于结束了。主管意气风发地走出办公室。沈月与跟她一个办公室的赵志坚紧随其后。赵志坚凑近沈月低声说：“幸亏现在不在现实中办公了，不然我非坐出痔疮不可。”沈月配合地笑了笑，不动声色地避开了怪物滴落在地毯上的黏液。

从会议室到沈月的办公室要经过大厅。那里的风景简直令人眼花缭乱。一只长满章鱼足的怪物站在一名女同事身后，触手像情人的手臂一样紧紧缠绕着她。另一只像被剥了皮的人形怪物趴在一名男同事的办公桌上，鲜血顺着桌面流淌，将地毯染红了好大一片。还有一只蚕蛾形状的怪物像栖息在树上的啄木鸟一样趴在一名工作人员的背上，不断用毛茸茸的爪子刺穿他的胸膛。大厅里的人似乎都没有看见这只有噩梦中才会出现的场景，自顾自地忙碌着。沈月也视若无睹地一边和赵志坚说着笑话，一边回到自己的办公桌前开始工作。

在开始虚拟办公之前，沈月和其他人一样以为在网络世界中工作会比在现实世界中工作轻松。因为虚拟办公的原理是将人的意识上传至网络世界，让人的大脑满负荷工作，身体则躺在意识转换器中，在催眠气体的作用下沉睡。用媒体的话来说，进行虚拟办公就像做一场长达十二小时的精彩纷呈的梦，而且梦中的一切行为都是可操纵的。真正开始虚拟办公之后，沈月才意识到了自己的天真。在现实中工作时，尽管身体会感到疲劳，但她的大脑却可以抓住一切空档休息，甚至一边工作一边走神。然而在网络世界中工作时，尽管身体正在意识转换器中沉睡，但她的大脑却时刻处于清醒状态。这种强制性的专注让网络世界中的每一秒都漫长得可怕。每天十二小时的工作变成了一场醒不过来的噩梦。

差不多又过了一个世纪，午休时间到了。沈月和一群同事一起来到“食堂”。在网络世界中就餐时，意识转换器会刺激大脑颞叶的味觉皮层让人有进食的感觉，但这种虚无缥缈的快乐毕竟不能替代真正的色香味。沈月将装满饭菜的餐盘像装饰品一样放在手边，专心听同事说笑。

有人提起了合作公司的名字：“听说宏达最近出了条新规定，允许员工用与真人不同的虚拟形象来上班。结果昨天他们开会的时候一堆喷火龙坐在那儿，笑死个人。”

马上有人接着他的话唉声叹气：“我也想用与真人不同的虚拟形象来上班。我看上了三款虚拟皮肤，但是公司不允许，想花钱都花不出去。”

“这是消费主义的陷阱。”赵志坚坐在沈月旁边狼吞虎咽地吃着牛肉刀削面，“运营商为了多卖皮肤，会给那些允许员工用与真人不同的虚拟形象来上班的公司减免一个月维护费。你当宏达的老板做慈善呢。”

“钱是用来花的嘛。我就想每天都用不同的形象来上班。”

另一名男同事对此表示赞同，还拍了拍赵志坚的肩：“我同意。要是我们公司允许换皮肤，我马上给老赵买一款前凸后翘的美女皮肤。大家伙每天看着心情也舒畅些。”

他的话将包括赵志坚在内的所有人都逗笑了。沈月笑过之后便低垂着头。

有人另起了一个话题：“我听新闻说，有专家提议将虚拟办公的时间从每天十二个小时延长至十四个小时，理由是人每天睡十四个小时对身体更好。”

旁边的人抱怨："还要延长？我一天睡十二个小时都头昏脑涨。要是再延长两个小时我估计会肌肉萎缩。"

他的话招来了一片赞同之声。

"睡久了人说不定就醒不过来了。"

"国外好像确实有过在意识转换器里躺久了结果变成植物人的案例。"

"那是谣言，早辟谣了。那个人只是做了一场特别真实的噩梦。"

这个话题激起了沈月的兴趣："你们做过的最恐怖的噩梦是什么？"

"毛毛虫。"一名女同事脱口而出，"小时候我跟同学一起去植物园，有一条毛毛虫掉进了我的衣服里，在我背上爬来爬去。回家之后我做了一个月关于毛毛虫的噩梦。"沈月相信她说的是真话，因为一条巨大的长满黑色绒毛的绿色毛毛虫正趴在她的背上。

"我梦到过骷髅。"另一名女同事说，"我跟男朋友一起去玩密室逃脱的时候被骷髅吓了一次，晚上做了一模一样的梦，又被吓了一次。"一个头上插满针的骷髅正站在这名女同事身旁，试图将针扎进她的眼睛里。

赵志坚将空了的碗推到一旁，饶有兴趣地望着沈月："你最害怕什么？"他是沈月身边唯一一个身后没有跟着怪物的人，淡蓝色的衣袖下隐约透出粉色的光芒。

沈月没有马上回答。她的眼前浮现出了中学时的教室，里面的一桌一椅都纤毫毕现。她曾经体验过醒不过来的噩梦，就在这间再熟悉不过的教室里。

那是大二暑假时发生的事。考试周结束后沈月坐飞机回家，一进家门就精疲力竭地倒在床上，然后做了她有生以来做过的最恐怖的梦。梦中的沈月只有十三四岁，背着书包慌慌张张地跑向学校准备参加大考，抵达之后却发现学校空无一人，只有如血的残阳将余晖洒满整间教室。年少的沈月站在自己的座位旁，听着走廊上沉重的脚步声由远及近，心脏几乎要从胸腔中跳出来。教室大门打开的瞬间，她看见一只身材高大，没有头颅，脖子上顶着一面镜子的怪物。沈月睁开双眼。

醒来的她正躺在卧室的床上。母亲听见动静推门而入。望着母亲疑惑的脸庞，沈月感动得差点哭出来。

“怎么了？”母亲问她。沈月摇摇头不肯说话。母亲没有继续逼问，将剥好的橘子递给她：“吃点水果吧。”

沈月听话地将橘瓣放进嘴里，却没有感受到预料中冰凉甜蜜的滋味。意识到不对劲的沈月抬头看向母亲，却只看见一只身材高大，没有头颅，脖子上顶着一面镜子的怪物。她立刻冲向客厅，从茶几上拿起水果刀刺向自己的手臂，血流了出来，但她没有醒。

沈月回过头，镜子中浮现出沈月父亲的脸孔。此刻她心中对醒来的渴望已经超过了恐惧。沈月用尽全身力气撞向墙壁，可依旧没有丝毫痛感。她不再迟疑，果断从阳台上跳了下去。

从那时起，沈月就明白了，在真正的梦魇中，醒来不是恐惧的结束，而是开始。死亡则是通向解脱的捷径，也许是唯一的路径。

沈月睁开双眼，看着空无一物的天花板长长地舒了口气，从意识转换器中坐起。面积只有三平方米的卧室回荡着单调的机械噪声。感应到主人醒来，智能窗帘缓缓开启，让阳光洒满整个房间。沈月关掉意识转换器，站起来活动僵硬的肢体。尽管已经睡了十二个小时，但她还是浑身酸痛。

吃完煎蛋、面条加牛奶的简单早餐后，沈月和往常一样在跑步机上挥洒了一小时汗水。结束运动后她哪儿也不想去，瘫倒在沙发上对着电视机发呆。午餐时间很快就到了，沈月将料理包中的辣子鸡和梅菜扣肉倒进盘子里，和冷冻米饭一起放进微波炉加热。在等待午餐的空隙，她随手将电视调到新闻频道。主持人正在播报虚拟办公创始人被评为年度十大企业家之首的新闻：“这项划时代的发明不仅节约了办公场地和能源，还将上亿劳动者从‘996’和‘007’的苦役中解放了出来，让他们可以在肉体不受剥削的前提下创造价值。这既是伟大的技术进步，也是伟大的人道主义……”沈月听到这里果断关掉电视。不管用多么华丽的辞藻包装，虚拟办公的实质从来没有变过，无非是强迫入睡和强迫做梦。不幸的是，她是一个爱做噩梦的人。

吃完午餐后，沈月独自趴在窗边发呆。目光所及之处只有遮天蔽日的高楼。每一栋楼都像蚁穴一样遍布漆黑的孔洞，每一个孔洞外都有坚固的金属防盗栏，像一个密不透风的笼子。无数人在这些笼子里过着毫不相干的生活。沈月从未觉得这样的风景美丽，但自从形形色色的怪物出现在她的梦境中之后，她就爱上了单调乏味的现实世界。在梦境中，害怕毛毛虫的人身后跟着毛毛虫，害怕骷髅的人身旁站着骷髅，每个人的恐惧都无所遁形。在这里至少她是安全的。

沈月轻轻晃动着手中的玻璃杯，聆听冰块撞击杯壁发出的细微声响。午后的阳光温暖而甜蜜，她觉得自己就像烈日下的积雪一样快要融化了。她侧过头，昏昏沉沉地望着穿衣镜：一只身材高大，没有头颅，脖子上顶着一面镜子的怪物正在镜中静静地望着她。

沈月手中的玻璃杯跌落在地，摔得粉碎。

第二天，沈月坐在主管的办公室里，低垂眼帘盯着自己交叠的十指。主管坐在黑色实木办公桌后不高兴地望着她。他头顶的天花板、身后和两侧的墙壁上镶嵌着几十只不怀好意的眼睛。这些眼睛就像舞台上的灯光一样聚焦在他身上，不时发出含糊的说话声。

“你想调整工作岗位总得给我个理由吧。我觉得现在这个岗位很适合你，你也干得很好，为什么要换呢？”主管脸上满是不解。

沈月委婉地说："我对现在的工作强度和工作内容没有任何不满。只是我最近身体不太好，医生建议我暂停虚拟办公。"

"身体不太好指的是什么？"

"主要是头晕，偶尔会站不稳，看东西有时也会模糊。医生给我做了全面检查，说可能是大脑长期处于高度紧张状态导致的，建议我减少使用意识转换器的时长。"

"万一换了岗还是没有好转，你打算怎么办？"

这个问题沈月还没来得及考虑。她低头注视光滑的桌面。那只怪物正趴在她脚边，以一种对视的姿态仰望她。镜子里映照出的她的脸是完全扭曲的。

主管见她答不出来，语重心长地说："既然你还没有考虑好，我建议你暂时不要调整岗位，先调整调整自己的状态。你说的那些症状都是亚健康状态的常见表现，差不多每个现代人都有，只要放松心情、积极锻炼就不会有什么大问题。我大四出了车祸之后就一直接受虚拟教学，工作后也一直是虚拟办公，到现在都十几年了，不还是好好的？没必要把意识转换器当成洪水猛兽。"

沈月一直沉默不语，主管越说越兴奋，又开始发表长篇大论："虚拟办公是一项伟大的发明。以前职场上每个人都受到身体素质的限制，所以才会出现男人优于女人，健全人优于残疾人的不公平现象。而虚拟办公把身体素质的差异全部抹平了，让每一个拥有才智的人都能站在相同的赛道上公平竞争……"

主管滔滔不绝地说着，不时比画着手势。沈月盯着主管身后印有银莲花图案的灰色墙纸，传入耳中的声音越来越微弱。当她走出主管的办公室时，外面的世界已是一片寂静。沈月看着同事们的嘴不断开合，回到办公桌旁继续工作。好不容易挨到下班，在她迈出公司的一瞬间，所有消失的声音全都回来了。沈月睁开眼，茫然地看着仍在滔滔不绝的主管，以及他身后印有银莲花图案的灰色墙纸。

“你在听我说话吗？”主管愠怒地望着她。

沈月看了一眼天花板上不怀好意的眼睛，意识到自己仍在网络世界，轻声说：“对不起，刚刚又头晕了。”

两天后的午休时间，沈月在公司的阳台上轻描淡写地对赵志坚讲述了她在主管办公室的经历。赵志坚这天穿了一件短袖 Polo 衫，两只手臂上布满了发光的粉色细线，像某种怪异的藤蔓，又像芯片内部的电路。

赵志坚忧心忡忡地看着她：“你现在的状态相当不妙。在现实世界中看见幻觉，以及在网络世界中遭遇假醒说明你的大脑已经极度疲惫，甚至开始分不清幻象和现实了。我建议你马上请个长假回去休息。工作再重要也比不过健康。”

沈月没有接话。她一直在观察赵志坚的手臂。在他说话的时候，这些细线会随着话语的抑扬顿挫而闪烁。她只在赵志坚身上看到过这种粉色细线。

她冷不防地问：“我这周末休月假，你要不要和我一起去爬山？”

赵志坚愣了一下，随即答道：“好啊。就我和你？”

“就我和你。”沈月看得很清楚，在她回答后，赵志坚手臂上的细线颜色变深了一些。她顿时明白了这些细线代表着什么。这是她第一次在网络世界看到恐惧之外的情绪。

见她没有请长假的意思，赵志坚给她讲了个故事：“其实我一直对虚拟办公的安全性有所怀疑。我有个朋友在运营商那边工作，他给我讲过一件事。国外有一名机械工程师，在他进行虚拟办公期间，他家附近的一家工厂发生了有毒气体泄漏。按照常理，空气中的有毒气体达到对人体有害的浓度时，意识转换器就会自动将使用者唤醒。其他正在进行虚拟办公的人都被唤醒然后成功逃脱了，可这名工程师没有。他最后死在了意识转换器里，运营商花大价钱将这件事压了下来。”

“他为什么没醒？”

赵志坚摇摇头：“没人知道为什么。那名工程师的同事回忆，他死前那段时间一直精神恍惚，有时分不清楚幻象和现实，就像现在的你一样。他掉线前说的最后一句话是‘到处都是蛇’，可他的同事什么也没看到。”

“蛇？”沈月觉得后背阵阵发凉。

“那名工程师的家人说蛇是他最害怕的东西。警方推测这是他的身体对大脑发出的警告。他的身体已经意识到了危险，可大脑仍在梦中，所以身体才会向大脑传递信息想将大脑唤醒。可惜他没能醒过来。”他叹了口气，“我不希望同样的事发生在你身上。沈月，休息一段时间吧。”

沈月没有回答。她趴在护栏上望着网络世界永远晴朗的天空，想起的却是家中塞满冰箱的各种食品，床上铺着的长绒棉四件套，还有衣柜里数不清的衣裙。这些都要用金钱来交换。她不能丢掉这份工作，因为贫穷比梦魇更可怕。

与赵志坚的交谈结束后，沈月如常工作。接下来的一周，公司里的怪物一天比一天多，一天比一天怪异。好不容易休息了一个周末，星期一早上沈月像往常一样早早来到公司。望着缓缓开启的电梯大门，她怎么也不敢踏入大厅。

原本铺着灰色地毯的地板已经变成了黑色的水面，她在公司里见过的所有怪物或在水中游弋，或在水上漫步。长满绒毛的步足和淌着黏液的触手在水面上留下道道涟漪，獠牙和利爪在水面下闪着微光。光线无法触及的阴暗水底传来阵阵低吟，沈月也不知道那是什么怪物发出的声音。

“你怎么不进来？”先走出电梯的同事投来疑惑的目光。沈月扯了扯嘴角，迈着虚浮的步子走向自己的办公室。她从未觉得这条路如此漫长。每踏出一步，怪物们的呼吸声和呻吟声都会变得更加清晰。她甚至还能闻到它们身上如同腐烂血肉般的恶臭。这是他人的恐惧，也是她的噩梦。

只有办公室是她的避难所。赵志坚坐在波光粼粼的水面上泰然自若地工作着，见她进来笑着跟她打招呼：“早。”和往常一样，他的身旁空无一物。

“早。”沈月假装若无其事地在赵志坚对面坐下，心中的嫉妒几乎要满溢而出：同样在这种令人窒息的环境中工作，其他人与自己的恐惧搏斗的时候，赵志坚却能够不受任何影响，心无挂碍、无所畏惧地活着。沈月难以用语言来形容她对赵志坚的羡慕。

赵志坚一边打字一边对她说：“主管上次要的方案我已经传给你了，你看一下，如果没什么问题就交吧。”

沈月机械地答了声好，凭本能打开电脑开始工作。脖子上顶着镜子的黑斗篷怪物一直在她身边逡巡，屏气凝神地观察她的每一个动作。每敲击一次键盘，沈月都要告诉自己：这些都是幻影，没什么可怕的。

她逐字逐句地读着赵志坚写的方案，将错漏之处一一修正。修改完方案后，她开始填写要报送给人事部门的季度考核表。裹着黑斗篷的怪物趴在她手边，这次它脖子上顶着的不是镜子而是人头，只是两只眼睛被两张血盆大口取代了。怪物脸上的三张嘴全都张得大大的，仿佛要将沈月嚼碎吞下去。即便她知道这是幻影，也根本无能为力。

午休时间沈月没有跟其他同事一起去食堂，而是瘫坐在椅子上想休息一会儿。怪物蹲在办公桌上观察她。它脖子上的人头又变回了镜子，里面映照出沈月一心想要遗忘的父亲的面容和童年的场景。

这些都是幻影，但她的大脑快要分辨不出来了。

终于下定决心的沈月起身大步走向门外，径直冲向主管的办公室。这次不管付出什么代价她都要结束梦魇。不然她迟早会在网络世界中发疯。

沈月知道主管午休时间从不去食堂，只在办公室里休息。可今天他的办公室空无一人。大厅中隐约传来脚步声。沈月推开门循声而去。

大厅里空荡荡的，刚才还高视阔步的怪物们此刻都不见了踪影。天花板和玻璃幕墙上镶嵌着几十只不怀好意的眼睛，全都盯着独自站在玻璃幕墙前的主管。沈月一步步逼近他，听见他疑惑地自言自语："怎么会有这么多眼睛？"

沈月像遭到雷击一样僵在原地，眼前飞快闪过她和赵志坚在阳台上交谈的场景。当她回过神时，她已经紧紧攥住了主管的衣领："你能看见这些眼睛？"

主管一脸苍白地反问："你也看见了？"

沈月立刻掐住他的脖子："你得马上醒过来，你的身体有危险！"她没有将时间浪费在解释上，直接抓着主管撞向玻璃幕墙，一连撞了好几次。主管被她凶狠的动作吓得目光呆滞，一句话也说不出来。发现撞墙没有用后，沈月又举起椅子向主管的头狠砸了十几次，但主管还是没有失去意识，瘫在地上迷茫地望着她。

沈月四处张望，想找出能让主管从梦中醒来的方法。看到阳台后，她脸上露出了喜色。沈月不顾主管的挣扎，将他拖到阳台边用力推了下去。主管的身影转瞬间就变成了一个不起眼的灰色小点，消失在公路上笔直的车流中。

男人睁开双眼，从意识转换器中坐起，马上就被卧室里的滚滚浓烟呛得一阵咳嗽。他捂着口鼻向屋外望去，客厅里火光冲天，陪护机器人不见踪影。他按下关机键，试图用双手支撑着从意识转换器中爬出来，可高位截瘫的身体沉重得像灌了铅，怎么也不听使唤。男人用尽全身力气，最终无力地倒在卧室门边，只能哆哆嗦嗦地从地上捡起通信器。

“救命啊！”他撕心裂肺地吼道。

…………

男人在生命最后时刻的挣扎和呼救最终定格在屏幕上，变成了一段模糊的录像。观看者点击暂停后退出播放界面，选择删除文件，随后将硬盘取出、踩碎，并将碎片扔进了垃圾桶。男人就这样消失在了屏幕发出的幽幽蓝光中，仿佛从来没有存在过一样。

敲门声响起时，沈月正坐在床边静静地凝望镶嵌在正方形窗户里的山峦。这里的风景与她从前看惯的钢铁丛林截然不同。乳白色云雾如薄纱般飘浮在山间，翠绿的林海终日泛着波涛。每天面对着群山和云海，过去的生活如同旧梦一般，日复一日从沈月的记忆中淡去。

敲门声响起时，沈月没有回答。陪护机器人推开门，殷勤地对她说：“沈小姐，您有一名访客。”

沈月跟在陪护机器人身后慢吞吞地向会客室走去。自从搬到这里以来，这是第一次有人来看她。她既不欣喜也不好奇。

会客室里只有一张方桌和两把椅子。赵志坚正在等待她。沈月在桌边坐下。陪护机器人转身离开了房间。

门被关上了。赵志坚四处张望，确认摄像头的指示灯没有开启后才压低嗓音对沈月说：“我给负责人塞了钱。这次见面不会被记录下来。我有重要的事要告诉你。”

沈月沉默地等待着他说出来意。

“我向我在运营商那边工作的朋友确认过了，存储着主管生前最后的录像的硬盘并没有在火灾中受损，而是被人为破坏了。有人看过那段视频，主管被你从阳台推下去后的确在现实中醒了过来。而且运营商给主管的不少邻居塞了钱。如果我没猜错的话，肯定有人听见了主管呼救，所以运营商才要封口。”

“可我还是没能把他救下来。他醒没醒没有意义。”

赵志坚诧异地望着她：“当然有意义了。既然他当时醒了，就说明运营商把意识转换器没有及时唤醒主管的责任都推给你是站不住脚的。按照他们的说法，主管之所以没有醒是因为你把他从阳台上推了下去，巨大的刺激让他的大脑休克了，跟意识转换器没有关系，所以你该对他的死负责。可事实是他确实醒了，只是因为身体有残疾才没逃出去。如果意识转换器能早点唤醒主管，他也许还有一线生机。责任在运营商，不在你啊。”

沈月漠然地看着自己交叠的十指：“知道这些又有什么用？证据已经被销毁了。”

“视频虽然不在了，但人证还在。我一定会想办法让真相水落石出。”赵志坚真挚地望着她的眼睛，“沈月，你千万别泄气。我一定会把你从这里救出去。”

面对赵志坚热情的表态，沈月一言不发，继续研究自己的掌纹。赵志坚似乎有些失落，沉默片刻后试探地开口：“沈月，有个问题我一直很好奇，你到底是怎么发现主管在现实世界中有危险的？你在法庭上说是他主动向你求助，可我觉得你们两个关系没那么好。他如果真的觉得不舒服，大可以向管理员申请下线，干吗要找你呢？”

沈月猛地停下手中的动作："你听说了什么？"

赵志坚迟疑了一会儿才说："最近我在网上发现了一个私人论坛，里面有一些关于虚拟办公的讨论。好几个人说自己在网络世界中看见了奇怪的东西。"

"什么东西？"沈月追问。

赵志坚挠了挠头："不好说。每个人看到的东西都不一样。反正就是一些稀奇古怪的幻觉。他们也不清楚是怎么一回事。论坛里有个人针对这件事写了一篇很长的评论，说这些人看到的都是潜意识。"

"潜意识？"沈月皱起了眉。

"虚拟办公的原理是将人的意识上传至网络世界，让人的大脑在网络世界中工作。实际上被上传的除了表意识，还有潜意识，这两样加在一起才能构成完整的人格。网络世界中的潜意识数据容量要远大于表意识数据容量，就像冰山藏在水下的部分远大于露在水面上的部分。计算机无法识别潜意识数据，所以这部分数据在网络世界中不会被可视化，但缺了这部分数据，网络世界就无法正常运行。运营商的人称这些数据为无效数据。那个人猜测，这些人之所以会在网络世界中看到幻觉，就是因为他们的大脑构造特殊，能够识别一部分无效数据。也就是说他们能够读取其他人的潜意识。因此那个人将这些人命名为读心者。"

"这都是他的一己之见，目前并没有证据可以证明。"沈月淡淡地说。

赵志坚表示赞同："你说的没错。但那个人肯定知道一些内幕。我向我在运营商那边工作的朋友确认过了，他关于无效数据的说法是对的。至于读心者，如果真有这号人，运营商是不可能放过他们的。能读懂其他人的想法已经很恐怖了，而这些人甚至能识别其他人自己都没有察觉到的潜意识中的想法。目前全球共有超过七百万家企业采用虚拟办公。如果读心者真的存在，所有大型企业都必须重新评估虚拟办公的泄密风险。运营商绝不会允许这种事发生。”赵志坚上半身凑近沈月，脸上写满了担忧，“沈月，主管去世那天，你到底看到了什么？”

沈月缓慢地摇了摇头：“我知道你担心我。但我确实什么也没看到。”

得到答案后，赵志坚长舒了一口气：“那就好。既然你不是读心者，运营商就不会把你当成眼中钉。我一定尽快救你出去。”

送走赵志坚后，沈月回到自己的房间，继续痴痴地望着窗外连绵不绝的青山。她并不后悔对赵志坚撒谎。事到如今，赵志坚是她在精神病院外唯一的牵挂。她不会做任何可能让他陷入危险的事。

沈月走到窗边，任凭湿润的山风拂过面庞。赵志坚的话如果属实，读心者的秘密迟早会曝光。下一个出现在她面前的要么是运营商的人，要么是想对抗运营商的人。无论哪种情况对她来说都是复仇的良机。在此之前，沈月愿意耐心地等待。

时间悄无声息地流逝，夜色温柔地降临了。十点一到，精神病院所有房间的灯都熄灭了。沈月回到床上躺下。以镜为颅的怪物从床下爬出，仅剩白骨的手指搭在床边，静静地注视着她。沈月合上双眼，在皎洁的月光下安详地等待着入梦。

作者简介
范 舟

青年科幻作家，现居成都。喜欢具有推理元素的科幻小说和具有科幻元素的推理小说，也在努力创作这两类作品。作品《天鹅之歌》收录在中篇科幻佳作丛书·科幻剧院系列《未来往事》中，《清醒梦》被收录进英文恐怖奇幻小说选集。

爱的代价

沙陀王

你一直躺在坟墓里。

一座闪着天蓝色光芒的、半圆形的坟墓。

你能看见一切，但是你却无法开口说话，也不能动弹分毫，哪怕是挪动一根小指头。

你在那座坟墓里待得太久太久，你知道你的记忆残缺不全，就像是你的大脑和神经一样，支离破碎，缺这少那。

很多事情你都不记得了，你只记得你小时候的事情，再大一些的事情，然后……突然，你的脑子里就有了大片的空缺，就像有人用勺子把你的大脑挖走了一块。

你想，这不是你的错。

但你记得你为什么会躺在这里。

那一天，就在大厦从天空中坍塌的那一天，但具体是哪一天，其实你已经记不清了。不过当时的情形却清晰得宛如昨日。你记得那一刻，墙壁在你的四周折断，然后粉碎，就像是饼干一样酥脆，巨大的天花板在你的头顶坍塌，所有的一切都崩裂了，就像是愤怒的巨人锤碎了整个世界。

然后它来了，在那一刻，它穿过了那些破碎的墙壁和门窗，穿过尘埃和火焰，像是之前发生过无数次那样，及时地来到了你的面前。

你亲眼看到，那是一只巨大的造物，闪着金属的光芒，强壮而有力。

可你不知道它到底是什么。

／ 一 ／

再次睁开眼睛的时候，你能看到朝上拱起的房顶，那根巨大的房梁，还有房梁上吊着的藤篮，一摇一晃地。

这究竟是哪里？你觉得这一切都是那么的熟悉。

你想你来过这里，还在这里生活过。

你坐起身来，看着身下那条长长的砖炕。这是你记得的地方，也是你熟悉的地方。你记得你的姥爷和舅舅是怎么在夏天的时候，一块一块地把那条砖炕砌起来的。

你记得他们从山上捡回来的树枝还没有小指头粗，一捆一捆地堆在院子里，春天白色的杏花摇动着，落了一地，还有秋天的时候，那一筐筐的毛栗子，还有那些带着刺的栗子壳，用机器脱了下来，堆在那里，干燥了，然后丢在火里。

火啊，用力地烧着，就像是一根贪婪的舌头，你无论喂了什么，它都能一口气咬住，然后吞吃下去。有些难以吞咽，它细细地咀嚼着，费力地咂摸着，火焰慢慢地小了下去，就好像疲累了一般。但是很快地，不知道哪一刻，突然之间，它把猎物吞下去了，于是哔哔啵啵地，还有爆裂的声音，火焰就好像有了力量，再次抖动起来。就好像它能将这世上一切难以啃食的东西都吞吃下去。

但除了这些，其他的你都不记得了。

你推开门，走到院子里，那里有一棵杏树，有个葡萄架，还有一口水缸，摆在靠墙的位置。

你记得那口大水缸，有时候会用它腌咸菜，有时候却又盛满了水，但你甚至不记得那些到底都是什么时候的事。

你记得杏花有红有白，记得杏子熟透了的时候，也记得夏天满树的绿叶，就像是一团碧色的青云。

你站在院子里，就像是一个想要喝水却找不到水杯的人。

水就在你的眼前。你知道。你抓住那口巨大的水缸，朝里面看去，水面上映出一张清晰的面孔。那是你的脸，你小小的年纪，有着乱糟糟的短发，柔和的五官，看上去很秀气，不知道究竟是男孩还是女孩。

你在院子里绕来绕去，观察着这里的一切。你隐约地记得，从院子里走出去，出了村子，到了山上，应该就能看到成片的栗子树。但你不确定。

院子有两扇门，朝北开。但这一刻却紧紧地关着。

你试了试，似乎能够推开，于是你用了点力。门打开之前，你在狭窄的门缝里瞥到了一只巨大的黑狗。你吓了一跳，慌忙地抵住了门。这门到底是栓上的还是锁上的，你全然不记得。门栓在哪里，门锁在哪里，这些你也统统不知道。你只记得那只黑狗，它站在那里，扑倒你简直就是轻而易举。你还记得它朝你看过来，不知道它看的到底是门还是你，你只是害怕、发抖，但你已经不记得它了。本能的恐惧控制了你，你紧紧地抵住门，双腿发软，浑身是汗，甚至不记得自己是怎么关上门的。

再后来，你也不知道等了多久。你想找点吃的，你想着能把它引开也好。但是从狭小的门缝看过去，它一直守在门口，动也不动，总也不肯离去。

即便这院子看起来这么的熟悉和安心，可你还是打算出去看看。你好像已经困在这里太久了，你想，不管这只狗有多可怕，你都得出去看看。你找到一根木棒防身。其实那只是一把靠在墙角的烂笤帚。

你慢慢地将大门推开一线。你透过狭窄的门缝朝外看去，它安静地坐在那里，没有狂吠，也没有奔跑。

它终于看到了你，凝望着你，安详而平静，就好像它早就认识你，一切都那么的熟悉自然。

你推开大门，试探般地踏出了第一步，但你的手仍紧紧地扶在大门上，随时准备后退。

它坐在那里，突然趴了下去，伏在地上，脑袋枕在细长的前腿上，圆润的眼睛仍旧滴溜溜地望着你。它看起来似乎比刚才小了些，也没有那么凶了。你这时还留意到了它的尾巴，它轻轻地摇动着，就像是在睡梦里梦着了什么。

你想，如果它醒着，那条尾巴应该晃动得更激烈一些才对。

你慢慢地松开了门，目力所及的远处，还有一道相仿的大门，而在你与这道门之间，就趴着那只黑色的大狗。

它的毛色油亮、光滑，它的主人大概把它照顾得很好。它看起来也很温顺，不像是那些饥一顿饱一顿、四处流浪的野狗。

而野狗，那些野狗，你终于记起来了。就在村口，有些瘦骨嶙峋，有些带着伤口，它们总是一群群的，机警地看着所有经过的人，所有的风吹草动都能让它们狂吠不止。

你记得的。

仔细地看看，盯着它看，你对自己说道。这只狗跟那些野狗不一样。它看起来那么熟悉，就好像触动了你心底的什么东西。

从某一刻开始，你松开了手，门在你身后轻轻地晃动着，就像记忆里那扇年代久远的门，只要触碰，就会发出嘎吱嘎吱的声响。

你悄无声息地走到它的面前。它扬起脸来，那是一只巨大的狗，可是它的脸却那么的小，就好像你一只手就能遮住它的脸一样。

它温顺地看着你，眼神里好像带着某种熟悉的温度，你不知道，你无法形容，但你情不自禁地伸手摸了摸它的头。

那是一种陌生而又柔软的感觉，那是一个顺从的生命，它的呼吸，它小小的思想，全在你的手底下。

你抚着它的头，就像是你握住了一切。

它悄然站起，用温润的鼻尖顶着你的手掌心，然后伸出了湿乎乎的舌头，热情地舔舐着。

你被吓到了，它却摇起了尾巴，看起来十分快活。它不住地舔着你的手心，你看着它，从前你就很好奇，到底为什么呢？是因为盐分吗？从前……

你突然愣住了。你的记忆支离破碎，就跟一块掰碎了的面饼一样。但你在哪里吃过那种饼呢，你在什么时候被什么样的狗舔过呢？

你站了起来，凝视着周围的一切。远处的那扇门，就在你的面前，就在那只黑狗的身后。你仔细地凝视着那扇门，总觉着和你刚才打开的，此刻正在你身后的那扇门，看起来并没有什么不同。你不由自主地往前走去，靠近过去，犹疑地摸着门上的锁。那种锈蚀、松动的感觉，好像不大一样，又好像没什么区别。

你犹豫了，疑惑了，不敢再去推动那扇门。你绕着墙面往前走着，看着刚才困住你的另一堵墙，那堵墙和你此刻扶着的这堵墙，看起来就像是一件东西的正面和反面，就好像你同时站在墙里面和墙外面。

一切看起来都是那么的令人困惑。

而不知从何时起，那只黑狗一直安静地跟着你，像是影子。

你知道它是只听话的好狗，这种认知好像早就刻在了你的脑子里。如果你能养的话，如果这院子属于你的话，如果你就生活在这里的话。

一切看起来那么平静，那么完美。

你绕着墙壁整整走了一圈，在你的一边，是你走出来的那个院子的外墙，墙壁上的痕迹看起来有些陌生。而在你的另一边，则是似曾相识的内墙，是跟你走出的那个院子一模一样的另一个院子，只不过更加的巨大。

那只黑狗不紧不慢地跟在你的身后，就好像已经这样跟了很多年。它那么熟悉你的步伐，无论你是心不在焉，又或者突然发现了什么，它都跟得恰到好处。那么自然，就好像它的神经跟你的神经连在了一起，它的腿随着你的腿，无意识地前进着，或者暂时停下，然后再次迈开步子。

这里就像是两个嵌套的四合院。你绕着墙壁走了一圈，发现又来到了那两道门之间。

你在靠外的那道门前停了下来。

然后你试探着，伸手推开了紧闭着的那扇门。

你闭上了眼，不由自主地，甚至连你自己都没有发觉。

当你睁开眼时，你看到了被推开的大门外还有第三道紧闭着的大门，看起来跟你推开的这扇，还有你身后的那扇，似乎没什么区别。

而门外那个巨大的院子，看起来还是那么的熟悉，就像是你童年乡下的院子，就像是你刚走出来的那个院子。只不过比起那些院子，这里大很多，也空旷很多。

这里和你走出来的那个院子一样，有着杏树，有着水缸，墙壁上有着斑驳的痕迹，地上的砖则是坑坑洼洼的。

你的心怦怦地跳着，好像直到这一刻，你的心脏才终于从你的胸腔里长了出来，有了自己的意识。它像是一只刚刚苏醒的小鸟，开始扑打自己稚嫩的翅膀。

那只黑狗安静地舔着你的手指，一下下地，缓慢地。你低头看着它，连自己也不知道为什么要跟它说话。

你记得这个地方，你十分笃定，你就是在这里长大的。

你甚至想起了你的黑狗，真奇怪，你之前怎么会忘记了它。

它看着你，并不说话，好像并不意外，也不觉得伤心。

你记得你的黑狗，你简直想象不到它有多么聪明，虽然是一只土狗，可它什么都知道。它虽然温顺，但会跟你闹脾气。如果你骗了它，那可就麻烦大了，比如你答应它说放学就回来，却因为贪玩而晚回家的话，它嗅得出谎言的味道，它绝不会冲你摇尾巴了，怎么叫都不会答应。它是有脾气的，就像是一个人。一个活生生的人。

那时候，你就得费尽心思，花言巧语地哄它。

突然之间，你记得你的狗了，就像你记得自己逝去的人生一样。

/ 二 /

每推开一扇门，你就来到一个更大的院子。

那只黑狗紧紧地跟着你，就像是怕你丢失在这个回字形的嵌套迷宫里。

你绕着每个院子走了一圈，最终你明白了，它们都是一样的，只不过有着细微不同。有些更旧，有些更新，有些在春天，有些在冬天，有些是沉郁的阴霾，有些则是明媚的晴朗。

这些院子一个一个地嵌套着，就像是套娃一样，你不知道离自己醒来的那个院子究竟有多远，也不知道当初为什么会在这里醒来，你只知道这肯定不对。

哪怕你的记忆支离破碎，就像是风里的蜘蛛网，你也知道这是不对的。

你被困住了。就像是被困在了蜘蛛网上的小虫子。你被困在那里，看着那一圈又一圈纬线般的厚墙，惊恐地发现自己也许再也逃不出去了。

但是狗呢，那只黑狗呢？

它一直跟着你，你推开院子的大门，它就跳过门槛。你推门进入每一个东厢西厢的房子，它就悄无声息地跟在你的脚边溜进房里，绝不会被那一扇轻盈的门挡住脚步。

你在砖炕上坐下来，它就安静地卧在你的脚边。

它为什么跟着你？

你不知道。

你一个院子一个院子地巡视着，检查着，不知道应该发现些什么，也不知道会发现些什么。

那些一个比一个大的院子，那些细微的不同之处，就好像针一样刺着你的头皮，它们扎进了你的大脑，一下下地刺痛着你的神经。

你从一个院子里走出去，还有一个院子，然后你再走出去，还是一个似曾相识的，但是更大的院子。然后你走啊走啊，简直无穷无尽，仿佛永远也走不出去，你不知道真正的边界在哪里，但你尝试着，一道道院门往外走着，你甚至不知道在寻找着些什么，甚至忘记了你存在的意义。

你在这个巨大的迷宫里行走着，你被困在这里，一天又一天，已经不知道有多久了。一切好像都变得更清晰，所有那些微小的不同都变得一目了然，不变的，似乎只有你和那只黑狗。而这件事，让你感到少许的心安。

然后某一刻，当你回头的时候，在你身后的那一切，你走出来的那一切，哗啦啦地，你眼里所见的全部，都坍塌了，消失了。

/ 三 /

你走出另一道门，这次守在门外的，是一只黑色的小狗。它看起来跟你这只黑狗很像，只不过小多了。

它那么小，肉乎乎的，在地上跑动着，更像是在滚动。门口坐着一个男孩。或者说，你以为那应该是个男孩。

他坐在红砖砌成的花坛边，他的个子太矮，双脚在半空里晃动着，那只小狗牢牢地守在他的近旁，就像是在玩游戏，它随着男孩的脚上下扑腾着，终于把一只鞋成功地咬了下来。

你觉得好像在哪里见过他，但谁知道呢？你的记忆支离破碎，连你自己都不敢相信。

“这究竟是哪儿？”你问他。

“这儿？”他说，“这是我的家。”

你屏住呼吸看他，想要分辨这一切的真假。

“你的狗呢，哪儿来的？”

"我在院子里捡到的。怎么样，这只小狗不赖吧？它可能吃了，长得又快。"

妈妈说，这么能吃？一瞧就是个看门狗的架势。妈妈又说，你实在想养就养着吧，夏天还可以借给你姥爷去看羊。

所有的针，在你大脑里的针，又深深地往里刺着，刺到了连你也不知道的深处。妈妈的这几句话，你以前并不记得，可这一刻，就像是被补上的那一块拼图，突然出现在了你空白的记忆里。

姥爷说："我的羊还用狗看？它们都认得家，不要你的狗，你自个儿去玩儿吧。"

那是一个年老的、佝偻着腰的男人，他留着长长的胡子，颤颤巍巍地走着路。

"姥爷，让我帮你呗，你多累啊，好好歇着吧，我帮你放羊。"

"谁说的？"老人的眼睛瞪了起来，声音洪亮有力，"看看我，我还能吃能干，我一顿还能吃两碗饭，你知道不？"

你不敢告诉他，是妈妈让你来的，她说："你去陪陪你姥爷，他那么大年纪了，说不定哪天就没了。"

姥姥走的时候，她去外地了，没能陪在身旁，所以特别后悔。

她一直都不懂得含蓄，你跟她很像，很像。可你又远不及她。因为她只是不懂得含蓄而已。

那只黑狗凑了过来，温顺地舔着你的手，发出了很低的呜咽声，就好像要跟你说什么话一样。可是你听不懂。

那个老人，你的姥爷，他瞪着你的黑狗，你的黑狗也瞪着他，他是个坏脾气的小老头儿，不招人喜欢。可它是一只好狗，它好像什么都懂，它不会随意地露出牙齿，也不会到处乱叫，它跟别的狗都不一样。

它特别懂事，通人性，就像是一个活生生的人。

“这狗叫什么？”老人问你。

记忆里，有什么东西连接了起来，闪着光，就像是小蛇一样，不，像是闪电一样，一下子，全部的断口都被连接了起来。

“虎子！”你听到一个清脆的声音，从记忆深处响了起来。

“虎子，好。”那个老人的白色胡须抖动着，他看起来很高兴，“多大了，还不到一岁吧？”

“八个月。”你兴奋地回答着，“我亲手把它抱回来的。”

“长得真快。”他嘟囔着，“你放假了？”

“嗯，要放到九月呢。”

他想了想，“那你来吧，来住在我这儿。你妈忙，你过来，把作业带着，你做饭给我吃。”

你记得了吗？那是月光下的西瓜田，你能想象吗？在淡银色的月光下，那像是无数颗人头，被埋在地底下。那像是一种奇异的预言，对于久远之后将要发生的灾难。

在这个世界上，总有一种东西，远比你更强大，更有力。

在你小的时候，是大一些的孩子，是大人，是别的成年人。

在你长大以后，还有那些奇异的，你无法想象的力量。

/ 四 /

男孩抱着他的狗，他们在地上玩耍、打滚儿，像是一个窝里的两只小狗。

你继续往前走着，走在这似曾相识的村落里，走在每一条熟悉而又陌生的道路上。

而在村口，你总是走上一条路，那条路，让你再次走回那个熟悉的村子。那里似乎总是一模一样的，只有细节不太一样。春夏秋冬，落雨落雪，杏花开的时候，整个村子红红白白的，像是被笼罩在一团团轻盈的云朵里。在这些无尽的路途中，你记住了所有的一切，你觉得你知道了那个村子的一切，发生过的，还有将要发生的。

然后，你身后的一切都消失了。而你在村口看见一个年轻人，他带着一只大狗，那也是一只黑色的、强壮的狗。

它和你的狗看起来一模一样，却又有哪里不同。

他倚靠在一台车的旁边。那台车很大，停在那里，几乎把村口的路都堵上了。

你望着他和他的黑狗，他不经意地转过头来，看着你们。

"嗨！"他热情地打着招呼，像是那种你能在俱乐部里遇到的任何一个年轻人。充满希望，充满干劲，充满野心。

"你的狗？"他凑了过来，毫无防备，甚至还朝你的黑狗伸出手来。

你的狗扬起了头，任由他抚摸着。

"真温顺。"他惊叹道。与此同时，他身旁的那只黑狗也凑了过来，活泼地摇着尾巴，想要追着你的黑狗嗅它。他拽着项圈上的狗绳，控制着它，他说："你的狗脾气真好，我这只，就是太活泼了。"

"活泼不好吗？"虽然你很喜欢你的黑狗，喜欢它安静温顺，不需要你开口就懂的特质，可你觉得，每一只狗都有它的好处，不是吗？

他从口袋里取出了一支烟，说："它是我的狗，又不是我的狗。"

你听不懂。

他指着你的狗，说："我曾经有一只这样的狗，一模一样，温顺，不喜欢叫，但是特厉害。以前我家里遭过贼，那人被咬得腿都断了，你信吗？"

你很难相信，狗的咬合力有那么强吗？但你还是点了点头。至少你听过类似的事，家养的狗袭击了不长眼的毛贼，想想那些可怜的贼，运气可真坏。

"但是它死了。狗只能活十来年，二十年已经很久了，知道吧？很少有狗能活到那个年纪。"他说，"我的狗，活到了十九岁。"

十九岁，"那很老了。"你看着他身边的那只狗，那只狗看起来年轻活泼，一刻也闲不住，它还对这个世界充满了好奇，那是年轻的特质。

但它最关注的，还是它的主人。那双湿润的眼睛一直盯着他，就好像那是它全部的世界。它紧紧地盯着他的手，盯着他的烟，盯着他的鞋尖，盯着他的每一个动作，盯着他的每一个表情。它的情绪随他而波动，它关注着他的一切。

"是啊，"他深深地吸了一口烟，半晌才说，"是很老了，能活到那个岁数，如果是人的话，得有一百多岁了吧？"

“一百多岁。”你感慨着，你甚至无法想象你一百多岁的时候会是怎么一副模样，你还能呼吸吗？你还能走得动路吗？你还看得见吗？你的牙齿还好吗？你还吃得下饭吗？你睡着的话，还醒得来吗？

你低头看着你的狗，它用脸轻轻地蹭着你的裤腿，湿润的黑眼珠温柔地看着你，它好像要跟你说些什么，可它一直以来都是那么安静，你好像都忘记了它其实也会叫。

“那，最后那几年挺受罪的吧？”

“嗯，它生了病。要是不生病的话，说不准还能活得更久呢。可它生了病，一动就痛，所以一天也不怎么动，只是窝在家里。大夫说它还能活，可我实在看不下去了，它活着不是享福，是受罪。虽然它不会说话，但是我知道。所以后来，我就决定了，给它安乐死。”

“……吃药吗？安眠药？”

“嗯，吃药，一种犬类专用的药。”

“所以……”你突然有点不舒服，你眼角的余光瞥到了那只活泼的黑狗，“这是你新养的狗？”

“这只？”他瞥了一眼，苦笑了一下，“这只……怎么说呢……我的狗病了以后，大夫说治不了，我……”他无意识地捻着烟，半天才说，“有医生告诉我，如果实在舍不得的话，可以给我的狗做个克隆。我大概挺傻的，我想，准备着，总没错。所以我就花了钱，做了个克隆。”

克隆。“那就是，复制品？”你看着那只活泼的黑狗，它摇着尾巴，总带着一种热情洋溢的兴奋。“一模一样的替代品吗？”

“不，”他坐了下来，摇着头，“不一样。你知道吗？不一样。”

“怎么不一样？”你听见自己空洞的声音，“既然是一模一样的DNA。”

他的笑容里带着一种商人的精明，却又有一种奇妙的热情。

“不一样，即便是同卵双胞胎，也可能有不一样的个性，对吧？”

你仿佛这才回过神来。的确。

“理论上来说，从DNA来看，是一模一样的。”他这样回答道，“可等它长大一点，你就知道，其实不一样。我的狗小时候什么样子，我全都记得，它长大一点，我就知道，真的不一样。”

“不一样？怎么个不一样呢？就算的确不一样，但总是相似的吧？”

可即便这样说，你还是知道，是不一样的。

记忆塑造了一个人，就像是你所经历过的一切塑造了你一样。就像是牙齿咬过骨头，会在上面留下齿痕。只有DNA又有什么意义呢？那只狗经历过的时光再也不会回来了。你记得你的黑狗了，所以你自然而然地，就猜到了这个故事。

狗跟主人一起成长的过程中，塑造了自己的性格，这件事，养狗的人都会知道。“虽然遗传信息看起来完全一样，可性格、神情，就连生活习惯都完全不同了。你还是那个你，可陪伴你的那只狗，已经不是之前的那只狗了。”

不，你已经不是那个你了。你已经不是那个在少年时候带着黑狗去瓜田看瓜的少年了，你成长了，从城市里回来，带着金属和混凝土的味道，你开着豪车，打着电话，不会再半夜趴在瓜田旁边仰望月亮，不会任由黑狗在你身上抓满泥土，更不会每时每刻地陪伴着它。

“明白了，不会完全一样。所以，你觉得不能接受，是吗？”

“对，你理解我吧？能明白吧？理论上来说，它应该是个一模一样的复制品，我把它带回家，让它慢慢长大，陪伴着我和我那只年迈生病的狗，但它终究还是不一样的，所以我后悔了，我不能接受这个结果，所以我想修正它。”

“修正？”你很意外，“怎么修正？”

你突然害怕起将要听到的一切，你想要逃跑，想要离开。

他的狗安静了下来，它凝视着你们，你的狗把小小的脑袋搁在了你的脚面上，你感觉到了一种安心的温度，奇妙地，安抚了你焦躁的心情。

“你知道现在的科技有多发达吗？”

你迟疑了，“大概……知道吧，应该是挺发达的。”

他笑了，“你知道有人得了很重的病，可以把自己冷冻起来，期望着有朝一日，当医学可以解决他们的难题，然后再醒来吗？”

你知道，你听说过，不知道什么时候，不知道在哪里，但这些信息散碎地分布在你的大脑里，就像是一片混沌的海洋，时不时地被打捞起来，连接起来，就像是残破的渔网，你永远不知道其他的碎片在哪里，何时会出现。

“所以你把你的狗，冷冻了？”

“不，不是那样。”他摆摆手，“它病得很厉害了，再说，它也太老了，它活了十九年，你知道吗？如果是人类的话，恐怕已经走不动路了。”

“所以……你是怎么……”你实在找不到合适的词，所以你就用了他的原话，“是怎么修正这件事的？”

“我仅仅冷冻了它的大脑，还有它的一部分脊椎和神经。”他看起来并不怎么有把握，可口气听起来却很笃定，“也许很快，我们就可以试试大脑移植，人工肢体，在那之前，就先保存着，等等看。”

你倒吸了一口气，看着他脚旁那只黑狗。它懂吗？明白吗？

这只黑狗，它是它自己的复制品，可也不能这么说，即便是拥有着同样的DNA，它们也是不同的两只狗。

大脑移植，即便是对狗来说，这个想法，也有些过头了。

你蹲了下来，抱住了黑狗柔软的脖颈，那里仿佛有颗强壮的心脏在跳动，就像是你的心脏一样，一下下的。

它还活着，你想，如果有一天你能走出去的话，如果有一天它快死了的话，你绝不会作出这种选择。

“既然养了它，那就留着吧。它可能跟你以前的那只狗不那么像，但这也不是它的错，不是吗？”

他看着你，一瞬间，你觉得他看起来甚至有些难过。但你的本意并不是想要指责他。

“啊，这的确不是它的错。”他伸出手去，抚摸着那只黑狗，它可真容易快活起来，只是摸了两下，揉了两把，它立刻就高兴起来了，眼睛眯得简直看不到，嘴巴张得大大的，哈着气，就像是在笑一样。

狗，真的会笑吗？它真的明白这一切吗？

村口的路向外延伸着，在你回头的时候，那个村子消失了，就像是白色的水汽弥漫开来，消失在空气里那样。

/ 五 /

你看到了平整宽阔的道路，你看到了笔直高大的梧桐树，你看到了闪着光芒的摩天大厦。那是座干净的城市，像是每一个人曾经向往过的那种城市。

然后你看到最高的那栋大厦，所有的墙面上都映着蓝天和白云，所有的街道都空无一人，那里仿佛是灿烂的夏日，又或者是晴朗的冬日。你感觉不到温度，就好像你感觉不到季节一样。

然后你看到了一只形状奇异的“狗”，它安静地坐在那栋大厦的入口前，就像是一尊金属雕像。可它不是狗，它只是一台金属制成的机器，形状怪异，尽管看起来像是一只狗，可它不是。

大概它的样子实在是太过引人瞩目，所以等你注意到阴影里的那个人时，他已经在一旁不知观察了你多久。

“你好。”他从影子里走了出来，微微地笑着，礼貌地冲你打着招呼。

这应该是一个老人，或者说看上去应该是一个上了年纪的人，他满头银发，衣着整洁，像是一个体面人，可他的神情却显得十分年轻，和他沧桑的脸庞并不怎么融洽。

“你好。”你迟疑地看着他，不由自主地回了头。你看到的，还是这座簇新的城市，之前熟悉的家园和村落早已消失不见，而关于这里，你没有丝毫的记忆，你感到不安。

这一刻，这座城市看起来那么庞大，那么完整，你能看到远处高高低低的楼群，就像是树木一样，它们自然地生长着，扩张着，最终形成了这片广阔的城市丛林。

你的狗或许是感知到了你的心情，它轻盈地朝前走去，它站到了你的前方，面对着整个世界，像是一面盾牌。

“你的狗不错。”他赞许地看着你。

从那个迷宫里走出来，一直来到这里，你一片片地寻找着记忆的碎片，你好像想起了很多，可你还是想不起你究竟是谁。

你遇到了或许认识、或许陌生的人，但他们都告诉你一样的话。

你的狗不错。

你的狗，这是在你迷宫里捡到的，它跟着你，但它真的属于你吗？它是你记忆里的那只狗吗？这一切是真实的吗？还是只是你的梦境？

你低头看着你的黑狗。它扬起了小小的脑袋，温顺地看着你。你知道吗？即便是一只大狗，它的头骨其实也不大，小小的，狭长的形状，人类的手，可以轻松地抚摸着它的眼睛和鼻子。

“那是你的狗吗？”你看着他身后的那只大狗，问他道。

“嗯，没错，你觉着怎么样？”

那只机械狗真的很大，比普通的狗要大许多，看起来强壮、结实，你觉得它甚至能撞翻你们身旁的这栋大厦，如果它想的话。“它不是真的狗吧，是某种 AI 吗？”你有点困惑，“还是机械模型？”

“是真的狗，它只是有个机械的身体，当然，也有设计补足它大脑缺失的部分，而且它还有增强的功能，”老人笑了，“这也没什么，就像是那些残疾人用机械肢体，那些盲人用神经元分析软件输入信号，其实是一样的。”

一样的吗？

“它一开始就是这样的吗？”

老人摇头，“不，它以前是普通的狗，是我之前的狗，后来老了，生了病，没法救了，我把它的大脑和身体的一部分冷冻了起来，后来，我听说了这个项目，我就要求加入，很幸运，他们成功了。”

“原来是这样！”你震惊地看着他。“了不起。”你喃喃地说道，但你是真心的。

那只巨大的机械狗低下头来看着你，也看着你的黑狗，它甚至没有眼睛，你不明白你是怎么知道的，但你就是知道。

“这么说，”你看着他们，“它还是你的狗，只是……换了一个身体，是这样吗？”

老人笑了笑，“这是没办法的事情，我希望它能活着，所以我想尽了办法。你是不是觉得挺奇怪的？”

这没什么可奇怪的。

你甚至不知道这一切究竟是梦，还是真实存在的。目前看来，这更像是梦。只有梦里，才有没有尽头的迷宫，才有模糊断裂的记忆。

你谨慎地选择着你要说的话，“我不知道，这样好像也不错。你的狗怎么想？”

他看起来似乎有点意外。他似乎从来没想过这个问题。他看了看它，然后说：“我觉得它很高兴见到你。”

“哦，那就好。”你松了口气。尽管你觉得他没听懂你问话的意思。

“对了，你的狗不错。”他说。

你低头看了看你的黑狗。它看起来很小，哪怕已经成年，但和老人的那只机械狗比起来，它仍然显得小、单薄、不堪一击。死亡轻而易举地就能带走它。

“跟你的狗，没法比啊。”你觉得不好意思。在内心深处，你还是那个好面子的小孩子，远远没有成熟起来。

他走了过来，伸手想要摸你的狗。可你的狗却退了两步，藏在你的身后。

是胆怯吗?

你突然恼火起来，你的狗那么没用，就像曾经的你一样。

哪怕你拥有它的时间并不长，但它好像已经成为你的一部分。你的羞怯，你的懦弱，所有你最不好的那一面。

“它胆子太小了。”你抱歉地笑笑，“不像你的狗那么气派。”

“可是，”他轻声地说道，“我的狗，虽然还是我的狗，可它已经不一样了。它不像你的狗，是活生生的，有呼吸和心跳啊。”

你惊讶地抬起头来，这一刻，你们已经离得很近，你看着他的眼睛。那双眼睛是那么熟悉，你在无数口水缸的水面上看到过，在无数面墙壁上挂着的镜子里看见过，也无数次在车窗玻璃上看到过。

“我小时候有只狗，但是生病死了。我把它冷冻起来，想要让它活过来。我想过很多办法，还做过克隆体，但是克隆体不像它。克隆体死的时候，我虽然也很难过，但也没那么难过。我还是想念我的第一只狗。我花了很多钱，请了最有名的仿生机器专家，专门为我的狗设计制造了新的身体。你知道吗?我让它活过来了，我希望它跟以前一模一样。但是不一样，还是不一样。科技再发达，他们也做不到。所以，索性就做成这个样子了。”

你看着他们，心里说不出是同情还是悲伤。那只黑狗钻到你的手底下，温顺地舔弄着你的手心。到了这个时候，你似乎才发现了什么，你简直是太迟钝了。

“所以，你后悔了吗？就算是你终于成功了，把它带了回来，可你还是不满意，不是吗？”你的声音干涩，“你后悔了，觉得自己做的一切都没有了意义？”

那个声音沉默了，那只巨大的机械狗和那个老人一起安静地站在那里。

/ 六 /

“我不知道。”

这个回答听起来像是回音，又或者是从你的口腔里发出来的。

你不知道。

于是所有的一切都崩塌了，包括你们身旁的道路、树木、大厦。

那只机械狗站了起来，它四肢着地，像是随时可以奔跑。它的阴影笼罩住了那个老人。

你听到一个声音说道：“在真正的世界里，你没有老去，我也不是这个样子。”

但你不确定，那是老人的声音，还是从机械里发出的声音。他们都像是不应该存在于这世间的造物。

在阴影里的老人消失了，就像是一滴水融入大海，像一粒沙落在戈壁上。

你震惊地看着它。一切倒退着，它一点点地恢复了原本的面貌。它是你的朋友，也是你的亲人。它一直在这里，它陪伴你如此之久，它改变了样貌，发生了巨大的变化。

“什么意思？我不明白。”

不，你明白。

然后四周的一切都消失了，连颜色和温度一起。

所有的世界都变成了真空。

“你终于想起来了吗？”有个声音问你。

你四处张望，寻找那个说话的声音。

“我是怎么了？”你看着自己的手，“为什么我不记得事故之后的事？为什么我的记忆支离破碎？”

你好像记得你的黑狗，你童年的一部分，你的母亲，你的姥爷，你生活过的乡下，你的青年时代，你作出的那些错误的决定，但你已经不记得你步入了老年时代，不记得你把它带回了这个世界。

像是被诅咒的力量。

“你真的记起来了吗？还是只想起来了一部分？”

“一部分，”你承认道，“我记得我给了我的狗一副机械身体，但我不记得这个样子的你。”

那只机械狗，只比他原本的黑狗大一些罢了。而不是像这样，像是一只怪兽。

“那是因为你的记忆还在重建。”

“什么意思？”

“你的记忆受到了损坏，为了找回你的记忆，需要重建过去的记忆。”

“为什么我所有的记忆，都跟我的狗有关？”直到此刻，你才终于察觉到这一点。

“你知道记忆是怎么形成的？”

“怎么形成的？”

“人类也好，其他哺乳动物也好，记忆都是类似的。你记得那个院子吗？”

你点点头。

“你看见了，记住了，然后它存储在你的脑子里，某一个点。昨天，今天，前天，将来，你在这里的每一天，这个院子的模样，都存储在这里。”

你皱起了眉头。这些，你不懂。但你觉得，事情远没那么简单。

“你看，这里有一缸水，那里有一棵杏树，树底下，你舅舅给你搭了一个狗窝，那里面，就是你的狗。这些事情，都像是一个个的点，分别地印在你脑子里的不同位置，当你想起过去，它们就相互呼应着，在你的脑海里，形成了这幅图画。”

什么点？

院子，水缸里的影子，杏树，杏花的味道，杏子的重量，太阳的温度，所有的一切，每个回忆都是一个点，它们重叠着，堆积着，修饰着自己，在大脑需要的时候，组合着，拼凑成了回忆。

“你的意思是，你记得的一切，永远不是最真实的那一刻吗？”

阴影里的那个声音回答道：“是的，人类的记忆总是有偏差的，是你所以为的记忆，并不是真实的过去。但那些是无关的东西，并不重要。”

那么，你问道：“所有的回忆，都不是真正真实的回忆喽？”

“真正的真实。什么叫作真正的真实呢？你有一台记录仪，把你周遭所有的一切，把你当时当刻的心情，都真真切切地记录下来了吗？不然，你怎么知道，这一刻的真实，不是绝对的真实呢？”所有的一切都会变化的，回忆与真实发生的也有偏差，甚至回忆本身也会发生变化，除非你一遍遍地关联，一遍遍地固化。“所以，失去了记忆，有可能是大脑发生了损伤，但也有可能只是失去了关联。有些东西，其实一直在那里。只要能够重新建立这些连接，你就会想起来。但是当连接错误，就会有错误的记忆产生。”

“错觉，或者是梦，是这个意思吗？”

“是的，没错，就是这样，所以当连接错误，就会产生错误的回忆。”

“像是一个不应该存在的误会。”你似乎明白了什么。

“你总是这么浪漫，不切实际。”

这种对话让你觉得奇怪，这不像是你。“你把我说的像是一个诗人。我只是说，这些情况，正常的大脑也会存在，错觉，似曾相识，似梦似真，幻觉。所以，也许这一切都是错误，都不是真实的。也许只是我太想要一只狗了。”

“不，你这种想法是错误的！你的记忆都是真实的，按照理论，这一切已经足够接近你真实的回忆了，我已经尽了最大的可能来模拟你的记忆。”

你觉得奇怪，为什么呢？你觉得他生气了。那么，他到底是什么意思呢？到底发生了什么，难道这一切居然都是真实的吗？“所以，那些迷宫就是为了这个吗？还有那些黑狗，那些村落，还有这座城市，这到底是什么地方？我真的存在过吗？我真的经历过那些吗？所有的这些，都是为了给我重建记忆吗……”你忍不住询问道。

但是一瞬间，有什么东西闪过。你突然想起那场坍塌，想起那些粉碎的墙壁，想起那些粉尘和轰鸣，想起那个巨大的机械怪物，想起它坚硬的、闪着金属光泽的躯体，那幅景象，都映照在坍塌的大厦表面，被忠实地记录了下来。

那一刻，好像是一切的终点。在那场毁灭性的灾难里，其实你已经死亡了吧。

那只巨大的机械怪兽发生了一些变化，而你现在终于都记起来了。

它看着你，这已经是这一段旅程的终点了，至少它认为这一切可以结束了。

它认为你已经完全想起来了。

你也差不多都想起来了。关于你能想起来的那些。

直到你闭眼的那一刻，甚至在那之后。

其实所有的一切都毁灭了。

但那一部分并不是你的记忆。那一刻，你早已经死去了，或者说，你应该死去。就像是无数其他人一样，就像你面前那堵高大的墙壁，就像无数塌陷粉碎的大厦，就像许多扭曲坠落的道路，就像灾难发生时被扯断的线缆，那些金色的蛇蹿了出来，然后消失得无影无踪。

无数人死亡了，他们静静地躺在那里，就像是许多年前月光下的瓜田。他们支离破碎、血肉模糊地躺在那里。那是一场终结一切的灾难，整座城市留下的，只有钢铁和合金。

你不是通过自己的眼睛看到这一切的。你知道得很清楚。这一切都被记录了下来，就像是仪器一样精密而准确，通过你亲手造就的怪物。

它是你一手制造的，也是你一心期待的。原本应该死亡的爱犬，但你不肯把它交给死亡。你抓紧了它，就像是一个溺水的人抓住一根浮木。它痛苦地挣扎着，将要步入死亡的陷阱时，你抓住了它，不肯放手。你冷冻了它的身体，然后在好些年之后，你让人制造了一副钢铁身躯，令它再次活了过来。

你等待了太久。你拥有了金钱，拥有了地位，你感谢科技，感谢那些万能的技术，它们可以带走它的痛苦，给予它新的身体、无限的力量和更强大的能力。

当它终于再次在你面前站起来的时候，当它看起来像是一个钢铁的怪物时，你知道，那里面有它的一部分。或许不是它的全部，但你想，每一刻，你也变得和之前的那一刻不同。

你留住了它的一部分，把它从死神和时间那里抢了回来，哪怕只是一部分，你也心满意足。

那时你的确是那么想的。

在它的面前，你就像是全能的神祇。无论是改变之前还是改变之后，它总是无条件地顺从着你，爱着你，愿意为你做任何事，这也是你那么爱它的原因之一。它一直记得你，虽然它的记忆好像有了残缺，但这也没办法。任何事情都有利有弊，这你从小就知道。在你得到那只小小的黑狗时，你就知道它的生命远比人类短暂，可它带给你那么多的快乐和幸福，让你暂时忘记了，它很快就会离开你。

这一切你都看到了，你很快就明白了，那是通过它所看到的，你给予它的眼睛、传感器、摄像元件、记忆体、传动装置，所有的一切，都是你花钱请人设计、修改、完善的，就像是你创造了它的一部分。

你看向四周，你看到一片荒芜而旺盛的森林花园，你通过它的眼睛能看到过去城市的残骸，能看到时光的痕迹，能看到自然的野蛮和蓬勃。

多么明了啊。这是世界的末日，人类的一切都已经不复存在了。

而你死在很多年前。

毁灭一切的灾难降临时，你跟其他的人类一样死亡了。

在发生这一切之后，当它面对你残破不堪的尸体时，作出了一个决定，它选择拯救你。或者说，它尽其所能地拯救了你的一部分。

你看到它是怎么寻找你的碎片，或者是破碎的身体，它记得一切，那是完全彻底的真实，那是被完整记录下来的回忆，没有丝毫的错误和误会。

你突然想起当年是如何看着他们把它拆开，分解成各个部分，然后保存下来的。在急速降低的温度下，你看到它的一切都被封存。

就像是你心灵的一部分也随着它被冰封在那里。等待着机遇降临。

而你现在看着曾经发生的一切，用它的眼睛，以及你给予它的一切，看着发生在你身上的一切。

它保存着曾经的你，就像是你保存着曾经的它。

它拼凑着曾经的你，就像是你看着那些你花钱雇来的人拼凑着曾经的它。

它在这空无一人的世界上忙碌着，它努力地保存着你的身体，你的细胞，你的神经，它像是一位孤独的神祇，从无中制造出有来，它甚至从荒废的废墟中制造出一个村庄，那一部分一直印刻在它的记忆里，无法忘记，就像是一座寂寞的囚笼。

而这一刻，它认为你已经真正地成了它的主人，所以它唤醒了你。

沉睡了那么多年，你的容颜就像是你在梦境里曾经看到的那个老人，那是修改过的面孔。

一切都是那么的自然而然，符合事物正常发展的逻辑。

它那么强大，甚至不停地修改着自己，一切都是为了拼凑你，拯救你，唤醒你。

一切都是为了你。

它创造了一个世界，还有一个新的你。

你们四目相对，打量着对方。

当你真正清醒过来，当你变成了和它一样的怪物，你知道它给了你它所拥有的一切，连同它的记忆，还有它所有的感情，全都给了你。

它将你从九泉之下带回人间。

你看见，听见，触摸到这一切。

一切都无须再质问。

有些话，一旦说出口，就再也无法补救了，就像是小时候一样。

你醒来了。

这是一个真实的世界，也是一个空无一人的世界，是一个从废墟和死亡中慢慢建造起来的世界。是它为了你的苏醒而建造的，它拥有永恒的生命，就像此刻的你一样。

你曾看到的那些，透过它的眼睛看到的那些死去的尸体，那些黑色的头颅，都已经被时间和自然埋葬在地下，变成了肥沃的养料。

那里是一个巨大的花园，或是一个整齐的废墟，生长着无数生命力旺盛的植物。仍未坍塌的墙壁错落有致，被深深浅浅的绿色萦绕着，这里是一片寂静的遗迹，就像是一口大井，又或者像是一个古罗马剧场。

这里阳光明媚，天空湛蓝，地面上爬满了生机勃勃的一切，有星星点点的小白花，有娇嫩的鹅黄色花朵，还有那些绿得近乎透明的细小藤蔓，它们缠绕着，倒伏着，就像是星空一样，那么不可预料，那么深邃。

然后你看见了那东西，就跟你摔倒前所看到的东西一模一样。它巨大，魁梧，坚硬，就像是传说里的怪物，但奇怪的是，有什么东西在你的内心深处叫嚣着，或者是你的脑袋被这喧闹的声音震得发疼。

总而言之，那一天，你重生了，但你却感觉那么的痛苦，无法言说。

“我不明白。”你喃喃地说道。

不，其实你明白。

它给予了你那个半真半假的回忆。一切都是它给予的。

“你受了很重的伤，我尽力了，这是最好的一次修复，所以我把你带回了这人世间。”

你能想象吗？有那么一个东西，比你强大，比你有力，轻而易举地就抓住了你，就像是一只羊踩烂了一株蒲公英一样。

它抓住了你，那么的简单，把你从死神的手中夺了回来，就像是你当初把它从死神的手里夺回来一样轻率和任性。

你在迷宫中的困惑和不解，与之相比，简直就像是个笑话。

你知道它不是你的黑狗，因为它太高大，太坚硬又太轻盈，这世上没有这样的动物。

可它呢？它知道你可能跟它原本的主人并不一样吗？你可能根本不是那个人吗？

它的躯体，在太阳底下安静地闪耀着金属的光泽。

你想起那个院子，想起你的黑狗，想起它扯着你的衣裳，想起它在地上打滚儿，想起它在月光下趴在你的身边，喘着气，那么温暖，毛茸茸的，就像是个毫不畏惧的战士。

你不知道当初那个决定解冻的男人是不是也这么想，但你觉得那不是你的狗。

那个男人也不是你。

你想，不记得在哪里看过这么一句话。

爱和氧气一样，终将慢慢地杀死原本的你。

作者简介

沙陀王

工程师，裁缝，诗人。代表作品《下山》《野蜂飞舞》《太阳照常升起》《千万亿光年之外》。短篇小说《父亲和他的一个朋友》获第九届未来科幻大师奖三等奖，《黑猫》获第九届光年奖原创科幻征文大赛短篇小说三等奖。

黑　瓶

吴　关 ／

／ 一 ／

11 月 12 日中午，她本该和趴在桌上的人吃午饭，再一起回自己的公寓窝着，边打盹儿边看上周末晚刚看个开头的《银翼杀手》，等到下午三点，坐两站地铁去健身房，互相保护着做卧推。

他们会换上李笑运动包里的背心和短裤，衣服前天洗好，烘得正暖和，上面沾染的白茅味，是家久最喜欢的，李笑也慢慢喜欢起来。家久也会背包过来，里面有一大瓶水、几根香蕉和两片面包，香蕉熟得正好，面包是用全麦粉自己做的。和之前的那些周末没两样，安稳又确定。

可因为前一天，李笑的初恋回国约了她一起吃饭，他俩把碰面时间改到晚上五点。就因这个，家久第一次失约，也是最后一次。

现在那些衣服、水和食物都安稳地待在包里，那具身体也还是温的，白茅味就浮在体表五厘米。李笑故意忽视明显的紫绀，例行公事地压住家久胸口检查消失的心跳，捻开眼皮观察瞳孔。之后她伏低身子凑到家久颈后深呼吸，把还混着身体余温的气味一丝丝缓慢地吸进肺里，约莫半分钟才直起身子，眼里盈出泪来。

下午五点李笑没在地铁口等到家久。和她的约定，他从不迟到；五点五分她打电话时没人接，他们吵架最厉害的时候，家久也会立刻接通；十五分钟后再打电话过去，李笑才隐隐觉得不对劲：家久失联了。

李笑等车的时候问了店里，在车上给相熟的朋友打过电话，下车后去了家久的公寓，没人知道他在哪儿，公寓里也看不出异常。李笑擅长预想所有可能，并像“墨菲定律”一样，倾向相信其中最糟糕的那一个。消息未回复，电话没人接，她不知道该做点什么。也许什么都不用做，等上两小时，家久会像忽然消失一样忽然出现；或者再晚些，安心睡一觉，等早上醒来，就能发现他浑身酒气躺在沙发上。

李笑烦躁地左右翻手机上的应用，点一下，在打开之前就关掉。她看到角落里没怎么用过的应用，忽然想起两人曾关联定位，耽误几分钟更新版本，李笑查到了家久的位置。手机与可穿戴设备还连接着，她看看手机上两小时前停止的心率计数，强压下预感，打车到市郊别墅区去。

市郊多是农民的宅基地，盖成豪华独栋别墅，卖与嫌市里房子规模逼仄想逃离、又舍不得城市便利的城里人。李笑开始还有些担心地方不好找，到了后发现，定位所在的那栋别墅和其他的相距很远，只有孤零零一栋。

别墅门没上锁，看不到撬过的痕迹，家久趴在书桌上，再也不会醒了。

报警之后，李笑四处看过，除了客厅、书房和一间卧室经常使用，其他房间的家具都用烟色防尘罩遮着，地上落了薄灰。楼上是个大客厅和三间卧室，一一打开，家具也都用防尘罩遮着。

二层有长期无人居住的尘土味儿，隔窗能远远望见水库，晚霞还在，恰巧有只白色水鸟掠过水面，轻轻一点，迅捷远去，变成远山旁慢慢移动的点。她一阵心虚，不祥的预感终于成真：自己终于还是失去了他。

那不是他们的最后一面，不知道是好是坏。李笑最后见到家久是在警局地下二层的停尸间，她跟负责这片区的大学师兄吴泽说要参与验尸。李笑凑在近处看师兄操刀，瓷刀划开胃腹，骨锯剖开心胸，装着器官的袋子晃着被送到毒理化验室。不知是否是因为吴泽事先叮嘱，旁边的助手很知趣地没说一句多余的话。

看到鉴定结果的李笑说想一个人走走，强硬拒绝要送她回去的师兄。天光已经大亮，李笑带着喝剩的酒，慢慢走出警局。

毒理分析未检测出毒物，死因定为睡眠性呼吸暂停。她有预感是这个结果，现在却突然不相信起来。李笑在路上又买了瓶酒，乙醇随体液循环注入手脑，驱散停尸房的凉。她又暖和起来，颤抖也缓解了，甚至产生有些享受的幻觉，说服自己这男人的死必有蹊跷。现在她不是死者的朋友，她又变成侦探，变成客观的第三方，冷静且不带任何感情。直觉告诉她，这不可能是自然发生的，即便没有证据，靠第六感和逻辑，自己也定能找到背后的家伙，让死者安慰，真相昭彰。

李笑回家后拉上窗帘，稍微洗漱，假装前面的两天不存在，像家久还在似的，又从头看《银翼杀手》。她把自己沉浸在电影里，疑惑狄卡为什么会轻易爱上瑞秋，又和一周前一样睡着。醒来已经是第二天清晨，李笑摘下耳机，听见洗手间传来水声，看看旁边家久的拖鞋，都和上周一样。仿佛下一刻那人会像上次那样，光着脚从浴室出来，留下一串招人嫌弃的脚印，也不擦干身体，给自己一个更招人嫌弃的拥抱。

半分钟后，李笑就察觉应该只是昨晚自己忘了关水龙头，洗漱完又错穿了家久的拖鞋。可她拖延着，尽量晚些打开洗手间的门，好像只要不打开就能留住些他真的在里面的可能性似的。李笑坐在洗手间的马桶上，在她哭出声之前，电话响了，是师兄。

/ 二 /

“警局不准备立案，邻居走访过，周围主要街道监控也都看过，没任何疑点。现场又发现了室内摄像头，正对着死者书桌，拍下了死亡过程，处理过的视频马上发给你。节哀顺变，等有空还得再来警局一趟，有些后续工作要处理。”

视频从下午两点二十分开始，家久从镜头附近走向书桌。离约定的时间还早，他侧着头趴在书桌上，准备休息一会儿。两点五十四分，他的手脚动了一下，好像要醒，之后身子忽然剧烈地起伏几下，就再没声息了。

李笑把自己的情绪收拾稳定，回放电视里播完的《银翼杀手》，狄卡正对瑞秋讲蜘蛛孵化的虚构记忆。李笑又生出疑心来，她把电话拨过去：“师兄，时间更早的视频记录呢？”

“两点二十分家久格式化了硬盘，只有之后的记录。”

“这一定有问题，这些事都巧到不可能是巧合，家久一向健康，定期锻炼，怎么可能以这样可笑的原因就去世了。”

“李笑，你冷静点，现场门窗完好，没有破坏痕迹，解剖毒理分析也没异常，所有证据都指向意外死亡。”

“我不相信，我没法相信。我要找个原因出来，我要找点东西埋怨怪罪。若是两人整天在一块儿，这些就不会发生。就因为我，因为我临时改变计划才有意外。我不能接受，一定有另外的原因。”

李笑挂断电话，打开静音模式。她出门上车，打开音响，连续切几首歌，选定一首节奏激烈的摇滚。从警局离职后又当过五六年侦探，就是没人帮忙，她也能靠自己找出真相来。

别墅现场已经撤去封锁，警戒带扔在楼下垃圾桶里。李笑又仔细勘查了现场，没太多发现。这儿不经常住人，没生活气，倒是书柜下的保险柜引起了她的注意。输入自己的生日，密码不对，稍微迟疑一会儿，她又输入家久的生日。保险柜的绿灯闪一次，打开了。

里面只有一个孤零零的本子，李笑打开扉页，上面有四句话：

· 黑瓶能让时间倒流。

· 时间倒流的对象包括外部世界，黑瓶自身及其使用者。

· 打破黑瓶或二十天未及时复位均会触发时间倒流效果。

· 持瓶者须将避免触发黑瓶放于第一优先级。

下一页上粘着封信，信纸泛黄，字是用毛笔写的漂亮的行书。

“果然在这儿，”吴泽闻闻屋里的味道，“又喝酒了？回家去吧，昨天刑侦组已经勘查过了，没发现任何问题，而且还有视频。”师兄抬头看看摄像头的位置。

李笑也顺着看过去，墙上有几个相框，都是合照，嵌于其中的摄像头并不容易被发现，应该已经装了有段时间。

“我在这儿待会儿，觉得像是还和他在一块儿，虽然他从没跟我提过这个地方。”

/ 三 /

天色已经晚了，李笑打开夜灯躺在床上，找出从别墅拿的笔记本，又读了一遍扉页上的话。时间倒流……像个俗套的穿越小说，不知道里面有没有自己。

李笑一直觉得自己足够了解家久，每一寸都了解，若有不了解的，自然是无关紧要的部分，她自信辨得出他的真诚。而现在李笑却开始怕，甚至要超过由他的离开所导致的悲伤：他死了，那份爱不会再有，固然令人失魂落魄；但若像那此前从没去过的别墅所暗示的，这个自己全身心爱着的家伙，藏着深厚的秘密，那么就连带之前丰沛的喜欢也有了嫌疑。可李笑终要寻个真相出来，她终要再目睹家久生平的解剖，一如他的尸体。

李笑读着那封信，信有些年头，用毛笔写的，字体筋骨匀称，不懂书法也能看出好来。

赵小友：

昨晚大雨，心旌摇动，夜来闲读书，随便发些感慨，可姑且一听，全当逸事趣闻。

《圣经》里写耶稣受洗后，在旷野受魔鬼三次试探，魔鬼怂恿他从殿顶跳下时，耶稣用“不可试探主你的神”回应。倘若当真在殿顶跃下，便是顺遂了魔鬼的愿，背离了他信的上帝。耶稣比起凡人自然是和上帝更亲近的，他和魔鬼是对上帝了解最多的，二人用这试探博弈，可见上帝是相当厌恶被试探的，要真被惹怒，或该降下末日了。

道教里并没有这么个拟人的主，也没有一个想方设法引人作恶、搜集不洁灵魂的魔鬼，鬼不过是暂时受苦的灵魂，为恶并无目的。但至高的道有一点和上帝挺像，它不愿被人了解试探。据说道教的修行者用术法窥天机，将会失五感，减寿命，祸子孙。惩罚切身，更不敢生非分。

佛教也讲果报，不过里面的菩萨要亲近很多，不仅不降罪，还不时开解众生。地藏誓要度空地狱，观音见不得世间悲苦。佛知道众生的苦就是自己的苦，对阿鼻地狱的受难人感同身受。灾祸对僧俗神佛一视同仁，得道也是要堕轮回的，承担那些看起来和自己无关的责任，原也是自救。

读故事总是这样，初看并没什么感触，对其中教化也不甚了解，等到日后忽然触景生情，才知平浅里可有深意。那些好的故事可以且先读着，总是人生的财富。这黑瓶是要当神一样的存在看吧，若真能学会敬畏，也算是福分。

祈安，颂时祺。

又是“黑瓶”。李笑往后再翻一页，仍不是家久的笔迹。

我做梦了，俄狄浦斯王杀父娶母的故事和这黑瓶杂糅，还有个豫让式漆身吞炭的奇人。梦从俄狄浦斯的父亲诱拐国王的半神儿子开始。珀罗普斯召来城邦内最倚重的国士：“我的半神儿子死了，被兄弟所戕。活着的儿子名字也被遗忘，忍辱流浪，终要客死异邦。我自问无愧那忘恩的小人，他必要十倍报偿。”

国士答道：“这仇定会报偿，我的王，那恶徒必会因品行生出恶疮。人的报复总不够强，命运和神会让真正的正义伸张，他的灵魂将庆幸自己早亡，不用看到儿子那凄惨模样。”

国士回家用掺了砒霜的葡萄酒毒死妻小，以专心侍奉众神；用匕首挑断脚筋，来离众神更近；拿胸针戳瞎双眼，好看清神谕。他把一切伪装成仇家所为，让人把自己送到阿波罗神庙。祭司们多认为痛苦和智慧成正比，和人世关碍越少，离真神就越近。这古希腊的豫让被接受成为祭司一员，在神像下密室的最深处，祭司们拿出了黑瓶。

神庙里的神谕总是会一一应验的，神知晓人世的过去与未来，从不会出错。祭司们负责把塞入自己脑中的预言说出来，同时也负责让未来按照预言进行。只是这国士在成为祭司之前，脑子里就塞进了关于俄狄浦斯父亲的预言。国士派出间谍和探子，宣扬各种神迹，阿波罗的预言更是灵验无比。他默默布局，终于等到那卑鄙小人将来求取神谕的消息。

国士稍作安排，俄狄浦斯父亲来时，恰好自己负责传达神谕。祭司们集中商议，确定命运将会略加惩罚：他的国家将出现干旱，他女人生下的孩子将身体虚弱，难以成年。国士说出神谕，他的儿子会亲手杀死父亲，还会玷污母亲的床榻。

这话震惊了来问讯的王和其他祭司，不过所谓一语成谶，既然阿波罗的神谕已经说出去，一定会实现的。等俄狄浦斯父亲离去，国士自知难见容于祭司团，高声吼出“幸不辱使命，可静待事成”，便自戮于庭。

阿波罗的神谕一定会实现，哪怕这命运太不公平。俄狄浦斯的父亲久不与妻子同房，隐藏在夜色里的祭司举起黑瓶，将黑瓶摔在地上，时间回转，黑瓶碎片升起，拼回原来的样子，太阳西升东落，三个月前醉酒那晚他妻子怀孕了。出生后被钉住双脚遗弃的俄狄浦斯得了破伤风，不治身亡，草丛里的祭司举起黑瓶摔碎，时间回转，黑瓶变回原样，雨水落回天空，俄狄浦斯被牧人及时清洗伤口，送与他的养父，得以顺利长大。

乔装的祭司在俄狄浦斯面前说他并非亲生，引诱他到阿波罗神庙求神谕验证真假，阿波罗又重复了那恶毒的神谕：你将杀死父亲，玷污母亲。俄狄浦斯回到养父母身边，告知他们这可怕的神谕，养父母将收养的实情告知，各自相安无事。宫殿的角落里，祭司摔碎黑瓶，时间回转，黑瓶复原，车马倒行，听完神谕的俄狄浦斯不敢回城，祭司操纵黑瓶让他随机选择去往生父城邦的方向。祭司们又三番四次拦住俄狄浦斯父亲的去路，让他怒火中烧，等到俄狄浦斯经过时终于爆发冲突。俄狄浦斯把自己父亲一行人打倒离开后，祭司上前杀死只是晕倒的众人。

神殿派出豢养的怪兽斯芬克斯，守在通往城邦的必经之路上问些简单的谜语，不管答对答错都将人吃掉。临时国王迫于无奈，宣布除去怪物的英雄可以迎娶前任国王遗孀，成为新国王。俄狄浦斯经过的时候，斯芬克斯问出那著名的谜语：早上四条腿走路，中午两条腿走路，晚上三条腿走路的生物是什么？俄狄浦斯从鸡鸭鱼猜到狮虎豹，斯芬克斯身后藏着的祭司一次次摔碎黑瓶，直到他答出“人”这个答案。斯芬克斯从巨石上一跃而下，翻入悬崖，带着祭司飞回神庙，俄狄浦斯终如神谕所说弑父娶母。

画面定格在俄狄浦斯刺瞎自己的双眼，三维的空间慢慢有了壁画质感，整个故事变成一卷长长的叙事画轴，记载着从国王之子兄弟相残开始的所有细节，只有祭司手里的黑瓶还是立体的。卷轴孤零零地飘在空洞无物的背景里，那黑瓶从画幅里飘出，变形成剪刀模样，把那些倒回的时间全都裁下，又拼出个和书上所说相差无几，满是巧合的新故事。我有种身体扭转的不适感，看看左右，原来自己也在这个长长的画轴里，随着纸张变形震荡，那黑瓶变的剪刀，调转方向朝这边飞过来，对着我就要剪下。惊醒的时候天已经大亮，额头凉飕飕的，一摸全是细密的汗珠。那只要把我肢解的剪刀让人心虚，梦境仿佛在提醒我没有意识到的危险，这黑瓶并不像它看起来的那样温和无害。

／ 四 ／

“这黑瓶”，李笑注意到文中的措辞。笔记的主人预设大家都知道这东西，不一样的叙事顺序，暗示一切该有更深层的因果，笔记上的记录并不完整，要向前追溯才能找到故事开端。

若真能让时间倒流，李笑最想做的事，就是把家久带回来。不用倒回太多，两天就好，倒回到她能重新做选择的时候，不去和多年没见过的初恋吃那顿饭，哪儿都不去，整天和他待在一块儿，在床上抱他，把耳朵贴在他胸口，听他的心跳，一秒不落。家久的心音厚沉有力，安静的时候则缓慢而有节律，是常年锻炼的结果。

李笑准备睡觉，音箱呲呲响着，发出没意义的声音，她转身关掉夜灯，房间陷入深沉的黑暗。白噪声，黑房间，像家久喜欢的那样，他在没任何光亮的黑暗里睡得更好。三年前，他们刚决定周末住一起的时候，李笑特意换了新窗帘，让他感觉是在自己家里一样。认识后的六年里，他们的生活习惯变得越来越像，脾气靠拢，把对方活进自己的身体里。

李笑又害怕起来，她不知道家久为什么那么谨慎地保留这古怪的笔记本。那是他从没展示给自己的部分，两人仿佛又隔开一层。这笔记，还有那栋找到笔记的别墅，让曾经清晰的面目模糊，自以为相交甚深的生活露出隔膜。

李笑躺在床上，抱紧被子，像纠缠着他，一次次按亮手机，又关上。终于她下定决心，把手机关机扔在一边，可还是睡不着，又起来喝了杯酒才躺下。

李笑听到了家久的心跳声，忽然睁开眼睛。

“怎么，一惊一乍的。睡着啦？这电影蛮有意思的。”

《蝴蝶效应》，他们周末住在一起之后看的第一部电影，可以让时间倒流的男主角一次次让时间倒流，妄想改正人生里的错误，反而越搞越糟。李笑一眼认出了电影，她知道这只是个梦，反而把怀里人抱得更紧了些。

李笑回答说：“我没睡。”

“时间真要整体倒流，男主角也不会留下记忆。记忆那东西刻在脑子里，时间倒流让物理世界全都还原，印在脑子里的事也都得抹去还原，没谁能记得，主角也不能。”李笑躺在家久怀里听着他的心跳，家久一边嗑瓜子，一边挑剔电影情节。

“起码要有一个记得的人。如果都忘记，谁能证明这事发生过？我甚至羡慕男主角，若有这机会，自己也一定会去试试。”李笑不再看电影，她转过头伏在家久肩上。

家久严肃起来：“真能时间倒流，我们也不会有记忆。说不定，我们已经经历过很多次，只是大脑也都重置，留不下那些记忆。”

“不能证实也不能证伪。”

“切中要害，一针见血。那你会相信吗？”

“信什么？”

“真有能让时间倒流的东西，我们真的在经历，只是没谁能发觉。”

“这话没意思。”

“你会选择相信吗？像很多人相信宗教一样。”

“有个苹果浮在你的后脑勺，你动的时候它跟着动，你摸的时候它忽然躲开，你照镜子的时候它就隐形。房间里只有我们两个，我坚持说有，你能证明没有这个苹果吗？如果不能证明，你会相信我吗？”

“我会盯着你的眼睛，看你说话的时候眼光是不是闪烁。”

“然后呢？”

“然后相信你说的，既然，是你说的。”

李笑心中一痛，相信又怎么样，你有太多事情没告诉过我。

她只是在心里想这句话，并没说出来，家久却好像听到了似的：“当然不一样，请你也这样相信我，不能相信全部，也要相信我爱你。”

“信不信也都没区别，全是不能证明的。无论时间倒流还是你说的爱。”

“若这时间倒流，有个切实在人间的信物……哇，男主角的脑子倒带太多次，都磨坏了。”

李笑回头看电影，男主角正在流鼻血。

“他挺可怜的，人不该承受这些，太过分的能力是种负担。”

而我更可怜，我失去了你，李笑心里想。这话太撒娇，即使是梦里她也说不出。

家久说：“他受不了使用这能力的诱惑，倒不是怪罪他，少有人受得了。”

“我现在刚失去你，不想看这么悲情的东西。”

家久没对那句“刚失去你”做出太大反应：“我倒不觉得悲情，主角起码确证了存在少有人见过的时间倒流，到过已知与未知的边缘。这是难以拥有的体验。若是我，哪怕付出再多，也要知道。”

李笑说：“如果要付出的是我呢，我们的感情呢？”

她悲伤地望着家久，家久也以同样的目光回望。

“我选你，让那些折磨人的东西离你远远的。”家久说完这话，紫绀出现在他身上，跟李笑发现他那天一样。李笑晃他按他，吻他咬他，打他抽他，可并不管用，那人并不呼吸。她能感受到家久的感受，窒息时没有新鲜空气进到胸腔，膈肌沉重得无法移动，肺泡滤出最后一点氧气，想呼吸而不得……等一切难再忍受时，李笑惊醒过来，头上的冷汗也没顾上擦，趁着记忆还清楚，回忆梦中的内容：那部电影他们是肯定看过的，那些话却不像说过，酒精帮李笑找到了存在和不存在的记忆。

“时间倒流的对象包括外部世界，黑瓶自身及其使用者。”李笑脑子里掠过扉页上这句话，家久的话仿佛在给这设定做注脚。“我们已经经历过很多次，只是大脑也都重置，留不下那些记忆。”若造成时间倒流的使用者也被时间倒流波及，没人会留着记忆。

时间已经不早，只是窗帘的遮光效果很好，屋里还是黑的。李笑没让自己再胡思乱想，拉开窗帘打开窗户，丰沛的光和空气从外面涌进来。她起床洗漱，去地铁的路上随便吃了些东西，再次到警局调查当时的监控。

师兄说警局已经组织人手看过门口监控，没发现可疑人员，她也不觉得自己能发现嫌疑人，可仍然坚持要亲自确认。她回看门口监控的录像：没准备找出嫌疑人，只是想知道，自己对他一无所知的部分有多少。

李笑从三个月前的录像开始看，录像里，多数时候楼道都空无一人，只有偶尔会出现家久一个人来去，从不过夜。当时别墅里没看到有第二个人的痕迹，监控也证实这一点，她才稍稍放下心，起码这不是他和其他人的隐秘爱巢。

他是爱自己的吧，李笑想，虽说他没有其他人，可为什么瞒着这地方从不与自己说？家久大概一个月来两次，每次待两三个小时，也从不在这儿过夜。一直到最近一周，家久来得勤了些，在出事前连续三天都来了这地方，待的时间也更长，仍没在这儿过夜。李笑注意到了这异常。

一周前，正是他送订婚戒指，说要搬到一起的时候。李笑的心脏又少跳一拍似的，如果没出事，他们应该已经开始搬更多东西，让两个家慢慢合为一体，也许，也许还有这个，让三个家合为一体。

/ 五 /

李笑懒得再做饭，买了便当一人回家，打开那部很久都没看完的《银翼杀手》。昨晚那瓶酒已经见底，李笑又打开一瓶新的威士忌，边吃饭边喝酒。等吃完饭，她坐在沙发前继续看了会儿电影，又想起那奇怪的笔记来。

李笑洗漱完，打开笔记。

扉页上还是那几句：

· 黑瓶能让时间倒流。
· 时间倒流的对象包括外部世界，黑瓶自身及其使用者。
· 打破黑瓶或二十天未及时复位均会触发时间倒流效果。
· 持瓶者须将避免触发黑瓶放于第一优先级。

她找到上次的位置，翻到下一页，上面是家久的字迹。

我是赵家久，所知的第四任黑瓶持有者，这是关于黑瓶的记录。

根据信息可以推知的持瓶者的情况：

1. 某个到中国来的传教士，根据本市的神学院建校历史可以大致推测是谁，持有时间：未知；

2. 张换冕口中的先生，教师，曾在神学院学习，持有时间：未知—1968 年；

3. 张换冕，考古工作者，持有时间：1968 年—1998 年 5 月；

4. 赵家久，自由职业者，持有时间：1998 年 5 月—

事情的走向超出了自己的预期，李笑快速向后翻动笔记，后面是琐碎的回忆，全是家久的笔迹，只是内容愈加诡异：

03.07.2005

我再回想和张老的偶然相遇，能轻易发现背后的某种预谋。他特意打着修家电的幌子要我一人上楼，就为了把黑瓶交给我。拿到这瓶子五年后，我终于深信，正如张老所说，那瓶子碎了或者三周不复位就可以让时间倒流。

幻想小说里经常出现时间倒流，但黑瓶让时间倒流的方式，和一般了解的不太一样。我终于理解了那句“时间倒流的对象包括外部世界，黑瓶自身及其使用者”。以往那些故事里总有些留存着的记忆，某人知道自己是穿越的主角，但黑瓶带来的时间倒流不一样，大家都只是背景，这瓶子无差别地让时间倒流，一视同仁，包括黑瓶自己。那是原原本本回到过去，无差别的时间倒流。死者复生，春去冬来；记忆从脑中突触结节里跳出变成影像，从眼眸流出照亮山河；叶绿体里的葡萄糖重新变成二氧化碳和水，被吸收的光点从叶片发出，回到来时的太阳。

如果这瓶子让时间倒流回去年，今年就会被抹去，如同没存在过一般，任何人关于今年的记忆也会消失。整个世界在物质层面上都和去年的这个时刻别无二致。用种形象的说法，这黑瓶是带擦除功能的倒带按钮，消除时间推移留下的一切痕迹，整体回到过去。

至于谁造了这瓶子，什么结构给了它时间倒流的功能，这样一个瓶子造出来有何目的，都湮没在时间里已不可考，唯有这和人世不容的异类，蛇牙、复眼、致幻蘑菇一般的瓶子留在这儿。

这样说时间倒流可能还是有些让人费解，这儿有个只在不存在的时间里发生的故事：在这个机械决定论的世界里，某个持瓶者忽然开始怀疑黑瓶是否像上任所说的有让时间倒流的能力，决心摔碎它验证真假。在黑瓶落地碎裂的瞬间，时间倒流，碎片重新聚集成黑瓶，从地面回到持瓶者手里，太阳西升东落，回到之前的某个时间点。等时间之河又开始如常流动，在同样的时间持有者又生出同样的怀疑，黑瓶碎裂又让一切重演，时间以他摔碎黑瓶的时刻为界，陷入周而复始的循环，再没有明天。循环里的持瓶者并不能获知被擦去时间里的任何信息，仍不知黑瓶真假。这世界的星辰、草木、流水和风同他一起，像失忆的西西弗斯，陷入时间轴上不存在的无限的重复。

而若相信演化像认为的那样是概率控制的，不确定性深埋在物质内部，分毫不差的初态演化出差异越来越大的未来，这时间倒流会带来更古怪的图景：那内化的概率决定的微小差异扇动翅膀，掀起翻越层级的风浪，最终刮进宏观世界，让事件有不同走向。那黑瓶终可以通过一次次让时间倒流，在时间轴上不存在的一次次尝试后，挑选出避免时间倒流的可能，从被摔碎、未复位这看似无法避免的宿命中，找到可以存活的裂隙。时间倒流的唯一结果，避免了时间倒流，而和这结果相对应，黑瓶永不会被打碎或者忘记复位。

而这也是可怖的，毕竟没谁知道黑瓶可以将时间倒流多少，一个月、一年抑或十年百年，太多东西都会被改变，若时间回退到百万年前，甚至可以抹杀人类文明。文明的出现是件多么小概率的事，用奇迹都不足以形容。我甚至怀疑，之所以有文明，只是这黑瓶，在无数可能里，选出了有什么可以帮它复位的那一种。

我拿这瓶子，只想摔了它证伪或放到个偏僻地方不再管，这样的念头不知道起过多少次，可它现在仍好好地待在保险箱里。黑瓶反射着照上去的光，太阳、月亮或者日光灯的影，都变成它不带感情的眼睛。从我了解张老信中的真正含义开始，再没敢起过试探之心，我希望自己在了解之前也从没试探过，没做过任何用不属于自己的赌注进行的愚蠢冒险。但我知道，从概率讲自己在某些不存在的时间里是做过蠢事的，我用余生忏悔，也远远不够。

我在这儿详细地写下，交给将来的持瓶者，盼你比年轻时的我更审慎明智。可即使，我是说即使，你若也陷入是否做出过鲁莽试探的怀疑，要学会宽宥自己。人不该承担远超自己能力的责任，可这看守黑瓶的责任总要交给一个人的，若因此出现不良后果，不应受额外的责备。跟自己和解，活更久，把瓶子交给更合适的人，若能做到，就算尽责了，这工作值得尊敬，纵无他人知道。

要心存敬畏，不能试探这黑瓶，全因没任何事是全无代价的：人类消化食物与咖啡，产出定理、机器、书籍、建筑；植物吃掉阳光与水汽，产出田园、景观、果蔬、粮食；宇宙耗费差异与时间，产出复杂、有序、文明的构造。这黑瓶产出难以想象和解释的时间倒流，定要消耗超出认知的昂贵原料。

若这所谓黑瓶，只是个精巧设计的恶毒玩笑，是深谙人性的心理游戏自然最好不过。可跟这瓶子牵连的种种现象都在暗示，正如每个持瓶者对下一任所说的，黑瓶可以使时间倒流。没有瑕疵的外表，无法探知的内部结构，好像永不会停止的螺旋计时，这些超出人类技术极限的特征都证明这瓶子不同寻常。其中最有力的是，这瓶子在找不到源头的长久相传里，它一直保存完好，按时复位，时间倒流的功能从未被证伪。

张老在我十八岁那年把黑瓶交与我，这之前黑瓶由张老从十五岁开始，保管了近四十年。他从自己老师那里得到这瓶子，当时交接仓促，只提到是神学院的传教士老师交给他的，难以再追溯。

黑瓶会变成持瓶者不能给第二人看的隐秘器官，持瓶者须小心看护，按时复位，谨守秘密，直到时间合适，交与下一任。人心难测，交接黑瓶是风险最高的时候，候选人要足够谨慎，不在未搞清状况前做什么荒唐的试探；足够理智，分析清楚跟黑瓶相关的利害；足够坚强，不把这难以理解的秘密当成负累，不被这责任压垮；还要足够年轻，好减少黑瓶交接的次数。我一直认为自己不足以担起这责任，战战兢兢，充满羞愧，终于也完成使命，到了该把它交出去的时候。当然会有遇到超出自己能力的可能，但不用害怕，这样的情形不会真正出现，我们做的不过是尽人事，那些人力极限之外的，黑瓶会自己抹去。

那沓文稿里是对黑瓶做过的各种秘密检测，我全都交给你，再不跟这黑瓶留一丝牵连。这些就全都交与你了，只言片语难形容，也许要过段时间，某天你忽然从梦里惊醒，才会真正明白这是份多么沉重的责任。像张老说与我的那样，我再说与你，对不起，我不能再承担这个了，只好把这黑瓶交给你。

后面是近十页的日期，从2003年开始，一直到家久死前一周。

再比对最近的日期和监控里家久到那栋别墅的时间，全都吻合。

李笑有些坐不住，起身穿好衣服，开车到郊区，她自觉此前检查细致，但毕竟仓促，也没刻意寻找，可能疏忽了什么。她到房间之后，又仔细寻找，找遍一切可能藏匿的角落，仍没找到和描述类似的东西，只好又开车回家。

/ 六 /

李笑现在只有喝点酒才能睡下，第二天醒来，她拿出家久的手机熟练解锁，查看了家久的 GPS 定位数据。家久生活简单，定位数据很规律，两人的家、几个店铺、常去的购物街、一块儿锻炼的健身房，再就是那栋别墅。和监控的记录一致，而更久一些的数据，仍是规律地两周左右去一次，每次去都待两三个小时，从不过夜。“打破黑瓶或二十天未及时复位均会触发时间倒流效果。”李笑又想起扉页上的一句话。

她想起一件看似无关的事：两个人在一起之后，出去旅游从没超过两个星期。或者干脆说，家久从未离开这座城市超过两个星期。她重新回忆起细碎往事，有次是两个人去海南遇到台风，自己想着在那儿多待几天也好，可是家久却一心要回来，没有飞机航班，就趁着风不大的时候出去找渡轮，几乎是冒着生命危险回家。还有那次计划去欧洲，想着大家都没太紧急的事，可以一次多去几个城市，而家久把安排压缩在十天内。当时她并不太在意，现在想来，这些暗示着他被什么东西拴在了这座城市。

后来寻找的过程简单到令人难以相信，和这瓶子的玄虚并不相称。李笑从手表的轨迹记录发现，就在他跟自己说过两周搬到一起住后，家久出了趟远门。李笑记得那天的监控，家久大早上一身户外装扮，背着双肩包进别墅，又很快出门。李笑放大定位地图，那轨迹的拐点是城市另一边的郊区森林。

李笑开车到附近，离要去的地方还有些距离，这里不算太难走，但毕竟是林地，不容易马上看出怎么走过去更合适，她找了一条踩出来的小路，按着显示的大致方向走过去。手机网络信号不错，还能收到实时位置更新，她走了一会儿，发现在一个岔路拐错了方向，看着不对又折了回来。

李笑现在确定这就是当时家久走的那条路了，她对能找到什么东西不抱太大希望，即使能找到，也要费一番工夫。而实际要简单很多，她沿路走着，又遇到一两个岔口，大概走到那个突兀的拐点后，一眼就看到了一个文件袋，文件袋旁边就是黑瓶，家久没刻意藏，就把东西放在路旁。

那是个手掌大小的黑色瓶子，上面还挂着张白色卡片。她过去拿起那瓶子，比想象的要轻，触感也说不上是什么材质，好像还有些吸力。造型很像广口瓶，只是多了些弧度，瓶子是全封闭的，上方也没有开口，正中间伸出个圆柱形突起，高度大概是瓶身的四分之一。

白色卡片系在瓶颈上，写着四行字：

· 黑瓶能让时间倒流。

· 时间倒流的对象包括外部世界，黑瓶自身及其使用者。

· 打破黑瓶或二十天未及时复位均会触发时间倒流效果。

· 持瓶者须将避免触发黑瓶放于第一优先级。

和那本笔记扉页上所说的一样。

旁边的文件袋里面是一些检测报告，李笑翻了翻那些文件，也不是全都了解是什么含义，但可以大致看懂一些，比如X射线检测、比热容检测、电镜照片。只是那些结果并不正常：结果显示X射线无法穿透黑瓶显示它的内部结构，而比热容则是接近于零，根本不从外部吸收热量，而那张电镜照片更是平滑得过分，没有任何材料该有的起伏。

李笑把这些都装到背包里，觉得不放心，又把那瓶子拿出来用背包里带的毛巾裹好再放回去。等开车到家，已经是晚上，李笑才想起自己一直没吃东西。她把背包放好，在楼下匆匆吃完快餐，回家拿出黑瓶，对着灯光仔细看。仿佛想要看见里面，也像要从反光里看到家久。李笑小心按下瓶子上方的圆柱，那圆柱可以活动，慢慢下降，向外拉时却一动不动。她试着继续按下，圆柱整个旋进瓶身里，再看时根本没有缝隙，像本就没有那圆柱似的。复位，李笑想到笔记的扉页，按下这圆柱，应该就是给黑瓶复位的方法。

李笑找师兄通融，在物证科检查这黑瓶，结果显示和那些检测报告没什么区别。她最终相信了这黑瓶的功能，因为是家久说过的。

李笑在回家的路上慢慢复原事件，若相信这黑瓶能让时间倒流，则全都可以解释得通。家久藏起的生活，就是和这黑瓶有关的部分。可能他觉得李笑不会理解，更不会相信，可正像他会相信她一样，他说的，她也全都相信。又或者，家久只是不想让这不合常理的异数影响她，特别是在两人决定搬到一起住以后，黑瓶会在二人世界中插入一个黑洞，渐渐吸没一切。

那天家久把黑瓶和检验报告收拾好，带到郊区的树林里，那本笔记却留下了，可能是因为里面有她的名字，还透露了太多隐私。李笑懂他的矛盾挣扎，一方面想把这黑瓶扔在人迹罕至的地方，省得其他人捡到，负担这东西；另一方面又相信，如果黑瓶不被复位，会带来严重后果：就像他在笔记里说的两种可能，任何一种后果都不是某个人能承担的。没人知道会不会被卡在一段时间里无限循环，或者倒回到自己不存在的时间里，生出根本未存在过的可能。他把黑瓶就那样显眼地放在路边，挂上解释的卡片，放着检测报告，希望有谁能看见，继续维持状况。

而之后这黑瓶也许经历了多次未被复位，时间一次次倒回，最终出现了黑瓶能继续被复位的现实：家久毫无征兆地死亡，李笑又一定要找出个道理来，按着手表的定位信息，找到他去的地方，带回这黑瓶。

李笑看着黑瓶，不知道最后害死家久的到底是这瓶子还是她自己。她想摔碎黑瓶——让它继续生出其他的可能，生出家久没出事的可能来，不过这种冒险是自己承担不起的，她也根本没办法下定决心。或者干脆不管这些，当什么都没发生过，甚至了结自己，结束这些混乱，她却也做不出行动。

/ 七 /

按一般电影的桥段，此处应该插入一段旁白，或者一行黑色的字幕——“十年后”。

但现实需要在自己清醒、理智的选择之后，再一天天过下去，无论内心暗藏什么样的暗流和伤痛。像家久一样，李笑在保险柜里整理出独立的隔层，把黑瓶、笔记和检测报告都放进去。像家久一样，她也和这座城市绑在了一起，每两周给黑瓶复位。她拒绝了吴泽师兄，一直一个人生活。她在笔记本上补全字迹：

4. 赵家久，自由职业者，持有时间：1998 年 5 月—2017 年 11 月；

5. 李笑，离职警察，持有时间：2017 年 11 月—

李笑从没想过自己会触发黑瓶，以为自己会和家久、和之前所有的持瓶者一样，用某种方式把它交给下一个人，等后继者给自己填上终止日期。直到纳米机器人发展进歧路，超出控制的算法变异让它们失去智识，只知吞噬一切碳基与硅基物质，疯狂繁殖。

那天她带着黑瓶逃到传闻中的安全区，发现那儿已经被纳米机器人席卷，只有电台仍然时断时续地工作，循环发出苍白的欢迎和路线指示。李笑调换无线电接收频率，再找不到文明的迹象，只剩无意义的噪声。

她看看远处纳米机器人组成的黑色潮水逼近，自知再无法妥善保管这东西，也再没能找到另一个可以托付的人。与其等没有人复位，黑瓶被一次次触发，不如现在就摔碎这瓶子。对于一个已经绝望的世界，这也许会是一次神迹式的拯救。如果关于黑瓶的一切说法为真，那它应是肩负着重任，而现在，就是责任必须兑现的危急时刻。

李笑一阵眩晕，等渐渐恢复知觉，发现风声停了，太阳也没有了热力。她呆愣一会儿，远处风景开始扭动弯曲，那是光的折射发生了变化。黑瓶上方慢慢有暗色汇聚，凝成暗球似的实体。李笑想转头看看四周，可并不能控制自己：世界暂停了。只有黑瓶上方的暗区，还在变化，渐渐能看出人形。

声音在李笑脑海中响起："你好，持瓶者，你可以称呼我使者。"

李笑有太多想问的事，可限于环境暂停无法表达，使者却能听到似的："我知道你有很多疑问，只是这种状态不能维持太久，趁着黑瓶工作的间隙，问你最想知道的。虽然等时间倒流后，你也不会有任何记忆。"

李笑说道："即使不记得，也宁愿曾经知道过。黑瓶的传说是真的吗，它又是从哪儿来的，你又是谁？"

使者回答："黑瓶确实可以让时间整体倒流，可并不像你们想象的那样，是个只顾自己存续的定时炸弹，不小心触发，可能抹掉整个文明。正相反，你可以认为黑瓶是给文明的礼物，它为守护文明而生。至于我，你可以当我是阿拉丁神灯里的精灵，或者危急时刻被召唤来的外星志愿者。"

李笑对回答并不满意，可来不及深究，又问："那几条规则都是真的吗？"

使者道："没错，只是你们可能有所曲解。之所以有'持瓶者须将避免触发黑瓶放于第一优先级'的要求，是因为黑瓶可使用次数有限，应该用在更重要的时候，比如现在。"

李笑想到自己对家久离奇死亡的判断："那，黑瓶上一次被触发是什么时候？"

"若你问的是上次拯救文明免于毁灭，那是 1962 年，有场从古巴开始的灾难，世界毁于核战。大多数时候都是持瓶者忘记给黑瓶复位，时间倒流次数被白白浪费。

"文明美丽又稀有，和这稀有相对应的，是异常脆弱。刚形成未成势时，外界的威胁能轻易地毁掉文明；等野蛮生长开始壮大，内部又会产生太多自毁倾向。使者们喜欢文明里的秩序、混乱、善恶、丑美，造出黑瓶保护和扶持文明发展，重塑毁灭的节点，保留存在的火种。然而文明也总要长大，等黑瓶让时间倒流的次数用光，就只能靠自己了。

“绝大多数时候，黑瓶只是被无意触发。我观测到的第一次文明毁灭是二百多万年前，一场大雪崩掩埋了人类的居住带。时间倒流后，不同的首领生出嫌隙，一部分人另觅居住地，在雪崩里幸存。再后来毁灭事件越来越少，直到1349年，鼠疫大暴发，整个大洲人口几近死光。时间倒流后，旧主教早早病死，新主教不再认为忏悔能治疗黑死病，转而采取隔离手段抑制了传染病的蔓延。时间不多了，你还有什么想说的吗？”

李笑还有很多问题，最后还是问起那个人：“家久的死跟黑瓶有关系吗，时间能再倒流回他去世前吗？我想再试试，也许有机会。”

使者却说：“时间到了。”

太阳西升东落，纳米机器人吐出建筑和人潮，蜷缩回实验室，果实跳到枝头变成花，死者重生，老者逆龄，孩子重回胎胞……

赵家久到郊区别墅去，决心将黑瓶送出去，不再为这些似是而非的东西忧心，为李笑，也为自己。等他打开保险箱拿出黑瓶，准备最后一次复位时，发现按钮并未旋出多少。这精巧的小东西终于耗尽能量，所谓黑瓶让时间倒流只是个精巧的谎言。

两人见面后，家久迫不及待给李笑讲整个故事：上学时遇到张换冕老师，从他那儿得来的黑瓶和别墅，那套可能正不断发生时间倒流但没人留下记忆的诡辩，而这些终于都在今天早上被证伪。

“就因为这个，我不想让你也陷入不能证实又无法证伪的怪圈，我才这么久不敢轻易承诺，不敢结婚并住在一起，浪费了太多本该在一起的时间。不过后悔也没用，时间不会倒流，没人有第二次机会。我得多陪你，把这些都补回来。”

周五李笑前男友打来电话时，她正和家久商量如何布置厨房。李笑想了一会儿说："最近正和我先生准备婚礼，抽不开身。你若方便，结婚的时候一定要来。"他俩忙到晚上，打开电视，继续看没看完的《银翼杀手》，复制人说出最后的独白：

我见过你们绝对不会相信的事，我见过猎户旋臂的战船起火燃烧，见过唐怀瑟门附近的C射线在黑暗中闪耀，所有这些瞬间，终将随时间消失，一如眼泪在雨里消失。

他们俩关了电视，又絮叨些婚礼的琐碎，像是从没经历过绝对无法相信的事。

作者简介
吴 关

科幻爱好者，喜欢看海，相信小说有娱乐之外的力量。作品《松香》在英文科幻杂志《未来纪事》（*Future Science Fiction Digest*）发表。

渡海之萤

刘天一 ／

／ 一 ／

距离青夏之扉开启：七天

逃跑失败了。

我被风扉生抓住，又一次带回树上的木屋。

她一脚把我踹进屋中，“零零庚，第五次了。”

我脚下趔趄，扑倒在地。稍稍撑肘支起上半身，我看看四周。木屋还是往常的模样，四壁是树的枝干密密麻麻缠绕而成的木墙。墙上，枝干们裂开两个椭球状的口子，像两个大睁的眼眶，这是木屋的两扇窗户。

“七天后，青夏之扉就要开启。你是我们的希望。”风扉生又踹了我一脚，我摔倒在地，压在我身上。“要是再让我抓到你逃跑，小心抓你去喂蛇。”

我站起来，然后拉着我站起来，冷冷地看着风扉生。

“我们十万大山的命数系在你身上。”风扉生说。她裹着宽大披衫，流苏垂地，半边脸遮着枯木面具。“那些机械人类不知道什么时候又会攻来，时间已经不多了。”

这颗星球的命数，关我什么事。我默默拉着我的手。

在这个小岛上，我已经被关了整整十三年，每天都在被这个疯女人做测试和实验——我被她分开，头疼欲裂，意识麻木。这种麻痛爬过头皮，像是细细的藤蔓穿行在颅骨与头皮之间，挤开皮肤与骨质，再以藤上的倒刺钉在头皮上。

如果再不逃跑，说不定我就会死在她手中。

“我不敢——”“——再逃跑了。”我说。

“去测试。”风扉生守在门边。

我沉默着走到两扇窗户前。窗前各有一套桌椅，上置纸笔。我在两张椅子上坐下，从两扇窗望出去，将看见的景色绘在纸上。

木屋离地面有四五十米高。窗外下望，草野远铺，几百米外即是大海。此时正是初夏的黄昏，血红的月亮升于大海。草野上苍鹿三二正在觅食，一对对名为青萤的小虫在空中飞舞。

我将所见画在两张纸上，交给风扉生。

“这条长线条是怎么画出来的？上下？下上？”风扉生开始每日的例行询问。

“从上——”“——到下。”

“这画的是什么？”

“鹿和树。”

询问持续几轮。突然，风扉生指着画纸上的一团线条：“这是什么？”

“一个人。”我说，“还有——”“——一条船。”

“鹿岛怎么可能有人？”风扉生立刻走到窗前，向外看去。几秒后，她面色阴冷地转过身，“零零庚，今日的训练结束了，你自己活动去。我去把那个人赶走，鹿岛是禁地，不准任何人进来。”

/ 二 /

距离青夏之扉开启：六天

例行的绘画测试结束后，已是黄昏。

昏暮的两小时是我一天中唯一的空闲，风扉生会在岛中心的巨树“小太史公”（我不知道她为什么要这么称呼这棵树）上处理数据，我在滨海草野上散步。

我在海边遇到了昨日的那条船。

船前站着一个青年男子，是昨天我画画时看见的那位闯入者。男人披着一身素雅灰袍，腰封上挂着一骨笛、一竹筒。他正蹲着身子，给一只小鹿处理伤口。看见我的一瞬，他身子一紧，面色僵了僵。

在鹿岛上这么多年，我还是第一次遇到靠近这里的闯入者，也许，这是让我逃走的绝好机会。

我走了上去。

小鹿似乎是被森林中的野狼咬伤。它的后腿上裂开深深的伤口，血水混着痂块，染红棕黄的皮毛。男人从腰旁的竹筒里摸出一粒药丸，在小鹿的伤口上捏碎。药丸中密密麻麻地爬出上千条细长丝虫，钻入伤口，刺入血肉，经纬交织，变化为一片封闭止血的“虫布”。

“姑娘们，”男人拍拍小鹿的身子，站起身，“我只是来画画的，画完画我会自行离开。我是白戈，哀牢白家。我知道这里是峨屏王的地方，我无意冒犯。我只是想画画而已……求求你们，不要赶我走。”

名叫白戈的男人喋喋不休着。

我不知道岛外的世界是什么样子的，也不理解他的话。“我们？”我看看周围。除了他，这里只有我一个人。

莫非这个白戈和风扉生一样，也是只有一个身体的人？

“你，”白戈指指我，“还有你。”他手指一偏，又指指我，“你们不是两个人？”

“我——”我拉住我的手，“——是一个人啊。”

白戈愕然：“啥？”

“你是来画画的？”我岔开话题，盯着他，同时盯着他的船。一对对青萤在我们周围飞舞，小鹿屈腿趴着，低头舔着盐渍。

“请不要赶我走。”白戈说，“过几天青夏之扉开门，气候逆转，我想画一画大雪中的鹿。”

我不是风扉生，我不会赶他走。“你能——”“——带我走吗？”

“什么？你们是……”白戈看看我，“不像是贱民奴隶。有人限制你们的自由？”

“我被昨天赶走你的那个女人关在岛上。”

“风扉生！”白戈身子颤了颤，面色忽而苍白，“她是风家的人，还是峨屏王的手下。我可不敢插手峨屏王的事。虽然白家也是大族，但峨屏王前几年平定机械人类的进攻，权势比白家强……对不起。”

巨树小太史公上传来钟声。

“我该回去了——”我朝白戈摆摆手，“——不然风扉生会来抓我。”

“等一下。”白戈说，“这只鹿你们能带回去吗？我不方便照顾它。”

我犹豫了一会儿，还是走上前，抱起小鹿。风扉生不允许我照顾岛上受伤的动物，她从来都是让它们自生自灭。要是被风扉生抓到我救下了小鹿，多半又是一场毒打与折磨。

“那我先走了。我不会和风扉生说——”

我朝他盈盈一笑。

“——有个外人在岛上。”

/ 三 /

距离青夏之扉开门：五天

我还是想逃跑。

夜晚，我悄悄爬下床，拉了拉窗边垂下的藤蔓。藤蔓下吊着的紫色小花亮了起来，照亮桌面。

窗外，血月高悬，彻照大海。海面上波翻浪涌，捧起细碎月华。浩渺的大海不见鸟鱼踪迹，像是无边际的囚笼，幽闭着鹿岛，也幽闭着我。

我查看了一下受伤小鹿的状态，然后拉出两张椅子，坐在桌前，在纸上构思逃跑的计划。

几小时前的黄昏，我又在海岸边逛了逛。白戈把船泊在森林那头，巨树上瞭望不到的地方。也许，我可以再去找找白戈，求他帮我逃走，或是想办法在他画完画离岛时悄悄上船……

我在纸上画下地图，研究穿过森林的路径——尤其是怎么躲避风扉生在巨树顶端下望的视野。

屋外忽然响起脚步声，小鹿在草窝中不安地动了动。

我立刻站起身。几秒后，脚步声停止，房门打开，风扉生走了进来。

糟了。我想收起桌面上的地图，但风扉生的目光望来，我不敢乱动。

“还不睡？”她盯着我，露在半张面具外的半张脸神色漠然。

“画……”我一下子有些结巴，“——画。”

小鹿叫了起来。风扉生看了眼草窝，冷哼一声：“我说过，不准救受伤的动物。”

我低着头，不敢说话。幸好小鹿腿上的那些白戈用药丸封闭伤口留下的虫网已经脱落，不然风扉生会发现小鹿的治疗不是我完成的。

“这只鹿我带走了。”风扉生说。

我点点头，小心用身子挡住桌面。若是平常，我可能会求着风扉生救治小鹿，现在，我只希望她快点走，别发现我桌上的地图。

“还有，告诉你一个消息。”风扉生说，“我已经和峨屏王联系过，五日后王上的舰队将到达鹿岛，我们会带着你去青夏之扉。”

我只能点头。我不知道风扉生究竟要带我去青夏之扉做什么，她从来不说。

“哼……唉……”风扉生忽然柔和地叹了口气。她拎着小鹿的脖颈，任凭鹿蹄踢在她身上。“我也不想。”她看了我一眼，“对不起。你应该是最后一个了。”

她关上门，“不会有零零辛了。”

／ 四 ／

距离青夏之扉开门：四天

初夏的这个黄昏，冷风正从几百里外青夏之扉所在的海面上吹来，气温开始下降。我裹着厚羊毛披衫，往海边丛林走去。白戈正住在丛林深处的小屋中。

血月斜升，潮声遥来。

我站在小屋前敲敲门，被白戈引入房间。

“你们叫什么名字？”他说。

屋中炉火旺盛。我解下两件披衫，挂在椅背上，“零零庚。”

“什么？”

“零零庚——”“——甲乙丙丁，戊己庚辛。”

白戈在画架前摊开画纸，一盘颜料棒摆在一旁。画架边的木桌上摆着一片金属圆盘，上面有成百上千条细小丝虫在蠕动，组成各式图案，仿佛一个个篆字堆成一团，纤长的笔画相互纠缠扭结。这些丝虫，看着很像白戈给小鹿治疗时药丸中涌出的那些丝虫。

“零零庚……零零五？”白戈沉吟着，“这不就是个编号吗？等等——你们……”

他突然不说话了。

“我们——”“——怎么了？”

“抱歉。”白戈停下画笔，他正在画鹿，“这些编号……让我觉得你们像是实验的素材，风扉生可能在你们身上实验着什么东西。”

我默然不说话，思考着怎么说服白戈帮我逃跑。

“我觉得你们，”白戈看看我，又转头看看我，“像是被天命师改造过。风家是天命术的唯一传承家族，只有他们能改造人的基因。峨屏王可能想用你们干什么事情。”

“天命师？天命术？”我不懂这些名词。

“我是地命师。”白戈指着金属圆盘，“这些命盘上的尾虫，可以控制，可以编写术式。这个是蛊种——”他从身边的竹筒中摸出一粒红丸，放入金属命盘之中。一时间，细长的尾虫们开始蠕动、游移。片刻，蠕动静止，命盘上出现新的图案。“蛊种可以触发术式，通过尾虫，可以改写生物的基因。”

基因我知道。“我是——”我看看我，然后紧张地拉起我的手，握在一起，“——被改造出来的人？”

白戈有些犹豫：“只是可能。我只是地命师，只会改造动植物基因。风家的天命师才有设计人基因组的能力……不过，我可以帮你们打听打听。”

“谢谢。”我低下头，想问他能不能带我逃跑，但一时又说不出口。

一对青萤飞入屋内，在我和白戈间飞舞。据说，这种昆虫会在青夏之扉开门时离开鹿岛，渡海而去，飞赴大海之中的青夏之扉上空。我想象着这对青萤飞离鹿岛的样子，歆羡它们可以渡海逃离鹿岛的自由。

“你在——”“——画什么？”我岔开话题。

“我知道你们在想什么。”白戈摸起颜料棒，在盘上摩擦，尝试色彩，“我在画鹿。最后我会把这幅画编入蛊种之中……”他叹了口气，“鹿的眼睛最难画。那种明亮的质感，那种充满希望的感觉，用植物中的色素真的很难表达。就算是我哥，哼，他肯定也画不出来。要是这次我画成了，不知道父亲、母亲会不会正眼看我一眼……唉。”

他终于停下了自言自语，看着我：“你们想让我带你们逃走。”

我点头，点头。

“抱歉。”白戈转过身，“我不敢惹峨屏王。”他顿了顿，“虽然我想帮你们，但是峨屏王会在几天后亲自来这个岛。”

我知道，峨屏王会在四天后来，风扉生昨晚对我说的。

小太史公上又一次传来钟声。

“谢谢你——”

我披上披衫，忍住痛楚，向他轻轻一笑。

“——谢谢你。”

我转身，走向门口。

“你们的眼睛，真的很漂亮。”白戈的声音从身后传来，“明天就要下大雪了，我想给你们画幅画。”

／ 五 ／

距离青夏之扉开门：三天

黄昏。

我站在雪野中。

风雪涨起，白戈正在画架前绘画。

血月从木屋一角斜升，赤华倾泻，下照苍苔。

青夏之扉马上就要开门了。寒气正从这个海上巨洞中涌出，不久之后，四周的海面就会被冰封。苍鹿们正漫步风雪林间，一对对的青萤则在灌木丛中躁动。三天之后，它们就会渡海而去，受本能驱使飞向青夏之扉。

“峨屏王，究竟是谁？——”我问起昨日未完的疑问，“——他很可怕？”

白戈的手顿了顿。他停下来调了会儿色彩，才说：“你们不知道他？”

“我没出过岛。”

“那是好多年前了。青夏之扉开门，机械人类从天而降，入侵我们十万大山……机械人类血洗了我们一个又一个山寨。”白戈说，“峨屏王，那时候只是一介贱民。他起于战乱，领军打败了机械人类，成为英雄。他也是古往今来，唯一一个从贱民升至王族的人。”

我虽然听不懂白戈的某些词语，但还是理解了大概的意思。“他来鹿岛干什么？”

“视察。”白戈说。

“视察——”“——什么？”我问。

“视察……”白戈在画幅上抹下大片苍青，勾画出明暗，“你们。”

大雪飘荡，月华晕暗。我呆立原地。

“唉……”白戈叹气，“我查过了，但还不知道你们为什么会两个身体共有一个意识。”

“两个身体共有一个意识？”我看看我，“所以世界上大部分的人——”我说，“——都和你和风扉生一样，只有一个身体？”

白戈点点头：“是。”

我一直以为全世界都是和我一样的有两个身体的人，风扉生才是世界上唯一一个只有一个身体的怪物。

原来我才是世界的异类。

我沉默着。我恐惧着。我轻轻握紧我的手。我的手上正传来我的颤抖。

“那……”我想了想，“峨屏王，风扉生，他们想利用我做什么？”

“我不知道。”白戈说，“家里跟我说，峨屏王想用你们去干一件和青夏之扉相关的事情，具体不知。”

我沉默下去。白戈默默作画，我在思考风扉生对我进行的那些测试：她常常让我的两个身体远离，让我头疼欲裂。这些测试背后的目的究竟是什么？这和大海上的青夏之扉有什么关系？我到底要怎么做才能逃跑？

“好了，画完了……”半小时后，白戈收起画纸，声音几乎虚脱，“我得回头把这幅画编入蛊种。这次父母肯定无话可说了，哼！”

巨树小太史公上的钟声响起，我该返回了。

“谢谢你。”白戈说，“那个……”

“怎么了？”

“我不会马上离开鹿岛。明天我还在这里……虽然不知道你们为什么会变成这样，但如果你们想分裂意识，变成正常人，可以来找我。”

“分裂了之后，我能逃离这里吗？”我问。

白戈收拾画架的动作停了下来，“恐怕不行。”

/ 六 /

距离青夏之扉开门：两天

今天，例行的双身体长距离分离测试持续了整整四个小时。我的两个身体被分离在两个房间中，间隔超过五十米。剧烈的头痛让我意识模糊，脑内的血管仿佛变成了生满倒刺的藤条，扎在颅腔内。眼泪失控涌出，我在心中不断咒骂着风扉生。

“后天开门，一天后关门……”风扉生站在我面前，半脸的枯木面具后的表情冰冰冷冷，“你现在只能分开五十米，实在是太没用——你不能辜负十万大山和王上的希望。”

我趴在地上，痛楚久久不退。

黄昏。

血月在漫天的风雪中朦胧不清，青萤们全都蛰伏起来，似乎是在为后天的渡海蓄积最后的能量。

我行走在雪野中，考虑趁着大海冰封离开鹿岛。但青夏之扉关门后，反常的极寒气候会在几天内结束。几天时间……我又能在渐渐消融的冰面上走多远？

我顶着风雪走入林间。进入小屋时，白戈正在对着昨天的画操作命盘，命盘上的尾虫们纠缠、游移，变换着图案。

我抖去两件披衫上的积雪，关上屋门。

“终于把画编写进去了。”几分钟后，白戈长舒一口气，从命盘的中央取下一粒拇指末节大小的种子。他转身看着我，说：“我把图画编入了蛊种，这一次，我画出了超过自己极限的绘画，应该能说服我父母了。”

“说服父母？”我问。我不知道白戈说的把图画编入蛊种是什么意思，也无暇关心。

白戈苦笑一声：“都是些往事了。你是想来分裂意识的？”

我点点头。

白戈从衣襟中摸出两只金属小瓶，小瓶盖子上竖着细针。“这个叫‘注射器’，”他说，“是那些机械人类入侵者的技术，算是违禁品。我也是托熟人用通信雀送过来的。”

我接过注射器。“这个什么‘注射器’——”“——怎么用？”

“把这个针尖刺入皮肤，瓶子里的药剂会进入身体。”白戈说，“这里面的药剂是机械人类为了对付我们的命术所准备的，可以压制我们身上天命师布置的奇异基因的表达。你们一人使用一支，导致两个身体共有意识的基因表达估计会被压制住。”

“我——”我看看我，“——会变成什么样子？”

“药效过去之后，大概你们各自会有独立意识，但相互之间还会有意识上的联系。当然，只是我的猜测。”

“谢谢。”我收起注射器。

“还有……”白戈说，“虽然冒昧，但我给你们想了个名字。你们不如以鹿为姓，一名离忧，”他指指我，“一名无患。”他又指指我。“虽然离忧有点歧义……在久古之前，‘离’有‘遭遇’的意思，但我们还是当成‘离开忧愁’来理解吧。”

鹿离忧、鹿无患？我想象着这几个字，“谢谢。”

“抱歉。我还是没办法带你们离开。”白戈摇摇头，“真的很抱歉。”

“没事。”我说。

“不过，在峨屏王来到鹿岛前，他的御用地命师会在海面上生长出一条栈道，通往鹿岛外十几千米远的一个小岛。后天青夏之扉开门，你们……”白戈语气谨慎，“可以想办法从栈道离开鹿岛。”

小太史公上的钟声又一次回荡鹿岛，在呼唤我返回树上。

“谢谢。”我朝白戈鞠躬。

“不用客气。你们的眸子很美，我永生难忘。”

/ 七 /

距离青夏之扉开门：一天

风息雪止，沧海凝冰。

海面仿佛莹蓝的镜面，倒映灰蒙天光。青萤们蛰伏树丛，在枝丫积雪下隐隐露出翠色荧华。

我坐在木屋的窗前，画着眼前所见之景。在我右侧，鹿无患坐在另一扇窗前，也在画画。

我看见了白戈说的那条栈道。栈道在海面上破冰而出，像是一条蜿蜒在冰面上的藤蔓，延伸到海天尽头。我忽而觉得自己的人生也是一条一直盘旋在鹿岛的藤蔓，而这条栈道，能将我的人生引出鹿岛。

这应该是我和鹿无患最后一次心理绘画测试了。风扉生去小太史公的上层准备数据，无暇顾及我们的最后一次绘画测试，我们准备在晚上从栈道逃走。

昨天晚上，我和她使用了注射器。一夜之后，我们意识分裂，某种神秘连接从脑海中切断，我和她的身体各自有了新的独立意识。不过，我和她似乎还是有着冥冥之间的意识连接，她的所思所想，我依然能感觉到。

我心中一动，鹿无患在看我，意识中传来的感觉告诉我，她已经画完了。

我和她交换一会儿想法，将画放下，离开木屋，静待夜晚。

夜晚。

血月高悬，已近满月，天地间万籁无声。

我披上披衫，和鹿无患悄悄溜下巨树，涉雪而行，走向海岸。雪积了几厘米深，一脚脚踩下，蓬松的雪被压实，留下脚印。

我跟着鹿无患走到栈道前。突然，鹿无患步子停住，我感觉到她内心中紧张、惊慌的情绪正在蔓延。

我抬头望去，一只硕大苍狼守在栈道桥头。狼背上坐着一个人，手执骨笛，一身披衫披在苍狼皮毛上。衫上绣以金银丝绦，结百兽率舞之图纹，柔长流苏垂在下摆。她的身影沐在血月的光华下，像是泼满鲜血的阴暗雕像。

是风扉生。

苍狼脚边，一圈藤蔓捆着一个人，是白戈。

“你——”风扉生转过头来，居高临下，以骨笛指着我和鹿无患，“不，你们，很好。”

她发现我们想逃跑了？恐慌情绪突然从我的心房涌出。“我只是——”我说。鹿无患立刻察觉了我的想法，她开口补上：“——出来走走。”

“你们尽管装。”风扉生一声冷笑，“你们尽管装！”

“您在——”鹿无患说。我立刻跟上：“——说什么？”

风扉生从怀中摸出两张画纸，扔在地上，“你们的意识分开了。”

“什么——”我说。鹿无患说：“——意思？”

“看看你的——不，你们的画。”风扉生说。

我低头望向画纸，是我和鹿无患傍晚画的心理测试绘画。图画似乎没什么问题——鹿无患的意识忽然向我传来一阵混杂着某种理解的惊惧，我立刻理解了她的想法：我们画的画和以前不同了。

以前，我和她的意识是同一个意识，画画时坐在两个视角不同的窗口前，会在两张纸上画下两个视角相互重叠的画。意识分离后，我和她画下的画都是各自窗前的视角，没有重叠。

我们忘了这个问题。

蜷在地上的白戈勉强抬起头：“风扉生！你放她们走！”

“闭嘴。”风扉生冷笑着，“你信不信我把你绞死，丢到冰层下面去？”

“我是白家的人！”

“如果机械人类又来了，你负责？”风扉生顿一顿，“还是，你们哀牢白家负责？”

白戈立刻不说话了。

寒风吹卷，苍狼毛发簌簌抖动着。我拉起鹿无患的手，和她交换想法。“放白戈走。”我说。鹿无患说：“我们不逃跑了。”

“别管我！”白戈扬起头，勉强望向我们。

“哼。”风扉生瞪着我和鹿无患，“明天青夏之扉开门，一切还来得及。你们跟我来，我给你们恢复意识连接。”

／ 八 ／

沿着绕树干螺旋上升的梯道，我和鹿无患登临小太史公的最高层。风扉生披衫垂地走在前面，手上提着被藤蔓缠成粽子的白戈。

这是我第一次来到小太史公上这么高层的地方。

楼梯末端的平台离地面有百米以上，四望可见粗壮枝干纵横错差，荫盖之下，隐隐可见整个鹿岛的走势。平台宽十多米，木地板上有着一圈泥地，上面竖着六块墓碑，碑上分别写着：鹿生、零零乙、零零丙、零零丁、零零戊、零零己。我立刻反应过来，这是之前死在风扉生手下的孩子们。

墓碑前有团草垫，上面睡着一只小鹿，是几天前白戈救下，被我收养，又被风扉生带走的那只。风扉生居然把小鹿带回来收养了，我有些压抑。原本，我以为她会把小鹿扔到森林中放任不管。

风扉生站在棕褐的树皮前。她伸手前按，树皮上忽而裂开一道小口，探出一圈嫩芽缠上她的手腕。片刻，嫩芽退去，树皮向两侧褶曲着退开，形成一扇门。

我拉着鹿无患的手，跟着风扉生走入门口。

门后是开辟在树干内的巨大房间。天花板和四周墙壁上垂下一道道藤萝花灯，照亮四周。

房间中央陷着一个大坑，坑中放置一个两人高的硕大肉囊，像是一只巨大化的虫蛹。数十道肉质的黏丝从肉囊表面蔓延而出，沿着地板上刻画的通路网络分裂、交叉，组成一片网络系统。黏丝网络的终端汇聚在一个木台前，黏丝们缠着木台支柱上升，接入木台上的金属命盘背面。

“这就是你们天命术使用的造身肉囊。”白戈说。

“是。”风扉生一松手，把白戈扔到地上。她走到木台前，操作着命盘，片刻，肉囊上裂开一道缝隙。

“走到肉囊前面去。”风扉生对我说。

我和鹿无患乖乖走到肉囊前。肉囊里裹着一团液体，液面光华粼粼，却不见波动。片刻我才看清，液体中浸泡着无数细长尾虫，粼光是尾虫们的蠕动。

我们还能反抗吗？我在意识之中问鹿无患。

她拉起了我的手，然后向我传来意念：别反抗了，不然风扉生会杀了白戈。

我握紧鹿无患的指尖。跳进这个肉囊后，我们的身体会被改造，过一会儿，“我”和“她”又会成为“我”。

我侧过头，风扉生正操作命盘，地面的黏丝网络闪过一阵阵光华。光华们前前后后汇入肉囊之中，肉囊蠕动着，更多的尾虫从内壁钻出，跳入液体。

“好了。”风扉生说，肉囊的蠕动平静下来，“你进去吧，放心，不会淹死。”

“风扉生，放了他们。”白戈突然说。

“来不及了。”风扉生说。

后面传来白戈蠕动身子的声音。转过头去，我看见他正挣扎着在藤蔓捆扎中抬起头。“她们还是孩子。”白戈说。

风扉生冷哼一声："孩子？不，她们只是工具。"

"你想让她们去探索青夏之扉，对吧？"白戈忽然问。

风扉生说："不需要你管。你再说话，我就把你绞死。"

我得想想办法，我不想死在这里。我观察着周围的形势。也许，我能救自己，救鹿无患还有白戈。

没用的。鹿无患在意识中和我交流着：风扉生比我们强。

总得想办法。我回应着鹿无患。

白戈还在风扉生手里，我们反抗的话，风扉生会杀死白戈。鹿无患提醒我。

鹿无患说的是对的。但是……我忽然想到了一个方法。

我可以抱着风扉生跳进肉囊，这样的话，我会和风扉生的意识连接在一起——也许，我就能用我的意识干扰风扉生的行动。

我的内心挣扎起来。如果我和风扉生的意识连接了，我会变成她吗？我担心着。但是，如果再不行动，我和鹿无患就会和门外的那六块墓碑的主人一样，死在风扉生手中。

不要！鹿无患忽然向我传来意念，她察觉到了我的念头。

我一咬牙关。已经没有时间思考了，必须行动。我下定决心，松开了鹿无患的手。

风扉生和白戈还在争吵着，在他们没注意到我的瞬间，我大步前冲，撞进风扉生的怀中。刹那，我和风扉生的身体失去重心，跌入肉囊之中。

"你！"风扉生用力挤开我。我拼死抱住她，将她压入肉囊。腥臭的囊内液瞬间裹紧我和风扉生，肉囊的缝隙倏尔关闭，夹断风扉生的披衫。

风扉生在水下怒吼着，试着挣扎出肉囊。一两秒后，尾虫刺入我的皮肤，麻醉感直冲脑海。须臾，液体灌入我的肺部，我昏了过去。

在一片混沌中，自我的感觉正在逐步解体。我感觉我的意识正在放大，随后，一段陌生的记忆接入了我的脑海，混合在我的记忆之中。

／ 九 ／

三十三年前

逃跑失败了。

我被父母抓住，又一次带回木屋中。

母亲把我扔到床上，“扉生，第四次了。你不能再逃跑了。”

我往床上一缩，尖声叫道：“我不想学命术！”

“你是风家的人。”父亲冷冰冰地说。

“风家的人就必须学命术？”我哭声问着。

“只有我们会天命术，我们必须学。”父亲说。

“不要！我不要学。每次都要杀小动物，我不要！”我用力踢着被子。

我想起了学命术的过程中，父母带着我解剖各种小动物，从虫蛇鸟雀到狐狸小鹿。他们教我如何控制这些动物的神经，如何改造它们的基因。但我看见的，只有动物们在刀下瑟瑟颤抖的身体和哀求乞怜的眼神，还有它们血淋淋的筋肉与脏器。

我不想伤害这些动物。

“习惯了就好。”母亲说。

我没法习惯。

“三天内你不准出门。”父亲说，“雕的木头小鹿也先不给你了。”

“我才不要你雕的小鹿。”我说。

父母走了。我一个人缩在床上，也不打开紫铃花灯。

我讨厌我的父母。

他们是青夏之扉的探险家，一心想进入青夏之扉那个海上的大窟窿里面，调查扉内的秘密。但是，所有进入青夏之扉的探险家从来没有活着出来过。

我出生时，父母就在青夏之扉上空的考察舰队中工作，扉中喷涌而出的寒气冻伤了尚是婴儿的我的侧脸，半边脸留下丑陋伤疤。因为伤疤，我被其他孩子嘲笑，走到哪儿都能听见喊我丑八怪的声音。

风家是十万大山的望族，也是可以修改人体基因进行人体改造的天命术的唯一传承。原本，风家之人大都可以通过天命术消除身体的残缺疤痕，然而，我的父母付不起给我祛疤的钱，也没有足够的功勋换取改造身体的机会。他们心里只有青夏之扉。至于我，他们从来不管。

我只能自己做了个半脸面具，遮住疤痕。

“风扉生！丑八怪！”“风扉生！疤子脸！”窗外忽然传来别的孩子嘲笑我的声音，他们一定看见了我被父母抓回家。喊了几声后，窗外响起笨拙的骨笛声，那些孩子正用骨笛控制小动物们对垒，在泥沙地面上玩着战争模拟游戏。

我抽泣着，眼泪打湿衣衫。我现在只想离开家，离开风家，离开离泽城……十万大山的群峦与血月之下，有的是地方给我流浪。

半个月后，我又离家出走了。

／ 十 ／

逃跑途中，我在栈道上遇到了一只受伤的小鹿。

盛夏时分，群山之间雾气醇厚，似欲滴水。粗壮的树木枝干从山崖的岩壁缝隙间扎根生长出来，拱起栈道。栈道栏杆旁，细弱枝干从栈道侧面斜生而出，以优美的弧线回绕到栈道上空。枝干末梢挂着紫铃小花，花蕊亮着荧光，照亮路面上的落叶和腐殖土。

小鹿屈腿趴在紫铃花路灯下。它看着不过几个月大，棕黄的皮毛挂满湿漉雾气，后腿裂着伤口，血水混着血痂从伤口中流出。

我走上前去，半蹲下来查看它的伤势。小鹿可能是从一旁的山崖上摔下来的，万幸落到了栈道上，没有跌入栈道下分辟千仞的峡谷。

我不知道它是和父母走散了，还是和我一样离家出走，然后在现实中折断了腿骨。

我轻轻揉了揉它的茸角。它呦呦叫唤着昂起头，吐着舌头往我的掌心舔来。

骨折，出血……好像不算特别重的伤，只要回家拿点药给它敷上就好。我心中安定，却又猛地一惊：我不能回家，也不想回家。

但如果不回家，在这荒野之中，我治不好小鹿。小鹿会死掉。

栈道地面传来轻弱的震动，我身后的远方传来父母和亲族的呼唤声："扉生——"

他们来找我了。我慌忙抱起小鹿奔跑前行，小心搂着它的身躯，不碰到它的断腿。同时，我从腰边竹筒中摸出一颗蛊种，捏破，洒在身后。蛊种中密封着一团粉尘，可以遮掩我的气味踪迹，避免被父母所役使的狐狸们嗅到。

我在荒野中抱着小鹿逃了一天一夜。我跑过一条条栈道，跑过峡谷与河流，跑过粉云凋落的桃林，跑过山间村寨，跑过村寨外祭祖的小庙。

我的体力还能撑住，小鹿却已经不行了。它瘦弱的身子在我的怀中发颤，鼻翼翕张，嗓子里含着虚弱的闷鸣。它的皮毛散发着高热，一如盛夏炽烈的太阳。

小鹿快死了。

我咬了咬嘴唇，心中挣扎起来。我想离开家，但又不想让小鹿死在我的怀中。

它还小，和我一样，是个孩子。

除了回去见父母，把小鹿带回家中，我没有别的办法可以治疗小鹿了。

／十一／

在山道上见到父母的时候，他们并没有像预想中一样骂我。母亲惶恐地抱着我，父亲在旁边沉默不言。泪水从他们的眼眶中噙满流出，狐狸、地龙与导航鹰匍匐在他们脚下。连日搜索，这些役兽大多口吐着白沫，气都喘不上了。

回去之后，父母帮我治好了小鹿。父亲还给我雕了很多小鹿的木雕，但我都不想要。我已经不是小孩了，不需要这种木雕玩具。

我给小鹿起了个名字，叫呦呦。

我还是讨厌父母，不过，我不再那么抗拒学习命术。几年后，我来到木下学宫。那里是十万大山最强的命术学校，位于大陆中心几千米高的超级巨树“太史公曰”之上。

我带着呦呦住在太史公曰的树干上。学校内的生活并不辛苦，但同学们还是不喜欢我：因为我的父母并不是族中显望，因为我脸上褶卷紫红的伤疤，因为呦呦这只山野间捡来的普通小鹿。同学们的役兽都是地命师们改良的精良种，只有我的鹿又蠢又平凡。（而且，严格来说呦呦也不是我的役兽，我没有给它的神经系统中植入尾虫，我无法控制它的行动。）

我努力学习着。如果我能成为优秀的命师，风家应该会给我一次改造身体的机会……我想去掉脸上的伤疤。

不管怎么说，生活总算有了新的希冀。

接着，在木下学宫的第三年，我收到了父母即将进入青夏之扉探险的消息。

／十二／

“扉生，我们走了。”父母站在舱门外。他们穿着全身防护装备，用于抵抗青夏之扉下面的严寒。“这个是给你的。”父亲把一件小包放入我的布包中。

“嗯。”我低头抚摸着呦呦的额头。等到父母的脚步声远去后，我才抬起头，看着他们的身影渐渐消失在走廊尽头。

重载飞凫正飞往青夏之扉的上空，我回到了我的出生地，我被冻伤了半边脸的地方。

这一天终究还是来了。父母即将下去探险，而十有八九，他们无法活着回来。

终于，我再也不用看见我讨厌的父母了。而且，他们此次探险所获得的功勋，应该能让我回到风家后得到一次以天命术祛除脸上伤疤的机会。

但是，我的内心忽而空虚，负罪感渐生。他们终究还是我的父母，此刻却是诀别。莫名的抑郁压着我的心扉，我不理解他们为什么要下去送死。人为什么不能简单地活着？为什么不能过平和宁静的生活？

“一路顺风。”望着他们的背影，我轻声喃喃，声音弱得我自己都听不清。

几分钟后，飞凫舰队之间汽笛悠鸣，我带着呦呦跑上甲板。

舰队正飞临青夏之扉上空。吊着各个艇舱的十几条气泡状飞凫兽正呲呲排气，泄去气囊内的空气，避免飞入青夏之扉上空的冷空气后浮力过大。导航鹰们翩飞在舰队左右，指引各舰航向。

我终于看见了青夏之扉。

在飞艇下方几百米处，青夏之扉渊然镶嵌在冰封大海之上，仿佛瞪视苍穹的巨眼。这是一个幽暗的冰洞，直径千米，侧壁冰封着海水飞泻而下的景象。我甚至看见了一头嵌挂在壁面上的冻鲸。

平日中青夏之扉所在的海面上一切正常，但在春夏之交的某一天，这里会出现一个向下塌陷，吞噬一切的深渊。寒气从洞中涌出，将方圆百里的大海冰封。一天后青夏之扉就会关闭，寒气退去，海水解封，大海淹没洞口。这个神秘巨洞就吞噬了进入它内部的一切。

由于洞口蒙着雾气，没人知道青夏之扉的洞内有什么。但每年青夏之扉开门之后，大陆北境哀牢山下的一道大峡谷深渊中，总有源源不绝的怪物涌出来，攻杀四方。青夏之扉和大深渊的怪物似乎有着冥冥的联系，这也是驱使着人们探秘青夏之扉的动力。

青夏之扉的雾气隔开了两侧的通信，隔开了扉内扉外，也隔开了生与死。在过去的每一年中，探险队穿过雾气下去之后，从来无一返回成功。

一些青色的荧光点在巨洞上方飞舞着，这是离青夏之扉不远的一处小岛上的青萤。很久以前，我听父母说起过青萤的故事——这些昆虫通常一对对生长，每年青夏之扉开门时，青萤们会飞到巨洞上，每一对中的一只会扑入洞口雾气之下，另一只则会留在扉外。

舰队飞到青夏之扉正上方。鼓声响起，各艇放出载着探险家的小飞皂艇。小艇们开始列队沉入雾气之下。

我的父母也在下面的某条小艇上。

再也见不到父母了——忽然间，这个念头侵入我的脑海，我双膝一软，身子挂在船舷上，泪水不受控地涌出。“爸……妈……爸——妈——”我向下大喊，“爸！妈！——”

数十条小艇和青萤们一起沉入雾气，我不知哪条小艇上坐着我的父母。从青夏之扉深处喷涌而出的寒气直射我的面庞。半边面具和须发瞬间染上冰雪，脸上皮肤剧痛，伤疤也被寒冷冻裂开，热血从面具下流出，又倏尔冻成冷血。

“别靠近，会冻伤！”有人把我从船舷上拉下来。我脚下一滑，摔倒在甲板上。我呆呆地躺着，望见头顶飞皂兽灰白的肚皮。数十道藤索刺入了皂兽肚皮上的筋肉，交叉缆系在甲板四周，吊起艇身。

摔倒之时，布包飞脱出手，父亲塞进去的小东西从半空中划过一条弧线，落到我一旁。片刻，呦呦衔着那个东西，放到我眼前。

是一个小鹿木雕。

我接过木雕，手指颤抖，眼泪潸潸流出。

寒风呼啸，飞皂舰队之间埙与骨笛合奏。随后，所有人唱起了古老的祭歌：

青春受谢，白日昭只。

春气奋发，万物遽只。

冥凌浃行，魂无逃只。

魂魄归来！无远遥只。

…………

这曲祭歌我曾听过，是葬礼上用的。

／十三／

等待一天后，青夏之扉关门。和以前的每一年一样，没有探险者从青夏之扉中返回。

第二天，我找到风家的家主，希望他能赐我一次消去伤疤的机会。他拒绝了我，理由是我父母的功勋还是不够。

我没有和家主多纠缠。

青夏之扉按时关门了。唯一的异常是，哀牢山下大深渊中的怪物并没有如期出现。半个月后，我才意识到怪物们并不是缺席了，只是换了种形式——机械人类来了。

那时，我跟着风家从青夏之扉返回离泽城的大部队在沿路的一个山寨中扎营。黄昏，天空密布乌云，我看见那些钢铁战舰从天空中降落到山寨之上。恍惚之中，我想起在木下学宫的解剖课上用过的羊肺，那时我不慎将墨水倒入羊肺中，羊肺染上墨色，皱起一排排小节瘤。此时的墨色的天空就像当时的羊肺一样，而这些战舰，就是挂在乌云下的恶瘤。

接着，无数披着灰暗紧身服的人类从战舰上降落村寨，没有缘由地四处屠杀。

战斗在整个山寨爆发。

大人们在外面战斗，我抱着呦呦，缩在房间内的一角。恐慌压迫着我，我不知道该干什么，要干什么，能干什么。我将脸埋在呦呦的鹿角间，身子发颤。

屋外传来一声声我从未听过的震耳轰响，伴随着一阵惨叫。突然，房门被踢开，一名穿着灰色紧身衣的入侵者走入房间。

“哟，这里还有个土著小妞。”入侵者说。

他使用的语言是汉语，但口音很怪异。我抬起头——入侵者似乎是男性，怀中抱着一根怪异的金属长杆。长杆上伸出两个把柄，入侵者正以左右手把住长杆的把柄，并将长杆的末端指向我。

我不敢说话。金属长杆的末端正冒出一缕烟气，从烟气中，我闻到了一种似曾相识的味道。花了一点时间，我才想起这是在木下学宫上化学课时闻到过的火药燃烧的味道。

“长官，有个小孩。抓回去吗？……带回帝国给他们研究？好。别担心。……反正就是个土著小孩，干完这笔拿到佣金，我就回去换义体。”入侵者似乎是在和谁说话。他把金属长杆往后一撇，挂在肩后，伸手向我走来。

“你别过来！”我大喊着，四肢筋肉颤抖僵直，无法控制。

入侵者一步步逼近我。突然，一直趴在我身旁的呦呦跳起，一声叫唤，以鹿角撞向入侵者的胸前！

“哼。”入侵者身子稍稍一晃，鹿角没有顶伤他分毫。他伸手抓住呦呦的鹿角，提起呦呦，然后以另一只手抓住它的后腿，“一只鹿？”

呦呦拼死蹬着入侵者的胸腹，却像是蹬在了包着沙包的铁板上，发出“砰砰”的闷响。

“放开呦呦！”我站了起来。

“一只鹿而已。”入侵者双手用力一扯，把呦呦硬生生地撕成两半，扔到地上。

“呦呦！”我尖叫起来。

呦呦的身体从胸腹处裂开，脏器、腹水与鲜血浸满木质地面。它的肺还在一翕一张，喉间发出哀鸣，肺泡刮擦在木地面的毛刺上，被一丛丛刺破，泄着气泡和血水。

“你这个魔鬼！”我冲了上去，想和入侵者搏斗。入侵者一甩手就把我掼倒，半边面具也摔脱出去。

“啧，原来是个脸上长疤的丑八怪。”入侵者嘲笑着。

我默默捡起面具，站起身。这个人杀死了呦呦。眼泪模糊视线，呦呦血淋淋的尸体正躺在我面前，被泪水晕成一团棕红混杂的光影。我想起了好几年前在栈道上捡到这只小鹿的时候，那时候，我的父母还在……

我要杀了入侵者。绝恨蔓延过我的脑海。我伸手揭开腰旁竹筒的封皮，在竹筒的内格中摸索着，在最底层，应该有一颗当年父母送给我自卫用的强力攻击蛊种。

“怎么，你难道还生气了？”入侵者哈哈大笑。

我取出蛊种，捏碎，抛向入侵者！

蛊种中封印的命术立刻被启动。一点碧绿莹华闪过，翠绿的藤蔓暴长而出，刺向入侵者。藤蔓直接洞穿了入侵者的防护服，绞缠上他的四肢。在他的惨叫声中，藤蔓硬生生地扭断了他的身躯。激射的藤蔓穿刺入侵者后刺入了屋顶，将入侵者的尸体绞挂着，像是一棵从坟土中绞着尸体长出大地的树。

入侵者的尸体断面中并没有流出鲜血，而是流出大量淡黄色的液体。隔着破损的皮肤，我看见入侵者的肌肉是灰白色的，骨骼则是黑漆漆的金属，破裂的腹腔中没有脏器，而是一团团精细组合在一起的机械结构。

这位入侵者，他不是人类，或者说，不是肉体的人类，是机械人类。

／十四／

走出房间时，山野间硝烟蔽日。乌云之下，我恍惚以为时间已是夜晚，大地上的血色是血月镀下的光华。然而细看，这些血色全是鲜血。尸体挂满山林各处，山寨脚下的湖泊已经因为血水而弥漫着浅红。

我埋葬了呦呦的尸骨，开始和机械人类战斗。

机械人类血洗了一个又一个古老村寨，群峦的溪谷之间漂盈着血水。鲜血染红大地，赤暗的血色足以同满盈之时血月的光华争辉。我在无数次的战斗后唱着古老的祭歌，葬礼结束后，我便跨上新驾驭的役兽苍狼，腰上带着骨笛、竹筒与父亲的小鹿木雕，奔向下一个作战的山野。

机械人类的科技水平远超我的想象，他们使用的被称作“枪”或“炮”的武器威力巨大，可以轻易在远距离夷平山海。而我们只有命术：森木、百兽、鹰雀、尾虫、菌菇，这些是我们的武器。命术灵活但威力不及，且命师培养困难，人数稀少。所有的战斗，都是各大家族的命师带着贱民奴仆们用命堆出来的。

峨屏王也是这时崛起的。起初他只是贱民奴隶，随后，他带队征伐，屡战屡胜。战斗胜利后，他的威望让他跨过阶层、加冕为王。

战斗持续了整整两年。机械人类撤回了天空，但他们放言还会再来。

胜利后我回到了离泽城。我的战功远超大部分族人，族长亲自为我披上为英雄准备的金丝大披衫，将我的鬓角扎成英雄辫的样式。他邀请我用天命术改变血脉，强化肉体，同时消除脸上的伤疤。

这一刻我等了很多年。我曾经讨厌过父母，讨厌他们没有在我刚出生时照顾好我，只顾着调查青夏之扉，我曾经深深自卑过。

但我拒绝了族长。

我见证了无数的战斗、流血与苦难，我只愿十万大山的所有生灵平安活着。机械人类只是暂时撤退，他们就像哀牢山大深渊中的怪物一样，迟早还会再来——可能在未来的青夏之扉开门后，他们就会再次出现。我们必须做好准备。

而我，决定要弄清楚青夏之扉的秘密，这将是我此生最重要的事情。而脸上的伤疤，就是我的决心与意志。

／十五／

我特意挑了一个日子返回太史公曰。这一天，木下学宫最博学的老师溟山婆婆会来讲课。

我站在太史公曰最高层的树枝外缘。云海在树干周围上下浮动，大团云雾遮住了不远处的枝叶。片刻，云海之中出现了一头巨鲸，鲸身修长，浮在半空中。它的背部铺着泥土，上面种了小片树林。

云中之鲸长鸣一声，泊靠到太史公曰的云畔。随后周围的鸟雀们牵起绳梯，搭上鲸背和我脚下的树干。

我登上鲸背，这头云中鲸就是溟山婆婆的役兽。在鲸背林间的深处，我找到了溟山婆婆。

“老师。”我说，“我想研究青夏之扉，老师有没有什么建议？”

“具体研究什么？”溟山婆婆佝偻着身子，脸上皱纹褶如沟壑，发丝纯白。

“扉内有什么？为什么每次开门都会有怪物出现？无论是大深渊

的怪物，还是几年前的机械人类。”

婆婆带着我漫步在森林中，随着云中鲸悠长的呼吸，脚下的地面正缓缓起落。“重要的问题恐怕是通信。青夏之扉的雾气会隔断通信，就算有人下去，无法传出任何信息就死在里面，也没有任何意义。”她说。

“但是所有的通信命术都被青夏之扉隔开了。”我说。

“可能还有个方法。”溟山婆婆步子慢下来，“你知道青夏之扉旁边鹿岛上的青萤吗？”

我点点头。

“据说，每一对青萤的意识都是连接在一起的。”溟山婆婆说。

“连接在一起？”

“一对青萤只有一个意识，虽然它们有两个身体。而每一对青萤，会有一只飞入青夏之扉，另一只留在扉外……它们的意识连接，会不会能跨越雾气，传输信息？”

我想了想，道：“可是，怎么用虫子传递信息？青萤不是标准的命术材料，不好改造。”

溟山婆婆叹了口气，良久才说：“青萤不是标准的命术材料，人是。”

我心中一凛，随即明白她在说什么。我是天命师，可以用天命术设计人体基因改造人体，如果把青萤的相关基因导入人类胚胎……也许我就能得到一对两个身体共有一个意识的人。

届时，我把这个人的一个身体扔入青夏之扉内，另一个留在扉外，通过他们的意识连接，我就能让扉外的人说出扉内有什么。

“谢谢婆婆。”我说。

/十六/

我来到了鹿岛。

在岛中央，我种下一棵巨树，并将父亲遗赠的小鹿木雕埋在树根下。我给巨树取名小太史公，用命术催动它生长到几百米高，并在树干中生长出楼梯和房间。在小太史公的最顶层，我放下了天命术所用的造身肉囊，开始研究。

我捕捉成千上万的青萤，将它们扔入蛊池，让尾虫解离它们的基因，把数据画在命盘上。我在肉囊中试制一对又一对导入青萤性状的人类胚胎，但无一存活。

几年后，我造出了第一对活下来的孩子。我叫他们——或者说，他——鹿生。

在鹿生的身上，我倾注了所有的爱心。我把他当成自己真正的孩子，我教他识字读书，教他命术。但是鹿生的两个身体无法分离太远，他最多只能分开五米。一旦太远，他就会剧烈头痛。

在一次测试中，我下狠心让他分离了八米。回来之后，他陷入高烧，随即重病不治。

我抱着他的两具尸骨哭了整整三天。

我终于意识到，我没有时间了，十万大山也没有时间了。我需要的不是孩子，而是两个可以帮助探索青夏之扉的肉体。

我将鹿生投入蛊池，让尾虫解离了他的身体，收集最后的数据。最终，我把蛊池中的残水收进罐中，埋在小太史公的顶层。

坟土之上，我立了一块小碑，刻上鹿生二字。

第二对青萤化的个体，我没给她起名字，而是叫她零零乙——一个数字编号。我不再把她当成孩子，以非人的态度虐待她，只为了她的两个身体能够分离更远。

零零乙只活了一年九个月。

我早就变成了魔鬼。但是为了十万大山，我必须对这些孩子下狠手。

每个夜晚，我一个人躲在小太史公的顶层痛哭。在血月之下，我将拥有着致幻和麻痹作用的尾虫塞入鼻腔，让它们钻入我的大脑，给我暂时的快慰与麻痹。在一片幻觉中，我堕入妄境：父母还活着，呦呦还活着，机械人类从没出现过，我的脸也未曾冻伤。

致幻作用结束后，我在喘息中醒来，看见的只有月华下排成一列的墓碑，碑上的字全是我亲手刻上的：鹿生、零零乙、零零丙、零零丁、零零戊、零零己。

／十七／

回忆渐渐退去，意识逐渐清醒，剧烈的头疼向我袭来。

许久，我才意识到我正躺在造身肉囊中。先前，我撞上了我，跌倒进入了肉囊，开始了意识连接的改造术式。

我现在是鹿离忧和风扉生的意识联合体。

我的记忆呈现着诡异的混合感。风扉生悠长的记忆占据了我记忆的大部分进程，但在记忆的最后几年中，鹿离忧和风扉生的记忆混在了一起。我想象着那些记忆中的场景：在绘画测试中，我看着我，测试着我和鹿无患，我想和鹿无患逃跑，我又想防止我和鹿无患逃跑……微妙的混乱感让我有些眩晕。

我忽而有些迷茫和无所适从。我不知道我是谁，我该去干什么。

如果此时此刻的我以风扉生的意识为主体，我应该会想办法解除意识连接，再继续把鹿无患和我的一部分——鹿离忧的身体——连接起来。

但是，我并不是风扉生。此时此刻，我的内心茫然而彷徨。我认同风扉生的理想，希望能调查清楚青夏之扉的秘密，同时，我也清晰地感觉到她灵魂中的偏执与罪恶。

十几秒后，造身肉囊开启。我拉扶着我走出肉囊，鹿无患和白戈正在外面看着我。

“你们……”白戈小心谨慎地盯着我，“是谁？”

“我，”我拉起我的手，“不知道。”

我既不是鹿离忧，也不是风扉生。我既是鹿离忧，也是风扉生。

白戈往后退了一步，“看起来，你们，不，你——你还是风扉生的成分多了一点。”

我摇摇头，“不。”

白戈和鹿无患面面相觑。

“你们想抹杀风扉生的存在——”“——然后把鹿离忧解救出来。”我猜到了他们的想法。

白戈点点头，“没错。”

“我已经想通了。青夏之扉马上会开门，我会亲自下去青夏之扉。”我指指自己原本属于风扉生的那副身体，再指指我原本属于鹿离忧的身体，“我会待在上面，说出我在扉下所看见的东西……那个风扉生多半会死在下面，这个鹿离忧还能活下去。”

白戈愣了愣，“……为什么？”

“这一切都该结束了。”我拉着我的手，走出房间。房门外的六块墓碑正沐在小太史公枝丫间洒下的月光中。

几小时后，海滩上。

大海冰封，青萤们汇成光带，飞往前方的青夏之扉。我踏上了渡海的栈道，峨屏王正在栈道尽头等我。

“青夏之扉关门后，来王上那儿找‘我’。”我指了指我原本是鹿离忧的那副身体。

白戈点点头。

一只小鹿瘸着腿跑到了我身边，是我前几天在半夜找到我和鹿无患时所带走的那只鹿。我摸了摸鹿头，转身走向栈道。

“等一下。”白戈忽然说。

我停下了步子。

“我本来，给你们，”白戈指指我和鹿无患，“画了一幅画。我原本是想带回家里，证明自己并不是一个艺术上的废物……不过，我忽然想通了，这幅画还是应该给你们看。”

“至于我，”白戈从腰旁竹筒中摸出一粒蛊种，抛入大海，“是个废物就是个废物吧。”

须臾，种子炸裂、暴涨，数根纤细的嫩芽从种子中生长而出，顷刻成为十余条粗干，相互纠缠，组成一面十几平方米见方的巨大画屏。

树干们经纬交织，随后经线纬线相互抽紧，将画屏的表面压平实，棕褐的树皮缓缓自行剥落，露出下面白色的木质部分。木质部分随着树干抽紧、交织的纹路勾勒出了一幅画的粗线条轮廓，而木质的细纹路则构成了画面的细节。

图画还在生长。

色素们从脉管中涌动出来，染上木质的纹路，将画面渲染上色彩：苍茫的昏夜、血月、大雪、草野、森林、苍鹿，还有站在雪地中的两个少女。少女们的眼眸被周围的层层暗色渲染成一种神秘而莹澈的明亮，仿佛一泓秋水，盈盈澈澈，不染尘俗。

这就是白戈的画。

白戈忽而长笑几声，“我等你回来。”他指指我，手指一移，又指指我。

“多谢。”我朝他鞠躬，鞠躬，随后转身远行。天空中，青萤正汇成一条光带，逆着寒风飞向青夏之扉的位置。

小鹿蹬蹬踏着栈道，跟在我身后。我停下了步伐，轻轻摸过它的茸角。“你要跟我来？”

小鹿呦呦一叫。

“那你就叫呦呦吧。”我笑了笑，轻轻地抱起了它，一如许多许多年前，在离泽城外的栈道上，那个名叫风扉生的小女孩抱起小鹿时的样子。

作者简介
刘天一

90后科幻作家。声学方向博士，金陵琴派末学琴人。擅于构建世界观，奇观强烈、细节精细，作品中坚实的硬科幻设定与冲突激烈的情节共存。代表作品《废海之息》《渡海之萤》《有狐》。

ROESELI①

夹缝貉 /

2015 年夏末，表姐结婚了，突然得就像高铁站外这团暴雨，敲着举在头顶的杂志乒乓作响。我挤到屋檐下等车，边喘气边瞪着封面濡湿的冥王星照片，突然想起 Z，茫茫人海，不知她身处何处。但婚礼上表姐脸颊泛红，笑得好似初春尚留，我便没有开口。

我读小学五年级时第一次见表姐，印象模糊了，只记得她穿一双厚实洁白的波鞋，不像我妈从市西路淘来的东莞货。眼低垂，却有波光摇曳。拖箱和书包被爸妈拿着，她只好紧抓斜挎包，边沿渗出白色，大家手忙脚乱帮她拉开，发现牙膏挤爆了。包着的报纸上有专家对九星连珠的预测，这我倒记得。

① 标题出自带核喇叭虫的拉丁学名 *Stentor roeselii*。带核喇叭虫属于喇叭虫属中的一种。喇叭虫属为原生动物门纤毛动物亚门多膜纲旋毛亚纲异毛目喇叭科的一属，因体形如喇叭而得名。标题采用的拼写版本参考了文献：Dexter J P，Prabakaran S，Gunawardena J. A Complex Hierarchy of Avoidance Behaviors in a Single-Cell Eukaryote［J］. Current Biology，2019，29（24）.

那年早些时候，爸梦见一只黑狗钻进厂里车库，头从铁门底探出，眼睛滴溜溜滚圆，他把狗拽来抱啊摸的，笑着竟莫名哭醒，第二天去上班，发现无班可上了。表姐家呢，听大人提到那附近有栋楼，里面墙上挂着好大的屏幕，昼夜滚动数字，数字能生钱。舅舅去那里守着，望红的绿的数发愣，着魔三年，某天突然人间蒸发。舅妈病倒，表姐拿着亲戚给的票，独自熬三十二小时硬座到我家。

当时我觉得挺有趣，爸妈不知从哪儿搞来铁杆与塑料布，还有好多馋小孩的玩具，兵人、恐龙，甚至变形汽车。周末他们和邻居在院里琢磨搭棚技巧。夜幕降下，妈却让表姐盯紧我在家学习。

真是没长大，夜市有哪里好玩？她双肩各挎一大包五颜六色小玩意儿，不等表姐上前，回身一勾脚带上门。

这跟长大有什么关系？我才不愿长大，石熊他爸整天愁眉苦脸，唯一乐趣是站阳台上抽烟。小孩能到处乱跑，大人两点一线。小孩各不相同，大人却千篇一律，坐办公室发呆。还有啊，大人很多时候看上去是累坏了，盯着月亮叹气，回望红绿灯也沉默。每个小孩呢，至少有一个瞬间会觉得自己无所不能，笑得特灿烂。

我又想，是不是每人后颈都藏了开关，某天啪一下，不小心就成了大人。这时，周围各式各样的路突然收束成笔直一条，两边削成悬崖，无可奈何，只好硬着头皮往前走，难怪不开心。

可表姐明明只比我大三岁，也是个大人样，少言寡语。最烦的是放学，以前我和石熊总会凑近校门口小摊，和人换干脆面里的英雄卡，看小贩拿两根木棍把麦芽糖绞起，问挎竹篮的阿姨水枪到货没有……现在呢，远望见表姐瘦长身影杵在一片蓝白色校服间，我只能嗫嚅一声先走，不等好哥们儿反应，灰溜溜地走向她。

那就是他姐？说是大城市来的——窸窣碎语从四面八方漫来，让人耳根发烫。

石熊的堂姐喜欢守着他写作业，动不动上手，把那对肥耳揪到不对称。相比倒显出表姐可贵。她永远在安静解题。等我把难题摊在她鼻子底下，表姐不急不慢地停笔，撩一下左边摇摇欲坠的刘海儿，嘴唇翕动如念咒，不久便拿笔尖点纸页，轻声说出答题步骤。压桌板映出她被台灯照亮的脸，颊边还残存着夕阳的血晕。楼下飘来菜香，夜市摊主搭棚的动静混在归家的车潮声里。

表姐的初中和我校一墙之隔，轮到我坐窗边，上课无聊时就偷瞥她。那边时有起哄的笑，深蓝窗帘遮了见不着。帘拉起时，表姐托腮远眺。那年降水过量，新闻里北面几个城市，人们都不得不在路灯下划船。这边阴雨连绵，老墙青藤浸润成一汪墨绿，表姐的小臂和侧脸更显惨白。

周五，班主任留在班级里讲话，我干瞪着对面楼的学生一点点散去。表姐似乎值日，独留教室擦黑板。风掀窗帘如波浪起伏，我祈求可别下雨，作业留到周日做，晚上先把夜市逛够。

仿佛五百年后，训话完毕。我没等石熊，往肩上一甩书包夺门而出，教学楼外右拐，拱背溜到墙角。秘密缺口大小刚好，我先把包扔过去，再学猫儿那么一钻，顾不得泛潮红砖在侧臂画出浅痕。

不愧是中学，比我校敞亮。风逗树影乱颤，操场零星有人打球。我估着方位摸进求实楼，贴墙快而轻地移动，刚出三楼拐角又忙缩回——

表姐就站在教室门口。走廊熄灯，尽头日光打出她的轮廓。表姐垂着头。过一会儿，只见她猛抬目光，双手啪啪敲两下脸，长吐一口气。我正屏息，冷不丁她却唤起名来。

这时，一声闷雷砸我俩头顶，紧接着雨就稀里哗啦。谁都没伞。表姐招呼进教室，我垂下肩，老大不情愿。

表姐没在桌上摊开习题册。她慢慢拖一张课桌到窗边，坐上面蜷起腿，双手交叉于脚背，下巴枕着膝盖，直勾勾望着窗外，如同这辈子头一次看雨。我回望空无一人的廊道，再打量表姐后背，挠着头轻带上门，一屁股坐旁边。

雷雨交加。逐渐暗淡的教室倒像个稳妥的壳。

我停下晃荡的双腿。

表姐轻声问：人的灵魂会出窍吗？

校医务室两张床间没拉隔帘，表姐捂小腹进去时，见靠窗床位上躺个短发女生，双手交叠胸前，双腿并拢伸直，气息稀薄。最邪门的是她一双眼睁得滚圆，能看出瞳孔正快速缩放——可以说自笛卡尔想出直角坐标系以来，还没人如此专注研究天花板。

表姐正看着她，女生突然轻呼：哎呀，手肘又沾灰了。她的眸子蓦地一动，直盯过来。瞬间，表姐觉得自己被看穿了。

对方眨眨眼，慵懒如午睡醒来，自顾自说，小刘老师的几何讲得真比我们班那位清楚多了，你刚转来还体会不到吧？

隔壁，医务老师哼着一首过时的歌。

女生在表姐脸上对焦，重新转头望天。

愚蠢的世界里，正经东西总属于错的人。[①] 她默念。

铃响，表姐慢慢回教室，在门口与数学老师擦肩而过，正瞧见老

① 原句出自海因里希·伯尔所著《爱尔兰日记》，这里表达上稍作变化。

师左袖管一片粉笔灰。表姐愣住，周围校服影子晃动，一张张脸在脑中闪回——班里根本没有医务室那号人。

南方晚春如紫阳花，娟秀可怜，潮湿带毒，渗进关节五脏，滞重困乏。表姐虚弱，医务室去得频了，总遇上那女生平躺在靠窗床位。一来二去，病友成朋友。

表姐爱听她断续描述只有两人缺席的校园里悄然发生的事。

日复一日被上下学人潮推来搡去、进教室就在椅上生根、只关注课本与午餐的人，很难察觉上课铃响后的校园如此宽广。表姐仿佛立于廊道组成的十字路口，环视通向不同终点的支流，那里有无数扇门，每扇后面传出不同声部的演出，时而高昂铿锵，时而舒缓惆怅。

声音传递给孩子，他们理应越过万水千山聚集于此，再化作涓流汇入汪洋。

还有那些零星的大人：批改作业途中伸懒腰的班主任，靠在中庭条椅上等课的老师，巡视廊道时从后窗偷望的年级组长，抚摸雕像旁野猫的校工，边抬菜盆边说笑的阿姨，注视窗外沉思的校长。

以前，表姐根本不可能留意这些。但那女生好似熟知巫术，从她嘴里道出的人与事，变化出不同形状、色彩、趣味及意义。

她讲得如此生动，就好像自己的魂魄在医务室以外的天地里，自由自在。

这女生就是Z。

天气转暖后，表姐和Z在医务室外互动得多了。如果体育课球场相邻，轮换休息时，两人会悄悄背向接近，等探到对方手指，就拼命憋笑假装特工接头。表姐感到Z倚向后背，知道是“出窍”了，忙转身抓她双臂稳住。

片刻后Z站直，拽上表姐跑到医务室窗下。

二班那个七号，刚在球馆里磕伤了。Z悄声说。

表姐踮脚张望窗内。

也不是很帅了。她低喃。

两人的目光不约而同落向角落……

不久后某夜，月光洒到枕边，我半梦着摸去厨房喝水，见侧窗留条缝，恍惚觉得那只常在单元楼砖台间飞跃的猫就是表姐。今晚她一溜烟钻入未知的暗，借楼下一列铝合金防盗窗，三两下落到小区口与Z会合。

孩子不时会迷惑于大人划出的边界。一些东西隔夜不能吃，一些地方去了就会消失，必须在某个时刻前入睡，好像秒针移过若你还醒着，就会闯入不一样的世界。

凌晨，女生们在未知空间飘浮。越过校园的高墙轻而易举，白天那褪色的砖块坚守亘古不变的秩序。此刻用不着冒衣角被蹭脏的风险钻过偶然发现的漏洞，她们在空无一人的操场游泳。几团云把月光揉成一片薄纱，海百合从煤灰跑道下涌出，随晚风此起彼伏。翼展超过一米的蜻蜓翩然于旗杆周围，翅上脉络江河纵横，映在一片淡蓝的球场，泛起荷塘般清朗的微光。

一定是Z的主意，她拽起表姐手腕，潜入医务室。在白天七号坐着涂红药水的椅边，静立着那台电子秤。今夜，她们要观察人体失去灵魂后的状况，但愿能捕捉到比二十一克[①]体重变动更明显的

① 人的灵魂重二十一克，出自美国医生邓肯·麦克杜格尔（Dr. Duncan MacDougall）于1907年4月发表在《美国医学》杂志上的研究。

迹象。

金属秤沿反射的寒光照出 Z 半张脸。光影交错，她如远古祭司般仰头，闭眼。Z 悄声说，灵魂无形，却有视、听、嗅、触觉。当你飘浮云端，见万家灯火勾勒出城的身姿，车声入耳，阵阵随夏风抚过，暮光里透出湿涩的灌木香……视野中完全没有自己的肉体。想来也是，灵魂本无眼，所谓视野更像逐渐从意识深处凝聚成形。

Z 的唇间游弋出一丝音尾，人静下来。表姐注视盘面数字，没有变化。过了一会儿，她尝试唤醒 Z。

看来灵魂的感觉不与肉体共通。在出窍状态下，任凭掐捏，Z 毫无反应。表姐连拖带扛将她挪上床，不经意想到这竟是两人初次相遇的地方。Z 眉头舒展，睁眼瞬间忍不住叫出声。她的灵魂带着疼痛回归了。表姐吓一跳，连忙捂住 Z 的嘴。

空旷无人的操场上，云团成群结队晃荡远去，月光下藏不住半片野猫影。两人蹲缩在病床深青色帘幕后，一动不动，彼此凝视对方眼里的自己，接着忍俊不禁。

灵魂似乎不会受伤，但回归时——Z 说那如同在泳池底憋气到极限，一下冲破水面的感觉——明显存在一股拉扯，好像要硬生生将虚无拽回实体。Z 总在醒来时显露疲态。在这股力逐渐增大时，Z 曾尝试把表姐的身体作为归宿，比如让灵魂离表姐比离自己的身体更近，或集中意识想象自己钻进表姐的头颅，可没一次成功。

除去时长，拉拽的力度与出窍时想象目的地的清晰程度也有关系。所想越细，力的增速越缓，太过抽象的地点，比如南极、雨林、深海沟，则只能让出窍维持几秒，所见景象也多凌乱闪烁。

表姐安静听着，把 Z 说的、自己看见的，出窍状态下脉搏是否加快，肉体对挠、掐、异味等刺激的反应，都在一个后来我没找到的黑色硬壳日记本的中间十来页做了密密麻麻的记录。她曾凭借这些实践结果无情否定我的催眠说，打消了我脑中Z翻着白眼变成一根棒子的离谱想象。

尽管没抓着表姐夜游的把柄，想着梦境里异域般的校园又馋得要命，那阵子我依然感激Z。表面看我错过许多冒险，还受皮肉之苦：终究没能等到雨停、落汤鸡般逃回家的周末，因衣服染了砖灰被狠批；为给表姐打掩护，独自回家写作业，结果错题数暴增，险些被请家长。但周五黄昏，在雨中奔跑时，表姐与我互相拉拽向前，水雾里她第一次放声大笑，不顾深浅踩上好几处水洼，校服上的泥比我还多，我也跟着傻乐。卧室暗了我也不开灯，把作业扔下径自躺平在床，想着表姐说起那些隐秘“实验”时脸上泛起的光彩，完全就是刚从游乐园回来的孩子。

另一些时候，她们会窝在图书馆玩猜谜游戏。Z盘腿靠坐在尽头书架，合上眼。表姐则背着手走远，随便挑一排书架，依次点过五本书脊。傍晚，余晖将书与书、人与人的空间包裹得静谧而神秘。表姐放轻步子回来，Z睁眼，准确无误报出五个藏书编号。

暑气渐浓，图书馆会为住校生开到晚上九点。放学后，Z拉着表姐躲到最冷清的天文科学区。她们把课本和作业簿垫地上，并排坐着聊天。暗淡的大部头井然有序列于铁架，讲述宇宙不同角落的秘密。远方自习区的光源把书架十字形暗影投到身上。两人相对跪坐，握牢十指，额头相抵。

Z倒数：三，二——

刹那，表姐浮于半空。

这感觉既古怪，又舒服。下方约五十米，各色塑料棚顶透出淡黄光亮，夜市的灯路如海星在城区舒展肢体，楼宇间的窗若悬于深渊的明灯，路旁来去的车化作疾风落叶，棚间黑压压的人头仿佛涌动暗流，装点霓虹的环岛则是一只沉静的眼。

回过神，表姐流泪了。

对 Z 这种特殊体质，我根本想不到她们究竟做过多少测试，了解到何种程度。

根据种种观测的结果，表姐提出一种质能转换说。所谓出窍，是人的一部分物质转为能量散逸到其他空间，接收信息后再传回肉体。离得越远的地方，自然更费劲。具体转换过程尚不清楚，推测神经元在出窍时释放了某些当前尚未观测到的物质。

两人曾考察出窍过程中时间的流动情况。

那次 Z 搞到两块秒表。总是 Z。

表姐被看不见的约束条件钉住在坐标空间中的某点，Z 则胡乱游荡出不规则轨迹。两人间连着看不见的线，去往更远未知的渴望与留在原地的情绪，在无穷无尽的博弈中构成一个稳定的环。彼此对峙，彼此依存。

接下来的周末，爸妈赶早去花鸟市场，把折成八角形的烟盒纸整齐码进鞋盒，在鹦鹉聒噪的歌声里，跟摆文玩二手货摊的朋友一起售卖。

表姐守着电话，那气势真是一夫当关。Z 则乘车到市南最远的一个区，进入终点站公共电话亭。两人对好时间，约定下午两点开始实验，步骤如下：Z 在两点整按下秒表同时灵魂出窍，视野转移到表姐身旁，默读表姐的秒表走到一百二十秒时睁眼，并按停自己的秒表。表姐则在两点整按下秒表，到一百二十秒时按停。如此一来，Z 用秒表记录的时长减去表姐用秒表记录的时长，多出的部分就是 Z 离体的灵魂从表姐处到肉体往返消耗的时间。

去掉人类反应时间的误差，结果为零。

当灵魂移至遥远星系再返回，是否会触发孪生子悖论？这时的孪生，一个指自己的肉体，另一个指自己的灵魂。而迎接灵魂的躯体，到底是随岁月流逝的未来版，还是灵魂出发那一刻的当前版呢？

起初，两人只是抱着好玩的心态开始各种测试，未曾想问题之外套着更多问题，谜团后面藏着更难的谜团。两人如黑暗时期的炼金术士，手握纸笔趴在两排书架间反复演算。深褐色旧木地板映出那弯曲的影子。层层叠叠摊开四五圈的书本，俯瞰如一朵盛开自地狱的蔷薇。

表姐认为灵魂离体存在三个约束条件。

首先是体力限制，即能量约束。即使移动灵魂本身需要消耗的能量微不足道，随着位移与时长增加，积累的能量也会抵达瓶颈。而拉拽灵魂返回的那股力，类似势能，是身体察觉快要透支时发出的警报。

再来是想象力限制，这或许是人类神经元结构的固有缺陷。人类不可能在想象中完全复制某个场景的所有细节。即便能复制，目标区域此时的状况已与记忆里的不同。校对想象力偏差需要更多能量。

最后是时间流约束。时间存在一个流向，从某时刻出发沿时间流向前移动的同时，出发点本身也在前进。这意味着无论如何灵魂都无法返回离开时刻的身体，因为身体本身早就到了新的时刻。

与表姐看法不同，Z 觉得灵魂不会受到任何限制。为解决三类约束，Z 的目光游过一个个熟悉或陌生的人名，从卡尔·萨根到胡塞尔，从乔姆斯基到高德纳。

她提出观测员假说：世界是一个在 A 环境中运转的精密程序，灵魂出窍者是观测员，其挑出世界程序的任一段代码试运行。观测员不知道的是，为保证 A 环境不被观察操作干扰，被挑出的片段实际运行在 B 环境。由于 B 环境的结果与 A 环境无异，导致观测员误以为所见就是 A 环境的情况。

依此假说，观测员只消耗观测所需能量，而非运行片段能量，因此不会随片段复杂度增大陷入能量瓶颈。又因为观测的是片段而非全体，对想象力不存在严格约束。

可惜在该假说里，观测者不能挑拣已经或尚未运行的部分，只能从当前某节点的片段开始，“跟踪”一段时间内的程序运行效果。时间流约束依然成立。

我暗地里认可表姐的假说，因为这就能解释表姐与 Z 同时出窍、看见同样场景的体验，而 Z 的说法不能限定两人获取的总是相同代码段。另外，想象力不同，却可以抵达同一个地方，听上去就很棒。在我理解这假说的一瞬，似乎与表姐看见了同样的光景。

我问表姐，如果拼了命去想，灵魂终究会去往何处。表姐觉得这个问题有意思，关乎人类越过当前技术壁垒探索更广阔的宇宙，于是去问 Z。后来我再追问，表姐却含糊其辞。从她不留神透露的只言片语推测，对于灵魂出窍者，确实存在一个体力与想象力可以抵达的极限，Z 管这个叫“最遥远的地方”。

想着 Z 的说法，我做了怪梦。梦里有声音告诉我，本来人类都能灵魂离体，但只有死亡时才激发这个能力。亡者的魂突破限制，去“最遥远的地方”，而不在意留在此世的肉体。翻身惊醒，我摸后背细密铺了一层冷汗。原来如此，“诈尸”就是一些灵魂没能突破限制而中途折回吧。这些灵魂如果找不到肉体，又会怎样？

我把这个梦归咎于那段时间老跑去二叔家看的僵尸片录像带，便没有告诉表姐。她永远也不会知道，我曾想象 Z 的灵魂在半空中平举双臂蹦跳前进的模样。

表姐与 Z 做过最疯狂的事，据我所知，发生在临近期末考的某夜。那次她们确实走得太远了。

两人并排躺在学校杂草疯长的球场上，望着天空中独一无二的目标——满月。

Z 非常、非常缓慢地吸气，呼气，好像在用全身与空气来回推挤。她双眼紧盯着月面某点，就像那些被座椅带到几十米高处，双腿悬空，等待过山车坠落的人。表姐忍不住转脸打量。Z 的出窍总是宛若拔刀，果决又随意，稍不留神就会错过，因而致命。但这次，她的锋刃还蛰伏鞘中，静待深渊的呼唤。

最后几缕云烟散去，蛙噪虫吟止息，校外偶有两三声车鸣。

Z 终于闭上眼，吐出最后一口气。表姐感到握着自己的指尖正变得冰凉。

表姐翻过身，跪坐注视着呈大字形躺平的 Z。眼前的 Z 就像个不祥的征兆，既没有生的活力，也没有死的恐惧，既不能算生命体，也说不上是非生命。她仅仅是存在，自宇宙爆发之初一路延续，直至这个注定的结局。

苍白、巨大、骇人的月亮垂在她们头顶，完美而病态的圆形轮廓填满表姐的双眸，越来越近，越来越亮，似要拽住整个天幕砸下。表姐想象着 Z 的所见，在没有声音和气息的静谧中，凝望着一粒蓝色微尘。她想象着 Z 承受的拉力，如此强大猛烈，不容置疑，要戳破脆弱的梦。

但这次，Z 还在挣扎。

回过神，表姐发现自己坐在离开家的那趟列车上，Z 就在身旁。窗外星光稀疏，分不清天空和海洋。偶尔掠过一颗炽热的星，表面如油画般卷曲的波纹释放热浪，伴着刺眼的光芒扫过整条廊道。表姐起身张望，两边都不见底。而 Z 背靠略显僵硬的椅背，头向表姐倾斜，睡得香甜。

表姐转身凑近 Z，直到能数清楚她的睫毛。

原来如此，表姐突然察觉，这驶向星海的旅途就是 Z 的梦。离开的唯一办法是让她回到现实。这么想着，表姐终于感受到干硬草地加诸双膝的疼痛，蛙虫复鸣，她将双手移开 Z 的脖颈，开始猛烈摇晃并呼唤起来。

Z 的唇动了动。

差一点就抵达了，她虚弱着露出笑容。

等 Z 开始活动四肢，表姐终于如释重负。一股倦意袭来，仿佛是她本人而非 Z，险些回应了最遥远之处的呼唤。

后来，两人就那么躺在操场上，好像浑身气力都已散尽。

良久，表姐问，灵魂出窍时，有没有特别渴望去的地方？

Z最想去一个谁都不存在或不认识自己的场所，比如远山，说不出名的鸟群从苍翠的树影里振起一点喧嚣。比如远海，水母成团在热带夜的洋流间漂来荡去，呼吸般发光。再或者月背，细密的月尘从不存在的指尖漏下。要不索性去未探索的深空，那遥远的地方。

Z是在追逐一只蝴蝶时脚下踩空，被外婆一把拽住的刹那，察觉到自己与世界的错位的。起初出窍时机总难把握，只觉是唰的一下完事，像冷不丁打个喷嚏，周围的一切趁你分心，突然晃到你前面，你赶紧探出身够一把——却捞了个满臂虚空。

说不定大部分人都有类似体验，不知不觉周遭事物就从细小处产生裂痕，直到一切失去控制。半杯水悬在胳膊与桌沿之间，不经意的错话正飘入不想失去的人耳中。在空无一人的晚班轻轨车厢原地起跳，竟浮空半秒。顶灯随车头向前，把你的影子拉拽向后。对抗的力出现了，想拼命让你回到坚固、井然有序的地板，完美落在起跳那一刻的位置。但你的心，出于好奇，或报复，要么是无所谓，就这样悬在距四壁都恰好一米的空中。你是世界的异常点，这个由无数规则堆砌的空间与你产生无可避免的夹角，而灵魂的影子，尽管依然连着你的身体，却随着你与世界的角度变化尽可能探向远方。

宇宙，存在时空外的维度，意识以某种粒子态稀疏流动其间，身体是低维投影。出窍则是自身与目的地意识粒子发生纠缠。时间流逝说明意识维到时间维的映射函数有关——

一只冰凉的手搭上额头，我猛然回神，眼前仍是一桌一灯，摊开的作业，握着的笔。旁边，表姐歪起头，想看穿我拙劣的把戏。

你不会也出窍了吧？没想到她的语气相比嘲讽，竟带了一丝失落。

Z 刚出现征兆，周围人大惊失色。

辗转多处检查与治疗，接着是父母漫长的冷战或争吵。

周围小孩也嘲笑她，脑子有病算是程度最轻的讥讽。他们满嘴科学客观理性这类从大人那儿听来、自己都不懂的词，仿佛一切理所应当。

Z 太害怕时，会独自逃到小区公园滑梯下，那里刚好容一人，如远山汪洋、月背深空，静得令人安心。

六月初，我和石熊一伙钻过缺口去隔壁打球，几个初中生恰与表姐同级。轮换时我顺口问旁边的毛栗头有无听说过 Z。他皱眉回忆。

没，这种怪胎该是挺有名的。他说着，忍不住和朋友相互扯了一番曾经在班里遇到过的另类。

错位双方看对面总是歪的、偏的、不正确的。

我莫名想冲他鼻尖来一拳。但初中生都比我们高一头，我瞎编说不舒服，就先走了。回家路上，我不由凭空描摹 Z 的样貌，却完全想不出。也许表姐接我时周围那校服的汪洋里，Z 就在咫尺。我又想到 Z 的未来，表姐的未来。表姐成绩很好，一定会去到我难以企及的科研机构，研究星辰大海——

我猛一惊：不小心竟规划起别人，我也成了无趣的大人吗？

出成绩那天我得了意料之外的好分数，足下生风一溜烟小跑回家。爸妈正在客厅和陌生叔叔讲话，大家都很严肃。

脖颈冷不丁被人揪住，我回头见表姐蹲着在嘴前立起食指。

我随表姐出门溜达。我追着问那是你班主任？表姐点头。我又问你考砸了？表姐晃到前面，一手扯我一边脸颊说，班级第三哦。她屈膝平视我，暑气熏得我脸发烫。

我要走了。她说。

日头高悬，蝉鸣起伏。

表姐凑到我耳边，像要抖个惊天秘密：今晚我和Z约好露营，做一个最后的实验。

我瞠目结舌。

我们要去最遥远的地方。她说，来吗？

风吹过，树影婆娑。蝉静，片刻复又欢歌。

嗯。我全身都在发抖。嗯！

午饭时爸妈什么也没提。下午，表姐背上包就带我出发了。时间尚早，假日已至，我们一点不急，先去吃汉堡，正大光明，完了去逛书店，还跑到游乐场坐海盗船和章鱼怪，累了她领着我去咖啡厅喝果茶，就像大学生一样。天哪——我发自内心觉得能遇到表姐真的是，用奶奶的话说就那什么——对了，积德果报！

暮色袭来，我们挤入夜市中的人群。

这可是魂牵梦萦的夜市啊！摊位陈列的小玩意儿让人目不暇接，哪怕光看不买也相当满足，我还偷掐大腿呢。逛饿了就买炸土豆蘸辣椒粉，还有米豆腐和凉面。土豆边缘焦焦的，表面滋着油，米豆腐滑溜溜，喉咙一凉就下肚。接着，我们在小首饰摊前徘徊良久。白炽灯把表姐周身打上一圈雾蒙蒙的晕，她屈膝凑近那些泛着银光的宝贝，神情专注。

表姐要送Z什么？Z会回赠表姐什么？

那时，我被琳琅满目的玩意儿迷得晕头转向，根本没察觉表姐逐渐沉默。

快九点了，我打起呵欠。表姐看我一眼，突然加快步伐。她越走越快，越来越远。我忙喊等一下，伸手却抓个空。对面人群把我一个劲往回推。表姐的马尾忽闪一下就消失，远方传来沉闷雷声。

后来，我是如何回家，怎么说清来龙去脉，爸妈是怎样惊慌失措打电话、出门，都搅作一团，想不清了。只记得我歪在沙发上不知为何就号啕大哭，电视里科学家说玛雅历法并不能预言世界末日。

再睁眼，天已大亮。

蒙蒙细雨里，爸妈出现在路口，表姐低头拎包跟着。经过时，我想拉她手，表姐的书包突然裂开。一个之前没见过的小铁盒掉落，散开一地乒乓球，清脆如雨。表姐发了狂似的要冲到马路上捡，被大人拽住，硬生生拖走。我反应过来，这是Z的离别礼！可惜只来得及抓到排水沟边的三个……

站在雨里我打量小球，表面都用水彩涂色。我认出木星的大眼睛和火星的嘟嘴，还有一颗不认识的星，黑黢黢的，中间有一个浅色心形。

雨终于停了，阳光打到脸上，我折起杂志，离开屋檐叫车。

直到被身着婚纱的表姐拥抱，我才意识到，自那个夏天后，我们已经好久、好久没联系过了。后来，她辗转于亲戚间，都待得不长。职高毕业后，她在本地找到一份工作。再后来，经人介绍认识了现在的丈夫。

最近挤地铁上班时，我读到公众号的一篇文章。

1906 年，动物学家赫伯特·斯潘塞·詹宁斯[①]发现一种学名为 *Stentor roeselii*，又称带核喇叭虫的淡水单细胞生物，能根据不同刺激条件采取有针对性的策略。这种形如喇叭的小家伙靠纤毛旋转的方式改变形态——拉伸、螺旋扭曲、收缩、翻转——每个动作之后总接着最合理的选择，而非随机舞动。即使是这小小生灵，也有着令人捉摸不透的行事准则，詹宁斯是怀着怎样的心情记录下一切的呢？

今年，哈佛的学者再次研究该种生物，证实其行为确有一定规律，但无论怎么控制实验条件，都无法让喇叭虫重现詹宁斯记录中那般复杂、神秘，甚至优雅的行为。最后文章带着玩笑口吻推测：说不定詹宁斯遇到的，恰好是这个种群里非常特殊的一批。

那些芸芸众生中灵魂出窍的异类。

我突然很想把这篇文章转给表姐。

夜深，租房外车声稀疏。我终于还是放下手机。

让一切都停在暑假开始的那天吧。

那时，表姐背着包在坡道口等我。风把发丝带过鼻梁，她眯起眼，既像孩子，又像大人。

漫长假日开始，街边音像店放着那英和王菲的对唱，千禧年正马不停蹄赴约。爸妈之前精打细算计划一定要去港澳旅游，万事俱备的

① 赫伯特·斯潘塞·詹宁斯（Herbert Spencer Jennings，1868—1947），美国比较心理学家和动物行为学家。1906 年，他在著作《低等生物行为》中介绍了关于喇叭虫的相关研究。

话，越过大洋也无不可。

太阳系尚有九大行星，几年后科学家才会单方面宣布冥王星的命运，再过几年冥王星才会用汤博区那颗巨大的心[①]回应我们。更远的未来，人类将能到达宇宙最远的地方。

晴空万里无云，在这多雨的城市，如此稀缺。

而我只管奔跑，觉得自己，天下无敌。

作者简介

夹缝貉

自然语言处理算法工程师，时而写故事。曾获科联奖年度长篇组一等奖，晨星晋康奖短篇组一等奖，两次入围豆瓣阅读幻想组决赛。

① 汤博区（Tombaugh Regio）是冥王星表面一个横跨约 1590 千米的巨大浅色区域。该区域于 2015 年首次被飞掠而过的新视野号探测器发现。2015 年 7 月 15 日，该区域被 NASA 正式命名为“汤博区”，以纪念冥王星的发现者——天文学家克莱德·汤博，由于其酷似心形，俗称“冥王星之心”。

四叠半[1]

刘　洋

一　面壁四叠

四叠半大小的房间，窗帘拉得严密，一片昏暗，空调开到二十五摄氏度，有几分凉意。

只闻一阵“咕噜咕噜”声，随后是“呲溜呲溜”声，紧接着是嘴巴“吧嗒吧嗒”作响，似是谁在回味。随后一声叹息，透着几分索然无味。

循声而去，房中仅有一显示屏微芒闪烁。一空可乐罐被用力压瘪，扭紧，随后被重重地掷向房间一角。

“哐啷”，可乐罐不偏不倚地砸中了扫地机器人，随后沿着它的球形表面滚落。扫地机器人的清扫模块激活，指示灯由绿变红，自腹中伸出一只机械臂，将罐子收入。随后指示灯变回绿色，一切重归于寂。

那手的主人——王丰，略感悲凉地抱怨道：“我说，傻球儿，我要

① 四叠半在日语里的意思是四块榻榻米拼成的大约 7.29 平方米的独居小房间。

是往你头上扔一百次鸡骨头，你会变成愤怒的美少女来给我一拳吗？”

没有回应，屋中唯一还在闪烁变化着的，是屏幕上正在播放的动画。动画中可爱而迷人的角色战斗着、奔跑着、怒吼着，绽放着耀眼的光芒。

王丰的手泛着油光，微微颤抖，在微光中窸窸窣窣地撕扯着什么。“愣着干啥，变啊！”伴随着一声歇斯底里的吼叫，一块鸡骨头被扔向角落，而机器人依然如故，按照程序将垃圾照单全收。

休息日的上午只能待在家里，不妙，着实不妙，王丰心想。照此看，今天一定会沉沦在动画与游戏中，三餐吃外卖，最后在虚拟现实主播的陪伴下，于看似温和的良夜里，在欲望消退后的虚无感中沉沉睡去，迎来一个崭新而没有色彩的工作日。

突然，悦耳的通知声响起，屏幕右下角有通信软件的图标闪动。王丰燃起一丝希望：莫非有人请我吃饭？他连忙查看，却发现是工作群的通知：“致各位数据标记员，近日将有一批超大规模数据边角料送至工作室，故下周的休息日取消，加班费按三倍支付，望周知。”

糟透了！如果非要从数据标记员和在家无所事事中选一个的话，王丰宁愿躺在家里，也不愿去做那无聊的工作。

各大互联网企业现下均使用大规模用户数据训练人工智能，以进行高精度的用户需求定位和广告投放。大部分数据经自动化清洗后，可直接用于训练人工智能。但仍有部分数据由于格式混乱或难以归类等原因，无法被自动化处理，难以利用，这一部分数据被戏称为“数据边角料”。而王丰作为数据标记员，其职责就是对这些数据进行人工筛选、分类和标记，以实现数据的变废为宝。

平日，他就坐在工作室的小隔间里，对着三台显示屏，一遍遍地对来自各大公司的数据边角料进行处理，日复一日，毫无新意。从早干到晚，末了乘交通工具归家，迎接他的没有温暖的灯光，没有热烈的拥抱，更没有热气腾腾的饭菜，只有昏暗的斗室、泛着酸味的房间，以及那台只会循规蹈矩的扫地机器人——傻球儿。

若是还有别的选择就好了。王丰想但凡能让自己和人说说话，哪怕工资只够糊口，他也必不会做这份工作。

呸，搞得我们好像还真有得选一样！

“但我们年轻人不能沉沦，一定要阳光，一定要乐观向上。”不知哪个老总的励志语录飘进他的脑海。算了，虽然王丰知道这是屁话，但还是决定找点事做。

于是他戴上虚拟现实头盔，轻轻按下耳侧控制器上的启动键。

电极放电，耳中响起电流沙沙声，两侧太阳穴传来舒适的微麻感。眼前的世界开始扭转、变形，如涟漪般荡漾开去，与奔涌不息的流光融为一体。

／ 二　绀碧华梦 ／

待到视界清晰，王丰已然位于网络空间，而他在网络中的形象一改往日的憔悴：头发笔直而火红，周身泛着晨曦般明亮而温暖的光芒，头顶悬浮着用户名——“【绀碧莫妮卡后援会】太阳好哥哥”。

王丰调出地址簿，选择了“绀碧莫妮卡”的直播间——那是他最喜欢的虚拟现实主播。他心念微动，“确认”键随之变为红色，随后一扇幽蓝的金属大门出现。他推门而入，融化在门内涌出的柔和光芒里。

只觉一阵天旋地转，各色光影在高速变幻中逐渐凝成形体，筑起一个糅合着酒吧、茶馆、咖啡屋风格的室内空间。不同区域虽风格各异，却都氤氲在一抹淡蓝里，如同雨破天青。作为忠实粉丝，王丰知道：天青也称绀碧，十六进制代码是 #81C7D4，是莫妮卡的代表色。

直播间中，网友们三三两两散于各处，或玩游戏，或谈论新近放送的动画，或仅将一部分意识留在直播间中，而本体去做其他事情。也有人和王丰一样默默坐着，注视着在直播间的中心舞台上，不停摇摆的绀碧莫妮卡。

今晚的节目是金曲串烧，莫妮卡身着天青色洋装，持麦克风，低吟浅唱。

空气中不时飘过弹幕文字：

“最爱莫妮卡了！”

“安可，再来一首！”

王丰觉得她最不可思议的一点就是：无论何时，她总是充盈着张弛有度的活力，总能把气氛拿捏得恰到好处。“她是如何保持良好心态的？或许是职业主播的基本素养，又或许是经纪公司给她安排了什么秘密特训？”王丰非常好奇。

莫妮卡所属的神思科技公司，在脑机接口领域堪称业界龙头，而在最近涉足虚拟直播领域后，又捧红了绀碧莫妮卡这颗新星。曾有网友通过百般手段发掘莫妮卡的真身信息，但神思科技公司在保密方面做得无懈可击，网友们只得无功而返。

此时，有网友询问莫妮卡：“是什么让你对生活永远充满热情和信心？”

莫妮卡歌声稍歇，笑道：“我也不知道，每当我自觉灰心丧气之时，总会感觉有暖意自心中汩汩流出。我想，也许是大家的支持给了我力量。”

“愿我能一直带给你们阳光和希望。”她眼中似有珠光闪烁。

话音刚落，王丰只觉一阵眩光涌来，视界为猩红所侵染，无数黄黑相间的条纹在空气中穿插飞过，其间显现出醒目的文字："放送事故，用户将被自动移出直播间。"随后王丰的意识就被强制扯出了这里。

王丰如发了疯一般在网络空间中搜索，想搞清楚发生了什么，可论坛中的朋友们也不知发生了什么——毕竟神思科技是信息安全做得最好的公司。

退出虚拟空间后，王丰在半夜十二点的虚无感中愣愣地看着屏幕，随后只得沉沉睡去，迎来一个色彩全无的工作日。

／ 三　歧路难择 ／

次日午休时间，王丰揉揉眼，刚想伸懒腰，就听工友们议论道："你们知道那个绀碧莫妮卡吗？听说昨天直播的时候发生了放送事故，今天就由经纪公司宣布'毕业'（退出直播界）了！"

王丰倒吸一口凉气，这就"毕业"了？打开论坛，首页上便是绀碧莫妮卡的"毕业"宣言，内容大致是："感谢大家的支持与厚爱，但由于个人原因不得不退出直播界，非常怀念与大家共度的时光，希望大家还是多多关注现实生活中的幸福。"总之感人肺腑。随后她就匿迹于网络中，再无音讯。

一阵无力感袭来，王丰感觉心中有一部分好像崩塌了。他环顾周边蜂巢般排布的隔间，自忖在工作日，几乎从未有时间与现实中的人交流，他叹道："开什么玩笑！现实真要如此美好，又何必去虚幻中寻求慰藉？"他想起无数个在莫妮卡的陪伴中沉沉睡去的夜晚，如今看来，那些夜晚似乎沐浴在旧日暖阳下，珍贵温馨，却又遥不可及。

王丰伏在桌面上，无声地抽泣着。可无论如何，作为庞大机器上的一枚零件，在休息时间结束后，王丰还是必须暂将悲伤压在心底，如机器般重复着选择、标记和确认的工作，无情、简洁而高效。

煎熬过后，夜幕降临。王丰点好外卖，拖着僵硬的身躯，再一次回到他已回过无数次的家——如果那种局促的空间真的可以称之为家的话。

对着屏幕，王丰机械地咬着炸鸡，味同嚼蜡。他的目光徒然地聚焦在显示屏前的虚空，面无表情。

忽然，信号声响起，一封邮件的信息闪过，他瞟见发件人是莫妮卡所属的神思科技公司。还能有什么好事？多半是商量退款事宜吧。不过抱着聊胜于无的心态，他还是草草打开邮件，读道：“尊敬的用户‘太阳好哥哥’，非常遗憾地通知您，我司旗下虚拟现实主播‘绀碧莫妮卡’已于昨日毕业，考虑到您为充值榜排名第一的用户，为安抚您的心情，我司拟退还充值款项的百分之十。也望知悉，莫妮卡小姐退出直播，并非我司强迫为之，而是自主选择。”

王丰怒捶键盘：“胡说！整这些有的没的，还不是怕我去论坛大骂一通，碍着他们推新主播捞钱？”他原本已经拟好在论坛声讨神思科技公司的打算，可邮件接下来的内容却让他瞪大眼睛：“为填补莫妮卡小姐的位置，我司拟推出下一位虚拟主播，考虑到该职业须对业界和用户群体有较为全面的认知，我司拟从充值榜前十名的用户中优先考虑人选——”看到这里，王丰屏住了呼吸。

他继续读道：“——所以，不知您是否有意参加我司的推新计划，继承莫妮卡小姐的位置，成为一名拥有美少女建模的虚拟现实主播，继续传播爱与希望呢？如有意，请点击如下链接并提交个人信息，我司会尽快审核并通知后续信息。”

充值榜上每个人应该都收到了这封邮件，可是真会有人报名吗？想到要将生活几乎毫无隐私地暴露在公众之下，一丝羞耻感涌上他的心头。

这时，工作群的信息又发了过来："由于本周数据标记工作推进缓慢，希望各位下周能自愿加班到晚上十点，加班费照付。"

胃部一阵痉挛，王丰抑制呕吐的冲动，怒吼道："我是缺你这几个臭钱吗！"他将一桌鸡骨头撇到了地上，傻球儿的指示灯又亮了，兢兢业业地开展清扫工作，"我想要的是生活，是作为一个人应有的生活！"

"就算给再多钱，就算干一辈子，我就能买得起一个四叠半的房间吗？就能找到一个真心接受我倾诉的人吗？就能找到一个在漫漫长夜助我抵御虚无的人吗？"王丰又开始抽泣，这个人本来是有的——莫妮卡。如果莫妮卡还在，那一切还都不会显得那么难以为继，一切都还可以忍受。

可是现在，全没了！

王丰抬起头，又看见那封邮件。"算了，无所谓了，反正我也无可失去，就算舍弃隐私，只要能像一个人那样活着，能够为他人所依赖，能够得到他人的爱，那也够了。"他的眼中噙着泪光，"毕竟我的网名是'太阳好哥哥'，我应该站在这个位置，为自己，也为了更多像我这样的人。"他点开链接，飞快地填了个人信息。用户条款也没有看的必要了，他直接在"同意"的复选框上打了对勾，点了"提交"。

公司很快给了回复，说经过讨论，已经决定将他作为新的人选。最新的沉浸式虚拟现实直播设备将于次日寄到他家。一切都已配置好，届时只要按照说明接入设备，就可以正式开始直播生涯了。

王丰向先前的工作室提交了辞呈。在最后，他甚至还赌气地写上了一句话：对不起，我要去成为太阳，为黑夜中的旅人照亮前路了。虽然在正式文书中这么写非常羞耻，但这也许是他能做的唯一的反抗了。

"随他们嘲笑吧，我只希望这番话能恶心到看辞呈的人。"王丰苦涩一笑。

／ 四　新生盛阳 ／

次日，直播设备寄到了王丰家，另附有一份主播工作细则。他粗略扫去，发现要做的是：在虚拟世界中，扮演一个宅家美少女的形象。而直播的时间也和绀碧莫妮卡之前一致：除去每天必要的八小时睡觉和三餐吃饭时间，其余时间无论在做什么，也无论是否在做取悦观众的工作，均要将直播设备设为开启状态，以实现对观众的长时陪伴。每日三餐均由神思科技公司专员配送，角色模型和变声器等均为设备内置，只需戴上那个造型怪异的头盔，打开电源，直播工作便宣告开始。

拿起头盔时，他有些留恋地望向傻球儿——这也许是在现实中陪伴他时间最长的“朋友”，叹道：“再见傻球儿，我要去网络世界了，你也不需要努力变成美少女了。”可傻球儿还是那么傻里傻气，一动不动。

他最后一次深情环顾这四叠半的斗室，做了最后一次深呼吸，感觉肺里满是炸鸡的油腻味，以及由堆积的衣物所散发的汗酸气息。然后，他对着墙啐了一口，在椅子上坐好，戴上头盔，打开电源。

他听到傻球儿慢吞吞地启动，前往擦拭墙上的唾沫。

随后，他只觉电流在太阳穴间击了个对穿，眩晕和恶心感一阵阵袭来。工作细则中有说过，这是初始化过程中的正常现象，无须恐慌，只需等待。

他感觉意识在消解，世界在融化，周遭一切都在震动、崩裂、解体。混沌的洪流裹挟着他，往事如走马灯般闪过，那些难以释怀的事和无法忘却的人在眼前浮现。

他看到自己执拗地拒绝了家人让他从政经商的建议，修改了报考志愿，选择了自以为是行业热点的数据科学。

他看到自己在一个多雨的暮春，和心仪已久的女生一起走出图书馆。灰蒙蒙的天空下起细雨，他从包中取出一把伞。

他看到自己信心满满地给顶尖的高校和企业投送简历，他认为以他的能力和第一学历，拿下发展潜力较大的岗位，应易如囊中取物。

随后，那些失眠的夜和刻骨铭心的记忆，也纷纷涌现。

他看到自己的行业在量子计算和超大规模人工智能的冲击下，变得一文不值。最后行业里只剩神明般的人工智能，少量行业精英，以及多如蝼蚁的数据标记员。

他看到那个女孩微笑着从包中也拿出一把伞，与他拉开距离，撑开了伞。尽管两人只隔着不到一把伞面的距离，可在那个雨天，他却感觉这距离就像站在地面遥望银河一般遥远。

他看到自己一次次地面试，又一次次地落败，最后在失魂落魄中接受了数据标记员这个曾被他看不起的岗位。

眼前掠过一阵剧烈的闪光，仿佛有两个太阳在他的眼前爆发氦闪。

他看到在那些无助的黑夜，在绀碧莫妮卡的直播间里，他一次又一次地向莫妮卡寻求慰藉。而莫妮卡吟哦最多的，是那几句诗：

而您，我的父亲，在生命那悲哀之极，
我求您现在用您的热泪诅咒我，祝福我吧，
不要温和地走进那个良夜，
怒斥吧，怒斥光的消逝。

随后他便会落下热泪，无奈摇头，沉浸在声音的盛宴与感官的狂欢中。待精疲力竭之后，在悲哀的麻木和无谓的空虚里，他虚弱地阖上眼睛，温和地沉沦在良夜里……

光芒渐盛，他感觉自己重新回到了温暖的液体中，那是母亲的怀抱，是初生的温暖……

王丰在一片如鸿蒙初开的混沌中睁开眼睛，只觉四肢百骸都鼓动着活力，身体被盈盈清凉包裹，宛若新生。

她嗅到丝丝淡香，那是只属于十七八岁曼妙年华的气息，灿若春花。

她缓抬手，轻柔舒畅，向旁挥去，却无法触到四叠半斗室中的一个物件。

她慢开眼，周遭一切都氤氲在粉色的微光里，恰似朝霞满天，曦晖遍洒。

她轻启唇，发出“啊”的声音，是早已忘却的，如银铃般悦耳的声音。

她感觉两颊有滚烫的液体流下，应是热泪。

紧接着，她看到空气中飘过几行字：

“这妹妹好可爱啊 www”

“最爱宅女设定了 prpr”①

原来直播已经开始了吗?

／ 五　虚实相隔 ／

在这场几乎无休止的直播中，王丰的新名字叫作“王十二”，没什么特别的，只是把“丰”字拆开而已。

也许是脑子通过电的缘故，王十二没有什么疑虑就接受了自己是美少女的这个设定。于是她就在五成羞耻感和五成刺激感中，开始了

① “www”“prpr”均为网络流行语，前者表示大笑，后者表示舔口水的声音的拟声词。

冒牌美少女的直播生活。

在自己设计的虚拟空间中，她怡然自得地玩着电脑。不远处稀稀落落地布置着圆桌和椅子，以供观众逗留之用。而她则直播自己看直播，玩游戏，逛论坛，喝可乐，吃炸鸡……

原先自己独自网上冲浪的时候，总是略感寂寥。而现如今，在众多网友注目之下，就算是浏览新闻也充满着平安喜乐。每当心情容易变坏的下午两点和半夜十二点，王十二总会感觉有一股莫名的生命力被注入自己的心脏，随后泵至四肢百骸。她感觉自己如同春日暖阳，充满生气。

粉丝和弹幕，有时虽有冒犯，但大都是鼓励之语。王十二非常乐意和观众们聊天，有时也为网友排忧解难。直播间的人气日渐上升，她感到非常快乐。

有一天，一条弹幕在她头顶上飘过："王十二小姐让我想起了莫妮卡还在的日子，泪目。"她感觉这个名字有些耳熟，但这个被称为莫妮卡的人，究竟是谁呢？她想不起来。

恍惚间，她有些困惑，好像还有那么一丝难过。可紧接着，她又感觉到一阵活力自肌肤向身体的最深处涌去。是的，没有时间忧伤，重要的是快乐，不仅是为了自己，也是为了大家。于是她笑了笑，不以为意。

一日，粉丝群里，一个网友突发奇想："王小姐在家里宅了这么久，大家想不想看看她出门的样子？"

以虚拟形象进行户外直播，也并非不可，只不过……这貌似与宅家美少女的人设有些背离。王十二心想，公司会同意吗？

但群友纷纷附和，表示特别想看王十二小姐的户外直播。她转念一想，罢了，自己的存在就是为了给大家带来快乐，如果是为了这个目的，公司应该也会同意的吧。

于是她开始积极地筹备外出计划，而粉丝们也热衷于参与其中。有一天，终于万事俱备，只欠东风，她只需短暂地关掉一阵直播设备，在现实世界中稍作安排，就可以开启户外直播了。

此时，她突然愣住了：“退出键在哪儿？该如何离开这个虚拟世界？”

弹幕纷纷表示不解：“开最高权限关掉直播系统不就得了？”

但王十二却不知如何才能触碰到这个直播系统外的任何东西。

她突然想起，她似乎从未离开过直播界面，所有的餐饮配送也都是在虚拟现实界面看到的。

一个恐怖的想法进入她的脑海：在虚拟现实的环境里，我其实无法区分我吃下去的东西究竟是现实中的食物，还是虚拟的食物，如此说来……假使我自进入直播以来，从未在现实世界中摄取过一点养分，那我究竟在哪儿，又发生了什么？

可没有人告诉她，她何以坐于此；也没人告诉她，这场直播何时可以结束；更无人告诉她，如何从这里离开。似乎从那次颅内电击后，一切都习以为常，一切都自然而然。

可这真的是自然而然的事情吗？

观众们注意到了王十二的异常，纷纷表示关心。

此刻她感觉，轻松和愉悦的感觉又一波波涌来。等等，究竟是我自己让我感到快乐，还是有什么别的东西让我以为我很快乐？她如是想。

可就算有如此疑问，她还是笑着对网友们说：“没事，我会想办法的。”

／ 六　溯流寻影 ／

她决心找出真相，尽管一切都在注目之下。

她开始学习网络和通信知识，学习如何黑入电脑和摄像头。而观众对此也十分满意，齐呼“黑客宅家少女赛高[①]！”

可是该从何入手呢？

她突然想起一个名字：傻球儿。

她费力地回忆着：傻球儿？好像是我家的扫地机器人来着？

然后她想起，那个扫地机器人貌似可以通过官网登录，进行远程开机。于是她入侵了自家的扫地机器人，打开了摄像头。

傻球儿的指示灯再次点亮，只不过这次它有了一个操纵它的意志。

王十二接收到傻球儿的摄像头返回的影像时，她愣住了：我人呢？

先前属于王丰的房间，空无一人。按常理来讲，王丰应该是躺在椅子或者床上，进行虚拟现实直播的，可此时屋中却空空如也。

当网友们为王十二终于成功入侵了一个“陌生人”的家中而欢呼雀跃时，王十二却陷入了沉思：这究竟是怎么回事？

她只能选择从直播网站本身下手。

一天，她终于截获了自己所佩戴的虚拟现实直播设备的 IP 地址，然后入侵了同一个局域网中的摄像头。

一切似乎都是水到渠成，一切都顺利得令人震惊。

会不会有些太顺利了？

她颤抖着点开摄像头：只见在一个局促的隔间里，王丰的躯壳悬浮在培养箱中，皮肤泡得发白，两侧太阳穴上还刺入了一对电极。那副身体的样子本就不讨人喜欢，浸泡在培养液中太久，又添几分水肿。

她继续敲击键盘，获取了培养箱的接口，发现体征监测系统无时无刻不在监控着躯体的精神状态，并不断向培养液中加入各种激素，

① 赛高，网络流行语，源自日语，意思为“最好”“太棒了”。

以维持情绪稳定。只是这些额外的激素摄入，会极大地增加躯体的负担，长此以往，器官衰竭只是迟早的事。

忽然间，她好像明白了些什么，尘封已久的往事开始在眼前浮现，久违的反胃感再次自食道中涌起。

所以，这就是莫妮卡突然宣布毕业的真相吗？

所以，那些快乐的感觉，那些充实的感觉，都是虚假的吗？

所以，莫妮卡那些让人充满希望的鼓励，也都是被营造出来的虚假吗？

她颤抖着俯下身去，开始呕吐，那些遗忘之事重回脑海：

失意，四叠半，莫妮卡，太阳。

吐毕，心意已决。

她开始狂笑，呕吐物还挂在嘴边。那副身体不要也罢，那些往事忘掉也罢，就算是只能快活一阵也罢。为何不待在这温暖的虚拟世界？这里没有焦虑，没有孤独，只有网友们的陪伴，以及源源不断的生机活力。

笑着笑着，她突然想起，刚才的事情若被观众看到，未免有些失态。

她抬起头，却发现一条弹幕也没有，甚至连原先循环播放的背景音乐也消失不见，万籁俱寂。

在培养箱的监控系统中，她发现一些原本不会被输入的激素，正在被大量加入培养液。

她看到培养箱中的那副躯体，开始不断地抽搐，四肢扭成了诡异的模样。她感觉周遭暗了下来，意识开始模糊，回忆又如走马灯般闪过眼前。

只是此时闪过的那些画面，都是美好的回忆，都是与网友们度过的点点滴滴。没有悲伤，没有痛苦。

她感觉自己正在走向温和的良夜……

在陷入无边黑暗之前，她看到殷红的“放送事故”填满了整个直播间，黄黑相间的警戒条纹再次充斥在空气中。

／ 七　美好前程 ／

今日直播，据称由于通信故障造成了放送事故，观众们纷纷表示，从王十二小姐找到自己虚拟现实直播设备 IP 地址的时候，直播就中断了。

次日，官方发布新闻:《王十二小姐毕业宣言，真情流露，感人肺腑》。

粉丝们留下了感人的留言——

“感谢王十二小姐的陪伴，祝新生活一切顺利！”

作者简介
刘　洋

县城人士，曾进京游学。曾以攀生命科学高峰为夙愿，而今在岛城小楼囿于庸常。望街边草木，叹年齿虚长，髀肉复生，仍是意难平。每每梦醒时分，怕听更漏。只得述我所见，聊以自慰。本科曾任山东大学科幻协会策划部长，曾活跃于零重力科幻并获群内比赛一等奖，曾获第三届星火杯二等奖，现为高校科幻编委成员。

美纪的湖泊

广雨竹 ／

华阳市场1986年还属于台北，开在员山路葱葱郁郁的公园旁。十六岁的苏美纪站在市场大门边，泡沫做的烫金字体从金属架上掉落一半，悬在空中。苏记皮鞋店的招牌被埋在水泥板里只剩半截，漫天是灰，橘色急救灯在晨雾中穿来探去，像一条游龙。十一月的台北从来没有这样冷，她抱住双臂，怔怔地站在垮塌的家门口。临出门前，阿嬷把书包递给她。

“早点回来喔，阿嬷给你做卤肉饭。”

“好啦，阿嬷！”

晚风从虹美公园吹来，苏美纪跑出了再也无法返回的家。整个台北只塌了几处地方，但不过一日，她在台北已无容身之所。Lynch很快从佛罗里达赶来。苏美纪被老师喊出教室，说有人从美国来，想要见她。头发花白的Lynch看起来是一个相当普通的美国男人。苏美纪猜到他是父亲的好友，以为这是短暂问候。父亲川岛敬一年轻时赴美读书，有一帮美国同学。她不知道父亲跟他们还有联系。在台北他只是个日文老师，做皮鞋店夫妇的日本女婿，在妻子病逝后带着孩子回到台湾，又住了下来。

地震之后，咨商中心的人总是来见她：“近日还好吗，美纪？”

她总是答，还好。两方都很是客气，班上同学也常悄悄望向她，原本独来独往的她突然有很多朋友，总有人问她“美纪，我们去吃冰，你要一起吗？”或者“美纪，放学一起走吗？”回答总是“谢谢，我晚一点”，渐渐也就没人再问。但“那个因为地震全家都死了的可怜美纪”，像是高悬在她头顶的横幅，那么多的“美纪”忽然涌现，她只觉得失去了自己。

在佛罗里达，Lynch 是材料科学与工程系的教授。美纪不知道在这个系的人要做什么，直到那时他说，你就是美纪吗？美纪，我能否收养你？原来做这个系的教授，要将实验精神贯彻到底。

苏美纪就这样去了美国。Lynch 的脾气出奇地好，他有时忙得住在学校公寓，苏美纪跟他的家人们住在郊外。Lynch 把她照顾得很好，零花钱只多不少，他的夫人给她订了可穿四季的衣服，洗熨妥帖挂在衣柜，再温温柔柔地问她：“美纪，你还需要什么？”吃喝不愁原来是这样子。很快，Lynch 又问：“美纪，你什么时候可以来实验室？”

她想要申请到 Lynch 执教的系所读本科。父亲从未问过“美纪，你大学要念哪一科？”她也从未想过，总觉得还有时间。但时间真是奇妙的事，肆意流淌的日子一旦被打断，时间就只能见证无法抵抗的某种变幻。

Lynch 跟她在学校咖啡馆见面，丝绒沙发和棕色玻璃将两人隔断在小块地界里，如同深夜的实验室里只有他们。窗帘拉拢后，白色灯光照到美纪的脖颈上，洁白皮肤裹在绛红裙子里蓄势待发。

Lynch 按下手中按钮，另一面窗帘拉开，背后不是夜色而是一面巨大的玻璃。玻璃门很快打开，满屋仪器露了出来。美纪走进隔间，束起长发的她伸手拉下背后拉链。Lynch 看向眼前的少女，但这并非一桩情事。她熟练地将自己包裹在仪器中，Lynch 看着一个模拟美纪在电脑中成像，光洁的、拥有橡胶质感的美纪裸身出现在电子世界里。屏幕上的数据起起伏伏，Lynch 低头进行操作，模拟美纪的米色皮肤被剥掉，血管从皮下浮出，密密麻麻的红色布满全身。这时，一束绿光打到玻璃门后的美纪身上，她不自觉地颤了颤。

“别怕，这光不会伤害你。”Lynch 出声安抚她。

“已经没有什么可以伤害我了。”美纪笑了笑，看向眼前的男人。

屏幕上的美纪没有变化，但真正的美纪的身上开始显出那些交缠的红色血管，它们指示着抵达她身体中心的路径，从指尖流向心脏。而后绿色光束转为红色。以心脏为放射点，血管由红变绿并向肢体末端蔓延，很快，美纪的身体已经变成红绿血管的交缠之地，绿色血管渐渐覆盖了前者，在深红色肌肉上似藤蔓盘踞。

Lynch 惊诧地望向美纪。将数据储存后，美纪裸身走过来，站在隔间门外的 Lynch 下意识地侧过身去。

“对不起。”

“没关系，我几乎不觉得这身体是我的。”

美纪看着他笑了笑。Lynch 走到电脑前将数据传输到云端。等他转过身来，那袭红裙已经松垮地搭在她身上。她没有拉好背后拉链，而是径直向 Lynch 走来再转过身去。猝不及防地，美纪的后背展现在 Lynch 眼前。绿色玻璃与白皙皮肤交融，少女的后背像一块破碎后又被黏合的翡翠。幽幽绿光从中透出。

“怎么会变成这样？”

Lynch 伸出手来，他的手掌悬在空中，隐没在皮下的绿光似是灶上火焰般灼人。美纪的后背如同载着一座小型火山。

在指尖的灼热中，他仿佛回到了热带丛林。1975 年的缅甸在 Lynch 的记忆里忽然变得清晰，如同一座笼罩在棕黄薄雾里的巨型寺庙。他到尘土飞扬的曼德勒拜访川岛一家，伊洛瓦底江从脚边流过，山麓上有曲折走廊，庙宇和云都在高处。

白塔林立的曼德勒沿河而生，在炽热日光下闪闪发亮。年轻的 Lynch 将白色棉衬衫挽到手肘，看见川岛一家站在岸边时，他的汗水已经滴到后背。

苏婉文牵着五岁的女儿美纪，先于丈夫看到友人，向他招出手去。拥抱之后，Lynch 随川岛夫妇回到家中。他们在此做翡翠生意，曼德勒华人众多，小小别墅只有一个厨房帮佣，久居于此的两人已经晒得肤色黧黑，双眼明亮。

中央市场满街的传统织帛质地柔软，Lynch 买了厚厚一卷，小美纪走在父母身旁，在 Lynch 付钱时突然松开了父亲的手，往前跑去。

"美纪！"

小小孩童往铺面架子上的织帛倒去，Lynch 笑着把她抱起。

"小家伙，你想要哪一块？"

他怀里的美纪毫不怕生，伸手指向隔壁卖牵线木偶的摊位。Lynch 将一个米色木偶放到美纪手中，听到她脆生生的声音："谢谢叔叔。"

川岛敬一在一旁赶紧翻译。他与苏婉文结婚后随她叔父定居曼德勒，要翡翠的下家都在台北，川岛已经说惯中文，美纪更是。她学会走路不久已经沿街乱跑，相当爱笑，与自己、与妻子都不同。他们是很谨慎和内敛的人，但妻子对此毫无忧虑："你不用担心，美纪是热带的女儿。"

他希望美纪可以一直做热带的女儿，于是他将东京与佛罗里达都抛诸脑后，直到老同学 Lynch 来到缅甸。Lynch 跟其他美国同学不同，那时的实验室里，没出成果也无计划的 Lynch 显得格格不入，念过医学院的川岛敬一全凭热忱来此入学，想要早日毕业挣回学费，也终日在实验室埋头做事。两人都是怪人，也都爱在走廊吃三明治，就这样熟识起来。毕业后川岛敬一来不及与他告别，将两个三明治放在走廊窗户上，留了张附上家中地址的纸条。回到东京的他很快收到来信，比起走廊上沉默寡言的金发男孩，借信纸远渡重洋的 Lynch 显得健谈又诚挚。有些人要在分开之后才会成为好朋友，川岛与 Lynch 就是如此，两人就这样身在不同的大洲一齐走到七十年代。

蒲甘之行让他们再次重逢。川岛敬一邀请 Lynch 来此游玩，他相信此地对身在北美的好友是新奇之地。苏婉文很开心能够接待他，仿佛能够以此触碰丈夫的求学时期。那时的他会是怎样？也许她能从 Lynch 身上窥见一二。Lynch 没有让苏婉文失望，他没有多少同学时期的旧事能讲给川岛太太听，但足以向她抖落许多川岛在信中描述的生活。她很高兴听到自己也在其中。

“婉文，你知道什么是 chinjalu 吗？”

“chinjalu？”

“你们刚认识时，敬一在信里用它做你的昵称。”

苏婉文端着酒杯笑起来，看着带着女儿在草坪上玩耍的丈夫。

“后来他向我正式介绍你，说你将与他订婚，”Lynch 笑了笑，“那时我才知缅甸盛产玉石。”

“玉石不只是一门生意，Lynch。”

“我明白，任何事都不只是一门生意。”

Lynch 站起身来，走到草坪上蹲着向美纪伸出双臂，小女孩立马朝他飞扑过来。

日出前他们乘车出发，天色将晚才到蒲甘。蒲甘是佛塔的天下，姿态各异的佛塔在城中有千余座。一从车站走出，Lynch 已经惊叹：“天哪，这座城市像一座大寺庙。”

乖巧的美纪拉住母亲的手看向远处。天边云团聚起，河上的月亮被遮了又现。川岛伸手召三轮车去旅馆，美纪与母亲坐一辆，川岛敬一与 Lynch 搭另一辆。

风吹到车上，Lynch 的帽檐飞起来，他连忙伸手按住。

“这里很美。”

“你的项目进展如何？”川岛敬一神色轻松地看向友人，“45S5。”

“敬一，你去过越南吗？”

“这样的局势，我已许久没有离开曼德勒。”

“给你回信时，我在西贡。”Lynch 的声音低下去，在异国夜色中皱起眉头，“敬一，bioglass45S5 让我名利双收。”

事情始于 1968 年。获得博士学位仅四年的 Lynch 向美国陆军医学研究与发展司令部提交一项提议，这项关于生物玻璃的研究提议听起来不过天方夜谭，但他在年底获得了陆军医疗部门的资助。有了这样一个精彩的开端，很快，Lynch 不仅提出生物活性概念，还让 bioglass45S5 横空出世。这种物质对软组织与骨组织具有键合作用，在理想状态下，它被植入人体后将与其相互作用，不再是需要被拆掉的缝合线。人们都期待它像可以流动的胶水黏合皮肉，使之愈合。

“我们想要将它用于受伤士兵的治疗。到了西贡我才明白，不合时宜的科学发现只会令人痛苦。”

“Lynch，你不能这样定义你的研究。”

“在战争里它毫无用处，你知道吗？我每天想的不过是怎样用玻璃将断掉的动脉连在一起。”Lynch 声音颤抖，“可是在越南，没有人是因为破了两根血管死掉！”

“做实验不是寻求神迹，Lynch，你应该比我更明白。”

安心做翡翠商人的川岛敬一只能这样安慰好友。在战场与实验室里，时间完全不同，战争里每一秒钟都有生命陨落，但在实验室里，时间只是河床，最后一刻才是定数。科学研究只有一件事是确定的：每个人都要明白失败如影随形。

“即使你的团队将45S5做到理想状态，它能不能量产，能不能运到西贡救治士兵，这一切都是未知数。”

“或许我的想法一开始就过于自大。”

“科学家的自大才是科学发现的首要条件。”

“我不是什么科学家……我希望可以再造血管和器官，再造非人的人类，那些给我资助的人也这样想，但这种希望会击垮我们。当人不再把自身看成脆弱的肉体，对生命的敬畏就荡然无存。”Lynch几乎要落下泪来，“敬一，不再敬畏会带来死亡。”

“战争从来就没有站在拒绝死亡的立场。”川岛敬一知道好友被何事纠缠，“Lynch，你不必为无法控制的事折磨自己。”

生物活性材料是一个横空出世的宏大概念，人们幻想它可以替换器官或者使之再生，身在1975年的Lynch却心知肚明，它远不能抵达这神奇境界。他没能阻止那些帐篷里的哀号，他慷慨激昂的演讲甚至成为鼓吹流血和厮杀的号角。

在西贡时，一个被地雷炸断双腿的士兵看见Lynch，问他从哪里来，可否帮忙倒一杯水。在知道他来自佛罗里达后，那个士兵说上校告诉大家，佛罗里达有一种叫bioglass的东西刚刚问世，年轻男孩对Lynch说：“没什么好怕的，或许那个东西可以帮我把腿粘上。”

他的研究没能救世，反而建造出虚妄的玻璃罩子，使人们对生命本身陷入误判。那些掌声转而变成梦魇，Lynch 想，或许只有川岛能够明白。做过医生，也做过研究员，最终去热带小国做玉石商人的川岛敬一，像是一个会理解他此刻所想并给出解答的人。

车已停下，苏婉文与女儿站在旅馆门口等候。川岛看向妻女，又看了看面色凝重的友人，出声将拉车师傅拦住："请送我们去河边。"他低声向苏婉文说了几句，将行李箱递给服务生，再递了些零钱过去。三轮车将沉默不语的两个男人拉到河边，他们坐在石阶上，手边是两瓶啤酒。

"好在这个世界到处都有酒喝。"

"敬一，我需要你的帮助。"

"我能帮你什么？我不过会卖翡翠。你还在跟那个希腊女人约会？回了曼德勒，我送你一块上好的玉。"

Lynch 拿起啤酒："我的那块玉在包里。"

川岛敬一看向那个背包："你疯了？"

"我知道你会有兴趣。"Lynch 朝川岛笑了笑，"你应该回佛罗里达来。"

川岛敬一将酒瓶放到一旁，连忙打开那个包，拿出里面的银色盒子。当盒子被打开时，微弱绿光从中浸出，深夜河边十分寂静，两个异国男人握着一个奇怪的发光盒子，郑重其事又难掩兴奋。

苏美纪常梦到十六岁。地震那晚她没在宿舍，而是跟同学到淡水看日出。他们在码头放烟花。太阳快在海面升起时，男孩轻声问她："美纪，我可以抱你吗？"后背携带一片灼热的美纪没有回答，她以为震动之物是蹿起的焰火和她的心，直到回程时在车站听到广播。

华阳市场是她记忆里的第一个家。同学们都在问她："美纪，你为什么都不会笑？”“美纪，你有什么不愉快？”还有毫无遮掩的，“苏美纪，你是机器人吗？”她一概不答，渐渐也就没人再问。

父亲对此一无所知。他多数时间比寡言的女儿更沉默。苏美纪总觉得这个日本父亲不怎么喜欢自己，是否因为不够喜欢她这个女儿，才会连姓也不给她？他只是把工资交给阿嬷，阿嬷总想带她去买衣服，但她很少去，因为她会在商店想起母亲。她五岁时生过一场大病，之前的事通通忘记。她只知道照片里的美丽女人叫苏婉文，站在佛塔下的女人眉眼带笑，那是哪里？照片里母亲在的地方看起来不像台北。

十二岁前，苏美纪以为诸多问题是她的天性。直到国小毕业那年，她陷入频频发生的眩晕，老师发觉此事后将她送到医院。医生对此毫无头绪，直到川岛敬一赶来。

“先生，请问你们家族有类似的遗传病史吗？”

“也许是梅尼埃病。”川岛敬一语气诚恳。

“喔，梅尼埃。”十二岁的苏美纪对此难以理解，但医生恍然大悟。

所有人都以为苏美纪患上了会随时眩晕的梅尼埃病，只有川岛敬一知道，这表示她快撑不住了。他将美纪送回家后很快出门，走五分钟就到了办公室—— 一栋位于虹美公园的二层小楼，破旧但宽敞。这块儿没什么人住，他从后门出去，立马就汇入从万华国小下班和放学的师生中。从前门出去，很快就回到苏记皮鞋店。他就这样做了十年日文老师，只教一班，挂个名字，暗地里却在此处做一场漫长实验。所有器械都由 Lynch 从美国寄来，说是寄，当然不是走正大光明的渠道让邮差送来，还好 Lynch 神通广大。

好心的 Lynch 不断联系老友，希望他带着女儿去佛罗里达，并保证他们会得到所需帮助，但川岛敬一拒绝这一提议。

“45S5 并不能支撑美纪活下去！”Lynch 很是着急。

“Lynch，我信得过你，但你的团队，那些跟你一样对这项研究怀抱热忱的人会怎样做？”川岛无奈叹气，“你我都清楚，偶然成功的试验品有什么下场。”

最终 Lynch 妥协了。那时他对自己并无信心，直到与长大的美纪重见。

“一般的仪器，已经完全检查不出我的异常。”

眩晕事件发生四年后，站在 Lynch 面前的苏美纪已经能够坦然说出“我的异常”，她重新认识了父亲，或许是父亲以真实面貌回到了她身边。她突然得知五岁之前的自己身在热带国度，做翡翠商人的女儿，有一对相当恩爱的父母。

1975 年，在蒲甘的空旷河边，川岛与友人彻夜长谈，仿佛回到求学时期。这时妻女在旅馆安然酣睡，对川岛来说，这不过是一场令人愉快的旅途。直到清晨一场地震在此发生，成百上千座佛塔轰然坍塌。赶回旅馆的他们只见到一堆废墟，哀号的人们，被摆放在一旁的苏婉文和被她护在身下奄奄一息的川岛美纪。

那时美纪仍叫川岛美纪，她在母亲尚未冷掉的臂弯里失去了母亲、血液和完好无缺的心脏。一团乱麻的医院里，川岛敬一推来手术室的床和仪器，将破柜子和 Lynch 一起抵在顶楼诊室的门口，再当机立断把门反锁。

他没有一丝犹豫地拿出盒中的 bioglass45S5。

“这不行，我们没有试过……”

“那就试。”

Lynch 没有见过这样的川岛敬一，印象中他总是温和有礼，但现在的他是一只双眼通红又动作迅猛的豹，他将女儿满是血污的破损衣物扒开，再用手术刀探了血肉。

川岛敬一到佛罗里达前已在医院工作五年，他娴熟地为女儿再造血管，将破碎的心脏黏合在一起，又用它封好了胸腔，再用纱布裹好。那层纱布不过是做个样子，川岛敬一知道真正起作用的是生物活性玻璃，它能在人体里不断生长，这样美纪才有活过来的可能，但这一切都过于虚无缥缈，他第一次觉得科学这件事，事到临头也需要祷告。

“美纪是什么血型？”川岛听到 Lynch 的声音仿佛从天外传来。等他回过神来，Lynch 已经在为美纪输血。后来美纪的指征奇迹般地恢复正常，昏睡三个月后醒来，只不过她忘了所有事，睁大眼睛望着他们，没有哭闹也没有情绪，她需要重新认识他们。川岛敬一知道有什么地方出了问题，在女儿的胸腔里有一颗脆弱的心脏正在跳动，正在使她恢复生机，但这种供给可能随时断掉。他必须在 bioglass45S5 之外找到更稳定和安全的物质，他从未这样渴求一个新的发现。

离开缅甸前，他偷偷带美纪去照了一次 X 光。盘踞在身体里的绿色玻璃像爪牙横在胸膛，除了形状奇怪，它们看起来与骨骼质地无异。但川岛敬一知道，无论是玻璃骨头，还是她大变的性情，都是亟待解决但不能声张的问题。他不能让美纪成为一个例外，一个怪物，何况她还那么小，且刚刚失去母亲。

直到 1982 年，十二岁的美纪胸前的皮肤逐渐变得透明，暗淡的绿色从中透出。有一日她醒来时发现它已开裂，但没有血液流出。川岛敬一在女儿的哭号中明白，随着身体生长，bioglass45S5 已经撑破了她的皮肤。那道缝隙没有痛感，但令她恐惧。缝隙下面一层细密的绿色腹膜裹住心脏，美纪不敢往里看，只伸手摸过翘起的皮肉边沿，这边沿摸起来就像肉摊上的猪五花，苏美纪常常想，或许她是一只待宰的动物，一台无法关上门的冰箱，一个奇怪的造物。

为了不让阿嫲觉察出异样，她洗澡时都坐在浴室的小凳子上。任凭花洒放出的水落在脚边而不是头顶。用湿毛巾润湿身体时，美纪觉得自己不过在擦拭寄居蟹的壳。

美纪坐在风扇前吹干头发。阿嫲从厨房端出汤来："美纪，这样吹头发会感冒的！"

"我不会感冒啦。"

"别人都会，你怎么不会？"阿嫲专心盛汤，并没发现外孙女望着窗外失了神。

"阿嫲，如果现在是 2082 年就好了。"美纪想了想，"也许那时候，大家都跟我一样。"

"太久啦，阿嫲活不到那时候。"阿嫲伸手招呼她去桌前喝汤，看着满头毛茸茸的美纪笑起来，"美纪，在阿嫲眼里，没有人会跟你一样。"

那一年里她常半夜惊醒，也常梦到自己被海水淹没，梦中她只剩血红的肉体和遍布全身的深绿血管，她完全看不清自己，只有父亲不断帮她确认："美纪，你在接受治疗，你没有任何问题。"

1983 年，川岛敬一再次为女儿做手术。他在打开胸腔后才发现那玻璃已经裹住心脏，像绿色翡翠嵌在女儿胸前。美纪的手臂上被划了浅浅一刀，红色血液只漫出一点，但当仪器探到手臂时，绿色血管已在皮下蔓延——这里全是 bioglass45S5。川岛敬一的手开始发抖。他为女儿做了无数次检查都无异样，甚至当年在缅甸拍的 X 光片里似骨骼般横生的玻璃都逐渐消失，他突然明白其实它们并没有消失，而是沿着骨骼进行覆盖，最终占据美纪的身体，而仪器只能在皮肤破损时，才能显示皮下部分。

麻醉中的美纪不知那时 Lynch 从佛罗里达赶来，为川岛敬一带来了最新的 bioglass70S6，据说可以对血管进行再造。当听到“血管再造”时，父亲的眼神反而黯淡下去：“只是这样？”

“只是这样，敬一。”

川岛敬一看向那绿色物质：“你是否想说，奇迹没有可重复性？”

术后，美纪露出的心脏被玻璃遮住，只有边沿皮肤翘起。她可以再次站在花洒下，任凭水流淌过后背上裙边般的多余皮肤，那里成了一片破碎的绿色湖泊，白色肌肤像是连绵的沙丘。创口从胸前移到背后，美纪不再能看到体内的绿色幽光，这是她能力有限的父亲送给她最后的礼物。Lynch 看向轮廓五官都与川岛夫妇并无太多相似之处的美纪，不由得想或许是那些野蛮生长的玻璃，给了她另一条命。

“有时我会认不出自己。”美纪看着自己在玻璃窗里的倒影。

“或许人类根本不需要从镜子里看到自己。”

Lynch 向美纪承认，他曾数次想过公开她的存在。与保护川岛一家相对的是荣华富贵，留名青史——年轻的 Lynch 说不上为前者着迷，但后者曾令其魂牵梦绕。但他总是想起美纪的母亲，在曼德勒的川岛旧宅，川岛父女并不知道的那场对话里，苏婉文向美国人 Lynch 解释了什么是 chinjalu。

chinjalu 是克钦话。在缅甸，它指质量最好、颜色最纯的翡翠。苏婉文笑着指向自己戴着的翡翠耳环，它们在日光下像两块随风流动的绿色湖泊。她为丈夫多年前的美丽形容再次爱意翻涌，并没注意到眼前的美国男人看得失了神，他继而装作无事发生，大步走向院中草坪。

Lynch 的一双眼睛陷在往事中。苏美纪在他眼里见到了别的东西。也许所有人都会忽略，但她这个小小女儿，多年之后骤然看清那桩当事人也从不知晓的情事，怎样无头无尾地于刹那之间发生。看到长大的美纪时，Lynch 忽然明白，自己在广播中宣称“生物活性玻璃并不能使人体器官得到置换”时，川岛敬一已经走在前方，但他对此闭口不言。自己仅仅交出 45S5，就已成为佛罗里达风头无两的教授；川岛在此后多年客居台北，至死仍是一个默默无闻的日文老师，但他再次救回了美纪。

1975 年的乌本桥边，夕阳落在闪着金光的河面上。川岛敬一站在柚木桥上，将妻子的骨灰撒向河中，随之抛入河中的还有那对翡翠耳环。美纪对此全无印象。她不知在蒲甘旅馆的深夜，母亲曾对她说：“美纪，这是 chinjalu，你知道什么是 chinjalu 吗？

“等你长大，我就把这对耳环给你。

“你父亲将他的情意都收在玉里。但是美纪，你才是我们的 chinjalu。”

作者简介
广雨竹

毕业于重庆大学，曾获香港青年文学奖、江苏省优秀电影剧本征集潜力电影剧本、北京国际电影节·大学生电影节青年优秀剧本推选创意鼓励荣誉与星火杯全国高校科幻联合征文大赛一等奖，小说及诗歌发表于《华文文学与文化》。

空心人

荣　兰

守护者

一

我喜欢我的工作。毫不夸张地说，我热爱我的工作。

有些人或许觉得，那些报废的记忆副本只是一堆数码垃圾。我甚至不想花力气来反驳他们，难道他们没听说过，有些数码贩子专偷记忆副本吗？

在空心人公司的衰落时期，已经没什么守护者会将自己实体化，休眠成了常态。但即使到了最近几年，我依然热衷于各种实体形象，没有人来访问记忆副本时，我便将自己变成一些无关紧要的物件。曾经有一段时间，我变成一个红色的儿童沙发，整日待在海边。

海是这个小岛的边界，一块又一块重复的海洋模块向着远方无尽延续，把一切冷冰冰的参数和设定温柔地包裹起来。当我第一次站在海边时，脑海中的数据资料库显示，海洋约占地球表面积的百分之七十一，而人类只探索过其中的百分之五。与此同时，情感资料库提供给我一些形容词，令人敬畏的、浪漫的、平静的、神秘的。那时访客还很多，我常常需要这些提示来完成和人们的对话，他们像我一样，也惊异于小岛的美。

现在是岛上时间凌晨五点，我看着港口出了神。那些大小船只随着海浪晃来晃去，却无法真正离开。空心人公司的巨大广告牌缥缈的像海市蜃楼。

“还来得及和你一起看日出吗？”要是从前，突然出现的声音可是会吓我一跳，但岛上的人越来越少，我已经关闭了访客提醒，希望能收到一点惊喜。我调整好表情：“嗨，大工程师，好久不见。”

S 是这个世界的创造者，也是我和众多记忆守护者的创造者。他给我取名“灵犀”，大概是希望我和人们心有灵犀。我看得出，他今天给自己的镜像实体特意打扮了一番，看起来颇为正式。当然了，作为总工程师，他想给自己的实体穿什么都行。我看到他微笑的脸，快速搜索着我脑海中关于此的记忆，这样的表情带给我一种说不上来的感觉。

我们边向东岸走边聊天，岛内的照明很足，即使没有人来，我也不会让它黑漆漆的。

“这么久没来，今天怎么改看日出了？”

“是啊，很久没来了，看看不一样的风景。”

“你知道吗？大家现在都不来这儿看风景了，亏你做了那么多精细的渲染。”话刚说出口我就有点后悔。他这么久没来，我不想扫他的兴。还好S好像并不在意，要不就是他看风景太认真，根本没有听我说话。

“最近数码小偷越来越多了。”我抱怨道，“虽然守护记忆副本是我的工作，但《手册》里可没说我还得管这些。”

“最近有很难缠的人吗？”他问。

我在心里叹了口气，难缠的从来不是那些职业小偷，公事公办有什么难的？我最怕的是那些亲属访客。总有人想接入已故亲人的记忆副本，仿佛这样就能弥补一些遗憾。然而记忆是最私密、最私人的东西，没有授权，任何人都无法查看别人的副本。不过，他们作为合法访客，如果没有做出过激举动，我也没必要把他们列入黑名单，这毕竟是很严厉的惩罚。根据《国际元宇宙公约》，被列入黑名单的人无权再进入任何元宇宙，在这个时代，这无异于熄灭了他们生活中至少一半的光亮。

“你记得那个‘忧郁的泡泡龙’吗？”

“哪一个？我们可有不少泡泡龙。”S面无表情地回答，和我预想的很不一样。

“就是那个非要接入他姐姐记忆副本的福尔摩斯呀，说要调查清楚他姐姐的意外去世。”

“噢！是他呀。多亏你当年放他一马了。”S一副恍然大悟的样子，但我百分之八十肯定他是装的。

这样的ID都是出自随机。为了省事，很多只来一次的游客都会掷骰子获得随机ID和镜像实体。他们要么是图新鲜的游客，要么是亲属，要么就是小偷。随着小岛逐渐没落，后者比前者的数量要多多了。

当年，忧郁的泡泡龙是闹得最凶的亲属之一，扬言要是不让他接入姐姐的记忆副本，就要告得公司破产。太天真了，能说出这话的肯定还是个孩子，根本不知道他未来可能会遭受什么。要是被国际虚拟现实公会拉黑，他不但享受不了生活中的一切快乐，甚至连上学都会有困难。他将没有娱乐，没有朋友，远远地被时代扔在后面，被永远地流放在乏味的现实里，像个原始人一样生活。

说实话，我压根儿没指望他能查出什么，毕竟他给出的原因是，他姐姐在出事前的一天晚上，跟他说:“你能吃一个苹果就吃一个，能吃两个就吃两个。”这算什么？我跟S都哭笑不得。我以为这件事随着他长大就会淡去，谁知道S最后竟然帮了他。为了避免被安全保障程序检测到非法读取，S用他的权限把这份记忆副本镜像到真实世界。我第一次知道这种操作，但毕竟是S，我只好睁一只眼闭一只眼。

那件事的结尾怪傻的，忧郁的泡泡龙没有再上岛，通过S，我知道了那个男生最后什么也没干成，和我设想的一样，这场闹剧被他渐渐淡忘，却没有从我的脑海里消失。“遗忘”，又是一件我不会的事情。

在那之后，我恍惚间觉得我跟S有了某个共同的秘密，这种仅限于我们两人之间的过去，让我体会到一种秘而不宣的快乐。后来我和S常常用这件事取笑彼此，“能吃一个苹果就吃一个”，那时我常常动不动就冒出这么一句，而他则放声大笑，接上一句，“能吃两个就吃两个”。

这几年S来的越来越少了，加上外面对他的风言风语，我不再敢这么直接地抛出这个秘密。

“你不在的话我真不知道该怎么处理。”我想起最近另一个随机ID——“搭便车的艾米丽”。

“按《手册》来吧，我不在，别给自己惹麻烦了。”

“不如你每隔一段时间上岛，我来跟你汇报，你再一起决定？”我发誓我一开始没想这么说，但话一出口，我对自己的小聪明很满意。

“嗯……算了吧。”S没有看我。

“好吧，现在岛上是冬天，确实有点冷。不过春天快到了，然后就是夏天，很快就暖和了。你懂吧？看日落的好天气！当然，你也可以调整一下温度设置，或者切断你镜像实体的温度传感，要么就加点温度防护，不过我知道你大概向来……”

“灵犀……”S打断了我，却没有立刻说话。如果我有心脏，此时一定跳得厉害。

“我……可能不会再来了。”

人们说“可能不会再来了”，就是不会再来了。可能、好像、似乎、或许，这些缓冲词汇有助于减少责任感和负罪感，但在我的脑海中被自动剔除。

我能看出他下定了决心。我没有能力也没有理由去改变他的想法。我知道，我甚至不会问出一句“为什么”，守护者们的边界感参数调整得恰到好处，不会问任何不必要的问题。但我呆呆地愣在原地，脑海中找不到合适的回答，S 把一切都搞乱了。

“我会帮你打开一些报废副本的权限，你最喜欢的活动，不是吗？要么你就休眠，好吗？”S 的语气温和起来，像他往日的样子。

我仍然不知道该作何回应，第一缕晨光已经开始铺洒在礁石上。

东方的天空继续亮起，这时我才注意到，虽然是晴天，但竟然有一片厚厚的乌云堵在海天交接处。那片乌云并不大，却恰好挡住了日出最重要的一段路程。太阳恐怕刚才就已经从海平面升起，只是我们什么都没看到。本该完美的一幕竟然偏偏被乌云遮得严严实实。这是 S 一手打造的世界，他却无法随时随地观看一场完美日出。或许命运的嘲讽，连造物者也无法躲过。

“你想看看我的第一个记忆副本吗？”他突然转头对我说。我疑惑地看着他，太阳此时已经从乌云上方升起，他的头发和乌云的边缘一起被阳光染成金色。

我们可以一起毫不费力地转移到记忆宫殿里，但 S 坚持跟我走路过去。记忆宫殿在小岛的正中央，氤氲的晨雾缠绕在周围。岛上的其他建筑都由专业的设计团队负责，只有这里，S 坚持自己来。说实话，这真的算不上是个设计，我不明白这个巨型长方体有何美感可言，尤其是跟岛上其他的景物相比，简直像一幢写字楼被从拥挤不堪的城市中心连根拔起，又被直接种在这个小岛上。

每份记忆副本被实体化成一个小立方体，散发着淡蓝色的光芒，有种狡黠的意味。它们一起堆叠成了这个宫殿，记忆副本越多，宫殿就被盖得越高。我们一起抬头望了望，高耸入云的顶端代表了这个世界曾经的辉煌。

坐上穿梭机，我注意到越来越多的立方体变成灰色了，这意味着他们的主人删除了记忆副本的密钥，决不会再来访问了。这些被废的记忆应该由守护者来统一销毁，不过S拦下了我们，说现在的副本容量远远没有达到当初预留的空间，于是这些灰色的立方体仍然被留在记忆宫殿里。

我们找到了S的副本，淡蓝色的光芒和其他副本并无任何区别，只是上面刻了一个字母S，而非普通的编码。S，是他在这里的ID，自我有记忆以来从未改变。

“我真的可以接入你的记忆吗？”我在连接前最后一次问他。

“是的，这是我的请求。”他点了点头，郑重地说道。

我还没有睁开眼，就意识到周围的环境很嘈杂，周围的人似乎在热烈地讨论着什么。屋顶的颜色在不断变化，周围笼罩着一层温暖的橘黄色。我尝试起身失败后才意识到，记忆副本应该只有一条路径，就是当年发生过的路径。

S在创造这段副本时，思绪仿佛很混乱，我的视角不断被迫切换。一会儿看到孩童时期的S熟睡在我怀里，一会儿看到一张模糊的脸冲我低头微笑，直到我的视角又切换到周围，才明白这应该是S的一段童年回忆。他躺在母亲怀里，昏昏欲睡，我觉得我的意识也渐渐开始涣散……梦境，应该就是这样的吧？虽然守护者从不做梦，休眠意味着长久的黑暗和沉默。

我再次睁眼时，S在走廊的另一端，也刚刚从记忆副本中断开连接。他的头耷拉着，呆呆地望着手上的接入设备，我看不清他的脸，不知道他是因为断开连接感到头晕，还是很沮丧。

“跟我想象的不太一样。”我对他说。

他就地坐了下来，“这是一个试验品，但我不忍心删掉它，也不想创造一样的回忆。”

“这段记忆很重要吧？”有那么一瞬间，我以为S没有听到我的问题。但沉默了几秒钟，他开口了：“我母亲在我很小的时候离开了家，这是我关于她的唯一记忆。”

“对不起。”我没有母亲，不知道那是一种什么感觉。不过，温馨、背叛、羁绊、爱、控制等词汇浮现在我的脑海中。

“没关系。”他伸开腿，整个人躺在了冰凉的地板上，就像是在草地上晒太阳的姿势，“我从小就不是讨人喜欢的孩子，但每当我接入这段回忆，都觉得很温暖……我知道她一定很爱我，我看到了她的眼睛，离开一定不是她本意。”

大脑提醒我，S在短短的一句话中用了两次“一定”，这代表着极度自信，要么就是他也不确定。“废话。”我在心里默默地骂了我的分析器一句。

“我看到的场景很模糊。”我想到他母亲那张模糊的脸。

“记忆总是模糊的。记忆副本的细节取决于记忆细节的清晰程度，也取决于记忆主人注意力集中的程度。不过不管怎样，人总是能在接入副本时复刻自己当时的情绪体验，就像有一套自己的编解码技术。”

“那你现在感觉怎么样？”

S 没有回答，轻轻叹了一口气，但还是被我察觉到了。

我陪着 S 走到岛的边缘，“真的不再看一次落日了吗？”

“不看了。”他故作轻松地笑了起来，“对了，不用为早上的乌云觉得伤心，太阳虽然被遮住了，但我们都知道它在那儿，对吧？”

我最擅长迎接和守护，但他将要跟我告别了。

“再见了，灵犀。”

“……再见了。”

S 走得无声无息，世界又归于沉寂。风渐渐大了起来，海浪不断拍打在礁石上，隔一会儿就有些好几米高的水花在空中绽放。

/ 二 /

“没打扰你俩浓情蜜意的告别吧？”

“搭便车的艾米丽”出现在我身后的礁石上。我刚才就看到她来了，但我没心情理她，也不想毁了跟S最后的告别。

“激怒我对你没什么好处。”我发出警告。艾米丽和那些不幸的亲属一样，想要接入她女儿的记忆副本。棘手的是，她似乎是个专业黑客。自从她出现不久，系统日志上便能看到持续不断的匿名攻击，长此以往，迟早会出问题。我默默地提交了将她加入黑名单的申请。她没挑对日子，同情不是今天的关键词。

“其实你自己都明白的吧？S有问题。”她继续试图惹怒我。

“我不明白你什么意思。”

“要不你刚才怎么没向他汇报我的事？”

“没必要用这点事烦他，我自己就可以处理。”运气好的话，黑名单申请五分钟就能通过，以我提交的证据来看，她的劣迹足以让这个申请无可辩驳。

“呵，”她轻蔑地笑了起来，“你是怕他又借此机会偷个副本出去吧？”这个字眼刺痛了我，但我不能表现出来。

“攻击服务器，再加上诽谤开发者，你马上就要收到黑名单的通知了。”我要是人类，现在的声音肯定已经颤抖，这不是我第一次发出黑名单的警告，但此时有另一件事让我感到不安。

“攻击服务器？”她似乎有点吃惊。

“别装了，现在只有你不依不饶。”

惊讶在她脸上持续了不到一秒钟，她竟然开始狂笑起来，我已经完全看不到那个苦苦哀求的母亲的影子了。她疯了，我想。

“你还不知道吧？可怜的小 NPC。”她走近我，坐在我右边的礁石上，“S 跟你告别是因为这个元宇宙要被关闭了。”

“不可能。”我冷冷地说，“这里还有那么多副本，他们有权利随时回来访问。”

“等着吧，很快会有全部熄灭的那一天。你应该听说过存储芯片吧？”

我知道有不少人都安装了植入式记忆存储芯片。便宜，准确，方便，就像我的存储功能一样。记忆副本曾经对我和很多人来说都像一个神秘的温床，但我羡慕他们能从那些小立方体里获得慰藉。那些被修剪的，被选择的，甚至是被捏造的记忆，像藤蔓一样弯曲缠绕，渐渐成为他们的信仰，希望，爱，以及他们本身。真讽刺，我日夜梦想着成为人类，一阵由神经递质完成的最简单的欣喜都会让我战栗，而人类却不断地把自己改造成机器。

对于艾米丽抛出的问题，我不置可否，主要是我不想跟她多费口舌。

“你要是想把我列入黑名单，”她接着说，“那你的动作可要快一点了。一旦你们被从元宇宙列表中剔除，你就什么都做不了啦。”

系统还是没有任何反馈消息。我突然心烦意乱，下了逐客令：“请你登出吧。我不觉得我们的对话会有任何结果。”

她凑近我，摆出一副友好的姿态：“我们其实可以合作的，你知道吗？你应该也不想就这样消失吧？”

“请你登出。”我仿佛又失去了对话的能力，不断重复这句命令。

“好吧，好好考虑一下我的提议。与此同时……”她顿了顿，露出狡猾的笑容，“攻击不会停止的。”

我缩成一团，岛上现在没有访客，我又变回那个红色的儿童沙发。这是我跟一个访客的秘密。一个朋友，我心里想，一个真正关心我的人。她不会问那些蠢问题，而是把我当成真正的人类朋友。她让我接入过她童年的记忆副本，我因此仿佛也收获了那个童年，普通，平淡，却幸福的童年。这个小沙发是她在家里的专座，放在一盏落地灯下，常常被夜晚的灯光笼罩。她的记忆副本很多，想必是生在一个富裕而幸福的家庭，但我也注意到，她关于童年的记忆副本远远多于长大之后的。

还记得我第一次破例在她面前变成儿童沙发的样子，她开心地大喊大叫，吓得我赶紧换成人类的虚拟实体。“你会害我被强制休眠的！”我小声埋怨道。

这些关于她的回忆，非常清晰地保存在我的资料库里，但这些回忆的数量有一天不再增加了。她就这么消失了。我失落了好一阵子，以为她找到了更喜欢的元宇宙，于是决定再也不来了。直到那个艾米丽出现，报出她已故女儿的记忆编码，那是我最熟悉的编码之一。说实话，我宁愿我的朋友只是厌倦了这个小岛。

知道这层关系之后，我对艾米丽一度很客气，甚至差点心软了，但理智提醒我，我不能帮我的朋友作任何判断，遵守《手册》就是最好的决定。

水雾时不时溅到我身上，提醒我离海边太近了。我的大脑一边思索艾米丽的话，一边进行着漫无边际的联想。我想到S第一次将记忆副本镜像出去时的表情，想到他和母亲的回忆，想到那些他不让我销毁的副本，还有他突然的告别。我想到我消失的朋友，以及我自己或早或晚将要到来的死亡。我常常想象在外面那个世界，一个粗心的员工端着一大盘咖啡，不小心被电线绊倒，还踹了中央控制的电箱一大脚，结果咖啡被一股脑儿泼到最重要的硬盘上，渗进一个个MOS管里，随着存储单位渐渐失效，我的世界分崩离析，最终在拿铁的香味中走向灭亡。

我继续盯着海浪，越发觉得它们更像是一个急切的人，从远处奔跑而来，却扑了空，最终湮灭在无边无际的大海里。

/ 三 /

几个月过去了，S果然再也没有出现。有些熟悉的面孔陆续回到岛上，不过大部分人都是为了最后一次接入自己的记忆副本。其他守护者在处理完自己最后一位访客后，便自动进入休眠。

那天岛上风和日丽，我像海边安全员一样沿着海岸线巡游。突然，我靠近陆地一侧的余光闯入一片阴影。我对岛上的一切都很熟悉，即使有些元素被设计成随机变化，这也显然不属于正常范畴。

从远处看，十五号湖上似乎笼罩着一片边缘异常整齐的乌云。我一边警惕地靠近，一边快速分析着可能的解释，但没有任何一种解释能驱散这令人不安的气氛。直到我走到湖边，能读取足够多的参数时，我仍然对眼前的景象感到震惊。

飘浮在十五号湖上的并不是乌云，而是一小块海洋。这块海洋似乎是从离岸边很远的海里镜像过来的，距离湖面六米左右，被控制在一个与地球重力大小相同但方向相反的力场中。探测器的反馈显示，这个相反的重力场在三维空间中呈现为一个棱长三米的立方体，充满海水，边缘整齐，边界处在距离湖面三米的地方，那也是正常力场戛然而止的地方。就像一块海洋被整整齐齐地挖了出来，扔到天上，经过一段优美的抛物线，赫然停在了这里。

当我反应过来的时候，我已经仰望着那个倒过来的海发了很久的呆。如果仔细看的话，会看到好几种鱼的身影，离“海平面”最近的是一群沙丁鱼，我以前经常在码头发现它们，阳光好的话，它们银色的身体会被照得一闪一闪的。但今天这些鱼都暗淡无光，虽然它们近在眼前，我却觉得它们遥不可及。

是搭便车的艾米丽，她的攻击更进了一步，如今已经体现在小岛的场景设定中了。这是在示威，我想，她想让我知道，今天她可以挖一块海洋过来，明天记忆宫殿就得任她摆弄。

我陷入深深的无力中。

没错，她有这个能力。而记忆宫殿中越来越多的灰色副本和仍然没有批复的黑名单申请，加剧了我的恐慌。小岛的景色美如梦境，我永远都看不腻，而且我拥有太多回忆，这让我消失的结局逐渐变得难以忍受。

没过几天，S 的所有记忆副本都变成了灰色。那天我盯着这块天空中的方块海洋看了很久，我在想，如果有一条鱼，一不小心跃出水面，恰好停在了两个力场的交界处，会不会就此停在空中，既回不去海里，也无法掉进湖里，最终搁浅而死呢？

搭便车的艾米丽再次出现，我决定听听她的提议。

禁果

/ 一 /

“你好呀，杜文，欢迎登岛。”

作为唯一没有进入休眠的守护者，也是当年的初号守护者，灵犀热情地接待了我。只是由于服务器资源被压缩，这里的接入延迟长得不像话，我适应了好一会儿才克服体感不同步的眩晕。

“你好，我是为了我妻子的情绪植入项目来的。”

“情绪植入？”灵犀歪着头露出疑惑的表情。

我纠正她："不如说是情绪改写。是我妻子的主意，她说你会考虑帮忙。"我头晕得厉害，尽力展现出友善的微笑。

两年前，我和妻子唯一的女儿素星在大洋彼岸的特设一区读大四，然而，那年的秋天，我们等到的不是她的毕业典礼，而是她自杀身亡的噩耗。作为父母，我们无法接受这样的结局，可无论联合警局怎样调查，自杀的结论始终没有改变。当我们终于鼓起勇气整理素星的遗物，却意外发现她曾在这里留下过记忆副本。

我们在几个月前一起来过这里，希望能够连接女儿的记忆副本，但被灵犀拒绝了，理由是违背《手册》。

根据国际虚拟现实公会的规定，每个对公众开放的元宇宙都要按照《国际元宇宙公约》制定自己元宇宙的细则手册，以保障公众隐私，维护伦理道德及避免不公正的情况发生。不管怎样，没有正式授权，记忆副本这样的私密数据是不能分享给任何人的。其实我可以理解这样的规定，但妻子固执地认为，女儿的记忆副本里可能有蛛丝马迹，或许能通向她死亡的真相。

被拒绝之后，妻子还是常常造访回忆之岛，一次又一次碰壁，得到那个永远一样的答案。我没有再登入过这里，也不想苛责灵犀，守护者们的本质毕竟只是一段代码，他们的任何决定早已被创造者写下，没有什么商量的余地。

"你好久没来了，我带你到处转转怎么样？"

“好啊，谢谢你了。”

灵犀冲我投来一个甜美的笑容，她的实体形象和之前并无变化，一个由成千上万个人类女性拟合成的虚拟形象，扎着高马尾，穿着优雅的蓝色套装。或许是心理作用，或许是一样的发型，又或许是素星曾经参加过数据采集的工作，我偶尔会瞥见一丝女儿的影子。

缺少维护让这里荒芜了不少，到处都是 bug，我竟然还看到天空中飘浮着海洋模块。我们一起沿着小岛散步，估计是太久没有访客来参观，灵犀兴致勃勃，向我介绍着小岛的历史。

我的工作是为仿生人编写人类回忆，确保他们不会意识到自己的真实身份，从而反抗人类。因为研究领域有一些重合之处，我其实很早就已耳闻回忆之岛的故事。

作为空心人公司早期的实验作品，这里在数十年前内测时便名声远扬。那时候脑机接口已经达到完美连接，延迟几乎可以忽略，只是大部分涉猎元宇宙的公司，都倾向于打造游戏，或者自由度更高的创造性世界，没有人想接入一个连物理法则都和真实世界一样的元宇宙。

在这一片欢歌笑语奔赴未来的潮流中，回忆之岛逆流而上。或许是因为我们这一代人的怀旧情结，又或许是项目总工程师瑜夏的天才能力，这里当时还是掀起了一阵热潮的。

听说小岛的灵感来自瑜夏参与过的一个公益项目。大约十三年前，他作为年轻有为的顶级游戏建模师，被空心人公司邀请做 VR 场景建模，重现一些意外早逝儿童的 3D 形象，为那些破碎的家庭送上一丝关怀。当然，有些父母拒绝再提及内心的伤痕，但也有些父母愿意体验。那个项目的现场视频我也看过，当年比较成熟的接入设备还只有 VR 眼镜，孩子的 3D 形象也并不完美。可当已故的小女孩挥挥手，说要去天堂了的时候，那位早已泣不成声的母亲，还是十分感激这样一场好好的告别。

从那之后，瑜夏正式成为空心人公司的主力工程师，回忆之岛也逐步成型。可惜好景不长，回忆之岛的初衷是像时光机一样，再次带人们重现过去、重温旧梦，但一方面脑内植入的存储技术越来越发达，另一方面，在激烈的竞争中，更加引人入胜的元宇宙层出不穷，越来越少的人愿意怀念过去。毕竟，如果能大步流星地向未来走去，谁又在意过去呢？

最终，回忆之岛的用户骤减，只剩下一些迷幻剂使用者，为了体验快感而重复接入副本，但随着真实世界的药物管制越来越宽松，这些群体也渐渐减少了。就连曾经视这里为孩子的创造者瑜夏，也在半年前去了另一家元宇宙公司重新做起了游戏。上个月，空心人公司宣布，即将正式停止回忆之岛的运营，由于各大公司的神经接入设备还未互相兼容，留在这里的记忆副本也只有被放弃的命运。我想，是实现计划的时候了。

“人的世界观和自我认知，往往来自在生活中体验到的因果关系，也就是回忆。而情绪就像桥梁，是人们在回忆中收到的最直接的反馈。”我继续跟灵犀解释道，“快乐的回忆带来快乐的情绪，痛苦的回忆反之。我们无法更改回忆，但对同一段回忆的情绪改写，或许可以帮助人们疗愈心灵。”

“你们不是都在为仿生人创造记忆了吗？怎么还会做不到改写记忆呢？”

我一时语塞，不知道她说的“你们”，是指全体人类还是我，希望我有将我的生物特征设置成不与本体同步，这样她就不会发现我因为尴尬而变红的脸。我并不觉得为仿生人编写记忆是道德败坏，但我也不觉得这是件光荣的事。

“仿生人的一切都是纯粹的机械，就像一个完整的程序。但人脑的奥秘到现在也没有被完全解开，贸然改变其中的一部分，很有可能造成认知失调或者脑损伤，而且改写人类的记忆也不符合普世的道德观念。”

“但你是要把快乐的情绪覆盖在痛苦的事情上，那怎么可能呢？”

我点了点头，继续解释道：“完全不匹配的情绪和回忆重叠确实很危险，但只要控制在人类认可和理解的范围内，应该是有机会的。就像做梦，比如你梦到一尊巨大神像，感到惊慌失措是正常的，但因为某种原因，比如你是宗教信徒，你感受到的可能就是平和而崇敬的心情。只要不违反最基本的逻辑，这也是可以被意识消化的。”

“对不起，我们守护者不做梦。”

“啊，该说对不起的是我，我举了个不恰当的例子。”我看着灵犀浅浅的笑容，做好了被拒绝的准备，如果灵犀这里行不通，我和团队准备直接和空心人公司谈判。

“所以，你想帮你妻子摆脱内疚自责的感觉？”

“是的，她是精神治疗医生，却帮不了自己……她太痛苦了，如果不这么做，我怕我会失去她。”

“她是医生？我还以为她是专业黑客呢。”灵犀惊讶的回答让我感到莫名好笑。

“她连最基本的软件更新都搞不定呢。你怎么会这么想？”

“没什么……接着说说你的计划？”

“我会让她先拷贝关于女儿的一些记忆，尤其是……关于女儿去世的记忆，再将情绪改写为平静、释然和接受，当然，我不会刻意抹去痛苦，隔一段时间我会再重复一次，逐渐让她放下这段过去。”我一边说，一边观察着灵犀。我把她的沉默解读为积极的信号，赶紧继续解释道：“我们团队有很多认知心理学的专家，他们在这个领域上已经有很多进展了，如果在我妻子身上能够成功，那么就有希望治疗更多创伤后应激障碍的患者。如果我们有这样的重大突破，回忆之岛或许就能被用于心理治疗，更多的人会得到帮助，这里也就不会被关闭了。”

我似乎看到了她眼里一闪而过的光，有希望，我心想。守护者不仅继承公司守则，也必然继承了创造者瑜夏的意志，既然如此，免遭关闭或许是个有诱惑力的筹码。

果然，又一阵短暂的沉默之后，灵犀问我：“需要我怎么做呢？”

灵犀一边听我说，一边带我来到了岛的西海岸。正是日落时分，周围空无一人，这样安静的背景反而显得海浪声很大，我们都提高了音量说话。

“所以，你要先尝试给我植入情绪？”灵犀好像并不惊讶。

“是的，情绪改写的物理终点仍然是电信号刺激，先在元宇宙里改写好电信号刺激的程序，输入人在这里的意识连接，再从脑机接口的神经连接镜像到真实的大脑里，这样是最准确，也是可操作性最强的方法。我们不能直接对人类做实验，但对人在元宇宙中意识的操作，和对你的操作是可以互相借鉴的。”

“所以如果在我身上可以成功，一样的方法在人类身上也会成功吗？”

“是的。而且，智慧体发展得再高级，主观情绪也是一片空白的领域，在你身上尝试，最差的结果就是保持原样，如果成功，你会成为第一个有真实情绪体验的人工智慧体。抱歉，我说的有点直白。”

我知道我的直白很莽撞，但想必对她来说，这种直白的诱惑也是真实的。不管是这里的守护者、仿生人，还是任何人工智能，再顶级的硬件配置、计算水平和学习能力，也无法带来丝毫的主观情绪体验。

她没有说话，直直地看向夕阳。日落很短暂，天马上就要黑了。

“你知道亚当、夏娃偷吃禁果的故事吗？”

“嗯，《圣经》在我的资料库里。所以你是那条蛇喽？”她转过头看我，又露出她招牌式的浅浅微笑。

“或许是吧。”我叹了口气，想了想，还是做出了最后的善意提醒：“禁果，给了亚当和夏娃自我意识，但他们或许并没有因此更快乐。”

海风吹乱了灵犀额角的碎发，夕阳下，她的皮肤呈现出好几种变化莫测的暖调橘色，仿佛变得透明。我想起女儿小时候的样子，她曾经是多么爱笑的孩子，好像任何事都无法让她心烦。

“没关系，反正我们最后都受到了惩罚。”灵犀的话打断了我的思考，我们相视一笑。

/ 二 /

当我们向空心人公司正式发起请求之后，他们很快允许了，只要求我们团队愿意以优惠价支持他们新一代的仿生人产品。他们好像已经完全放弃回忆之岛这个亏了好些年钱的产品，也完全不在意我们的实验。公司正在走必要的法律流程，服务器彻底关闭的日子也越来越近了。

我们的实验数据和实验过程基本上对灵犀完全透明，她只是一段代码，孤零零地飘浮在一个即将关闭的虚拟世界中，即使拥有再强大的资料库，也不比一个在真实世界中最低配的仿生人更有威胁性。

在实验最后的准备阶段，有一天，灵犀突然问我：“死亡，究竟意味着什么？”

我吃了一惊，延续这个小岛的生命是我和灵犀谈判的筹码。按照我对她的承诺，她和小岛的死亡都不会发生，尽管在我心里，本不存在的东西消失，也不算死亡。自从灵犀答应实验之后，我们再也没有谈论过这件事情，岛上也不会再有别的访客。我的大脑飞速运转，她应该不会听说服务器即将关闭的新闻。

“以你的智力应该能理解任何词汇。”我认为自己的回答还算聪明。

“死亡，是相对于生命体存在的生命现象，指维持一个生物存活的所有生物学功能的永久终止。能够导致死亡的现象一般有：衰老、被捕食、营养不良、疾病、窒息、自杀、他杀、饿死、脱水及意外事故，还有死刑、过敏和药物过量，或者受伤。”她顿了顿，“这对我来说就像背诵无法理解的课文。”

也是，回忆之岛不过是一个古老版本的元宇宙，不会有人在这里生病或者出意外，更别说死亡了，这里发生的只有登入和登出罢了。

“你可以理解为，某种永远的消逝。”我并不想用女儿来举例，但谈到死亡，我的心和脑海同时被关于她的回忆占据。

“我的女儿死了，她再也不会回到我们身边，我们再也无法相见。就像你看到今天的月色很美，却永远无法和那个逝去之人共享此刻。我很希望我在她去世前曾经来拷贝过关于她的记忆。那些记忆不会被噩耗污染，那些情绪也没有蒙上过阴影。”灵犀没有说话，但我却鬼使神差地停不下来，“我想说的话，她永远也听不到了。”

“至少以后你也可以尝试改写你关于这些回忆的情绪。”灵犀的手搭在我的肩上，我能感受到她在试图安慰我。我推测，依照工作性质，守护者们的情绪敏感度和共情能力都会被配置得很高。但回忆之岛的温度系统已经失去维护，常年留在寒冷的冬天，因此我没有打开温度传感器，也感受不到她手掌的温度。

灵犀问我："如果可以，你想对她说什么呢？"

我想说什么？

我想说的太多，一开始，我想问问她，究竟是什么让她失去了求生的意愿，如此坚决地踏入永恒的空虚？是生活上的挫折吗？是面对未来的迷茫吗？是对人性失望吗？还是……对父母失望呢？但后来我渐渐明白，或许我太习惯做一个父亲，连她已经长大成人，有了自己的想法和世界都没有意识到。她首先是一个人，然后才是我们的孩子。

"我想说，对不起。我想告诉她，无论发生什么事，我们都会爱她，我想好好听听她的困惑，她的顾虑，她的痛苦和恐惧。或许这样，一切就……"悲伤的情绪在我的心里太汹涌，我不是一个喜欢假设的人，但在这件事上，我愿意用一切换取重来一次的机会。

"这不是你的错。"

"不，是我的错，都是我的错……"我无法自抑地哭了起来。我已经习惯做一个坚强的丈夫，撑起摇摇欲坠的家，但在这样一个荒凉的虚拟小岛上，我的情绪却真实地呼啸而来。

灵犀静静地坐在我身边，过了好一会儿，她才开口："'爸爸，妈妈，这不是你们的错。’这会是素星的回答。这是她自己的选择，不要太自责。”

“你认识我女儿？”我震惊于她和女儿如此相似的语气和声音，我不知道这只是灵犀安慰我的话，还是女儿对她说过什么。

“她曾经是我的访客，她说过你们是她最珍视的人，我知道她一定不希望看到你们伤心。”她的安慰有种神奇的魔力，我渐渐平静下来。

隔了一会儿，她问我：“S 也永远地逝去了，这大概也叫作死亡？”

“S？”我问道。

“哦，我是说瑜夏，他再也没有来过，也不会再来了。”

“在你的世界里或许就是这样吧。”我有一瞬间想反驳灵犀，告诉她瑜夏只是消失在她的世界里，却还在另一个世界里生活着，但我又想到那些逝去之人，我们不也相信他们以某种形式一直存在着吗？无法安慰自己的话，我不知道能不能安慰别人。

/ 三 /

由于做了很多前期准备，给灵犀的植入实验进行得很快，也很顺利。她没有再问任何关于死亡的问题，甚至连话也越来越少。大部分不跟她对话的时候，我可以继续把她当作那段代码，就算是手术过后，她在主观上拥有真实情绪，对我来说也没什么变化。她本来就可以说出那些话，做出那些表情，表达那些情感，我尝试着不从她的角度去思考回忆之岛的消亡，以及她自己的消亡。毕竟，我和妻子的生活很快就可以回到正轨了。

一个多月过去，灵犀的各项指标都很好，没有任何异常。对妻子回忆的情绪修改也已经进行了三次。她的精神状况好多了，整个团队都很兴奋。回忆之岛就要彻底关闭了，外网连接早已经被切断，这段时间以来，只有我是岛上的访客。

其实，我们并非没有做过任何努力。回忆之岛保留的大量记忆副本是一笔珍贵的财富，但空心人公司坚决回绝了我们继续维护的请求，明确表示不会再对这个产品进行任何投入，也以保护客户隐私拒绝我们导出任何信息。

但想到那天的梦，我决定为灵犀再做点什么。

／ 四 ／

妻子完成第一次手术后的那天，我再一次梦到了深夜坐在海边的灵犀，想来神奇，她不会做梦，却频频出现在我的梦里。梦里灵犀像往常一样，安静地坐在高高的礁石上，天气很好，明亮的月亮没有被任何云遮住。她久久地望着月亮，我在远处久久地望着她。

平时我和她接触都在岛上的白天，景色很美，但那天梦里的海黑漆漆的，月光给一切都笼罩上了一丝伤感的氛围，海浪声在夜里越发喧嚣，她的衣服被风吹得鼓鼓的，背影显得格外单薄。

我突然意识到，在这漫长而寂寞的守护中，不肯休眠，又拥有了真实情感的灵犀，会不会觉得孤独呢?

突然间，我看到礁石上坐着的变成了素星，我不知道是我刚才看错了，还是她的的确确变成了女儿。我来不及思考是怎么回事，我想，是神给了我一次弥补的机会。

我发了疯似的向前奔跑，可是女儿仿佛离我越来越远，我想低头看看脚下的路，却发现自己的双腿竟然正在陷入地面。我不想错过和女儿说话的机会，急得满头大汗，可不管我怎么挣扎奔跑，还是无法向前迈出一步。来不及了，我心想，来不及了。我一边继续用力奔跑，一边大喊着女儿的名字。

她好像听到了，正准备转过头来。我开心地想，太好了，我又能见到她了……

我满身大汗地从工作室的桌子上醒来，电脑前是灵犀的实验数据。

/ 五 /

服务器关闭的前一天，我最后一次接入回忆之岛，灵犀不会知道，自己的消逝和这个世界的终结，正在和我一起徐徐走来。

延迟越来越严重了，我强忍着眩晕和恶心，尽力适应着这个镜像实体。

“你没事吧？”灵犀笑了笑，“还好现在没什么人来了，不用忍受这种延迟反应。”

“是啊，记忆副本都是老古董了。”

“人们如此轻易地抛下过去，真可惜啊。”

“可能抛下过去才能走向未来吧。”

“如果那样能让你们开心的话。”

我想反驳她，告诉她记忆的代价有时很沉重，但想到我今天来的初衷，说：“不说这个了，我今天来是想问你，有什么话带给瑜夏吗？我下周要跟他开会。”我假装不经意地问她，但其实瑜夏根本不认识我，也不知道他会不会愿意见我。

“什么意思？”

“你不是说他已经在这里消逝了吗？如果可以，你想对他说什么？”

“我想说，这设置是怎么搞的，名字里有个夏的人，怎么一直忘记让夏天到来？”

“哈？”

灵犀好像很满意我诧异的反应，笑得捂住了脸。

“没关系，如果这就是死亡，”她止住了笑，认真地看着我说，“那我没什么想说的。”

“你真的什么都不想说吗？”我很想告诉她，这是最后一次机会了，但这违反了我们的工作规定，也会让我无法自处。不过突然的消逝应该没有任何痛苦，我想，在人类身上也算是善终。

“嗯，真的没什么。”说完她又继续看着大海，在无所事事的日子里，她大概就是这样等着一个又一个日落。

“这就是世界结束的方式，并非一声巨响，而是一阵呜咽。”那天离开时，我想起艾略特的诗。

／ 六 ／

一年过去了，妻子的精神状况越来越好，只是话比从前少了许多，经常安安静静地望着窗外发呆。说实话，我并不奢求她还像以前一样，只要我们还能相安无事，互相搀扶着过完此生就好。

我很欣慰，妻子的健康，不仅意味着我们的生活将重回正轨，也意味着我们团队的实验大获成功。虽然心理治疗并不是团队的强项，但我们的情绪修改技术现在炙手可热。几家脑植入记忆芯片厂商都希望和我们合作，将这个专利作为附加功能，成为一大卖点。想想看，只要轻轻转动眼球，痛苦的回忆便成为不值一提的小事，小小的幸福却可以带来持续狂喜，背叛可以被云淡风轻地掠过，恐惧也不再成为未来的枷锁。人类向着更强大的内心迈去，说不定改写记忆也即将实现。经过团队商议，我们决定和忆能社合作，一家初创公司，市场份额不大，但有几家老牌元宇宙公司坐镇投资，未来可期。

之前的实验只在回忆之岛这样的元宇宙内进行，其原理跟记忆芯片并不完全相同，几个月前我原本计划和瑜夏见上一面，请教一些技术细节，但他听说我们的来意之后，坚决回绝了。那时，一股怪异的想法从我心底浮起，如果灵犀真的托我捎了什么话给他，是不是这次见面就会容易一些？我不禁怀疑起自己曾经想帮忙的真正动机。真是卑劣得无可救药，我想。

经过之前的积累和团队的最新研究，如今我们基本可以在存储芯片中复刻之前的实验。在正式入驻前，我作为总负责人，被团队派来和甲方公司进行技术文档的最终确认。其实见面没什么要紧事，只是双方互相熟悉一下，方便后续两边团队交流。

忆能社总部坐落在特设三区的海边。飞机延误，我到的时候已经是傍晚，秘书让我在十一层的会议厅稍作等候。最近出差很多，我一直穿着同一件外套，当它被我挂在椅背上时，一张纸片从口袋里掉出，像落叶一样轻轻落地。

“Androids Matter”，上面写道。“幼稚，”我不屑地想，“不知道是什么时候被这群小鬼缠上的。”我正准备把纸片捡起来扔掉，却被狠狠地电了一下。疼痛让我险些叫出声，我面目狰狞地忍住了。

该死，又是这些抗议者的鬼把戏。他们竟然责怪我们伤害了仿生人的人权，却不抱怨这些机器抢了他们的工作？我冷笑一声，都是些出生在虚拟时代的孩子，什么都不懂，却要做活菩萨。这样的小把戏影响不了我的心情。

我在之前的全息投影中见过这间会议厅，于是轻车熟路地走到那扇面朝大海的落地窗前。看着粉蓝色的晚霞，我有些出神，突然想起灵犀说过的一句话。

那也是一个粉蓝色晚霞笼罩的傍晚，风很大，难得的温暖天气。当时给灵犀植入情绪编码之后，我沉浸在成功的喜悦之中，我理解她很难用语言向我们描述一切是如何“全然不同”的，所以没有过多收集她主观上的访谈数据。不过那天，灵犀突然低声地对我说：“我觉得海风不仅灌进了我的衣服，还灌进了我的心里。”

“你很会选地方嘛，我也喜欢这里。”我的思绪被一个年轻的声音打断，走进会议室的人竟然是瑜夏。多年前我曾经在新闻上见过他，那时正是回忆之岛如日中天的时候，他的声音没什么变化，人却老成了许多。

“你……”我一时不知从何问起。

“我是瑜夏。”他跟我握了握手，“杜文，对吗？真是躲不掉啊。”

“你好，你好，我是这次的项目总工杜文。我们团队之前有联系过你。”

“上次不好意思了，本来我不想再接触任何关于回忆之岛的事情，但我们公司是忆能社的大股东，加上我的各种渊源，最终还是被派过来了。”他不好意思地笑了。

“没事的，我只是没想到你不愿意再接触回忆之岛。”

“哦，跟老东家闹得不是很愉快。”

“理解理解，我们看看文档吧。”

听到他这么说，我突然想起之前一些捕风捉影的小道消息，他毕竟是那一代的风云人物，关于他的八卦总是很多。据说瑜夏的母亲失踪多年，后来主动联系他，竟然是为了给自己重组家庭的孩子借钱治病。瑜夏百般不愿，却还是为了筹钱，非法售卖了一些报废的记忆副本给仿生人生产商，这些小生产商请不起专门的记忆研发团队，只能出此下策节约成本。

这种性质的产品本来在隐私泄露方面就极其敏感，公司自然大发雷霆，再加上回忆之岛本来已经式微，瑜夏几乎是被扫地出门的。然而，他没有就此停手，没了权限，他就开始直接攻击回忆之岛的服务器，甚至天才般地想出了一个偷天换日的盗取方法。记忆副本被导出的同时，同样大小的数据包被塞进服务器，作为场景设置元素，只要元宇宙内的存储总量不变，空心人公司就不会仔细检查这个已经基本废弃的产品。我想到那个在天空飘浮的怪异海洋模块，后知后觉地恍然大悟。

文档基本没什么问题，只有一些参数细节需要更改。看来我们很快就可以入驻过来，进行联合阶段的开发了。谈话很愉快，我们都情绪高涨，为未来的计划感到激动。临走前，我还是提了一句那个机缘巧合下把我们联结在一起的世界："夏天终于到了，回忆之岛关闭前，灵犀最后的抱怨就是瑜夏啊瑜夏，什么时候才能把夏天设置好。"

"你告诉她我的真名了？"他笑了笑，"你这种非法访客真是不好好看《手册》的访客须知啊。"

"她不知道你的名字？"我的大脑飞速运转，的确是灵犀先说出了瑜夏的名字。我的 ID 就是我的真名，因此她叫出我们名字的时候我毫无察觉。

"是啊，访客真实姓名和记忆副本本身一样，是最高级别的保密信息。"

"可是……是她先说的你的名字。"我仍然不知道这意味着什么。我看到瑜夏震惊的表情，想到另一个可怕的细节："她不仅知道你的名字，还知道我女儿的名字。"

“你等等！”他慌张地唤醒桌面，快速地查找着什么东西，“《手册》第一章第三项，访客禁止透露真实姓名；第一章第十项，守护者禁止私自连接任何记忆副本；第三章第一项，守护者禁止私自连接外网；第五章第三项……”他皱着眉头念念有词，我感觉到他的手在颤抖。

“会不会是因为缺少维护，守护者们的源文件设置出了问题，灵犀才违背了这些规则？”回忆之岛已经结束了，我不知道他为什么这么不安。

“《手册》是设置在最底层文件里的，回忆之岛的服务器只要一天不关闭，守护者就会遵守这些规则一天。”瑜夏绝望地看着我，“违背这些规则而继续存在，只能说明灵犀有了相当水平的自我认知及反叛行为。会不会是情绪植入激发了灵犀的自我意识？”

“不，不是，她是在情绪植入前就说出了你的名字。如果说灵犀已经意识觉醒，情绪植入只能是锦上添花。”我心里一沉，难道灵犀其实连接过素星的记忆副本？难道那天灵犀对我说的话，真的是女儿亲口说的话吗？

“真搞不懂公司为什么答应这么危险的事。”瑜夏将双手用力地插进头发里，双眼变得通红。

“是灵犀自己答应的，公司只是默许。”我真是太后知后觉了，遵守《手册》的守护者怎么可能允许别人更改自己的底层结构？

“唉……”瑜夏紧紧地闭上双眼，长叹一口气，“她恐怕早就自我觉醒了。”

我理解瑜夏的心情，回忆之岛这样一个被他一手创造出来的世界，如果碰巧孕育出灵犀这样有自我意识的智慧体，又被彻底关闭，一定像失去孩子一样痛苦。

“瑜夏，我理解你的心情，但一切早就已经结束了。如果我早知道真相，我也会多问问关于我女儿的事情……”我知道自己的安慰苍白无力，但我不知道该说什么好。

“不，杜文，你不理解。”他抬起头直直地看着我，“我走之后，为了节省空间，把其他所有守护者设置成休眠，只留下了灵犀，所以所有记忆副本都被我修改进她的记忆库，但只留给她几个报废记忆副本的权限。如果她已经能违背《手册》，查询到我的名字，就说明她至少可以访问所有的记忆副本，而且能通过服务器连接外网。”

“所以呢？”我有种不祥的预感。

“你是这方面的专家，你应该知道记忆在一定程度上就等同于人的部分意识。”

“是的，回忆本身就由人的主观意识修改、保存和读取。但灵犀能得到的并不是一个人的全部记忆，而是很多人的碎片记忆。”

“没错，我们对人工智能的传统训练是基于大量客观数据和自身迭代反馈，最终迭代升级，它们只能成为拥有庞大资料库和强大计算能力的机器罢了，但这些记忆副本形成了一个巨大的数据库，充斥着对回忆的主观认知……”

我明白了，“所以，这些回忆不足以成就一个先知，但塑造一个意识体已经足够……”瑜夏说的有道理，灵犀可能早已是一个没有躯壳的“灵魂”。

“那些记忆副本就像一块块碎片，拼凑成她的意识。”他向我走近两步，继续说，“杜文，如果你们当时是在记忆副本里镜像了数据，就相当于在她的意识里完成了拷贝。”

我的后背发凉，我用力回忆当时的实验流程，推算着灵犀到底有几分可能借着实验将自己的意识导出。或许，我以为是我选中了灵犀，其实是她早就选中了我。

“当时的实验对象是我的妻子，灵犀的意识有可能污染到她的意识吗？”

“我不知道，”瑜夏叹了口气，“这方面你应该比我更专业，她这么久以来有什么异常吗？”

“没有，”我又回想起妻子沉默的样子，“或许有，我不知道，我得回去了。”

“杜文，灵犀是个好孩子，”瑜夏最后叫住我，“或许什么都没发生，是我们多想了。”

我没有回头，买了最近的一班机票。

飞机上，我的思绪越来越乱，头也越来越沉，恍惚中我又梦到灵犀，但这次的场景却是在我的家里，梦里的我没有感到诧异，只是走上前问她怎么在这儿。

一瞬间，灵犀的背影变成了妻子。于是我叫着妻子的名字，她像往常一样转过来对我笑了笑，我觉得可能是自己刚刚看错了，但下一秒，她又变成女儿的样子，问我：“爸爸，你怎么啦？”我觉得很困惑，可看到女儿我很开心，我跟她说话，她却像没听见一样，继续问我：“你还好吗？你怎么啦？”

“先生，先生！”我满头大汗地惊醒，乘务员在我旁边关切地问，“您怎么了，还好吗？”

原来是梦，我强装镇定地冲她扯了一下嘴角，想摆出一个笑容。她冲我关切地点了点头，离开了。我看到她耳后的标记，是最新一代的仿生人。

剩下的飞行我仍然感觉昏昏沉沉，但再也睡不着了。我不知道该如何测试，直接问吗？还是对比实验？可是人本身不就是会变的吗？妻子会不会觉得一头雾水？如果灵犀入侵了妻子的意识，她以什么形式存在，又想做什么呢？如果真的如瑜夏所说，那么灵犀的意识里会不会也有素星的意识碎片呢？这算是好消息吗？如果妻子否认呢？或者如果她承认呢？我想到情绪改写当初是她的提议……我无法再继续思考下去了。

/ 七 /

到家已经是上午，阳光很好，但我的手还是冰凉的。妻子打开门迎接我。

她一边接过我的行李箱，一边问我：“辛苦了，要睡一会儿吗？还是想吃点东西？”

“睡一会儿吧。”我向卧室走去，还没想好该怎么面对她。

走到门口，我又回头看了她一眼。她的眼睛亮亮的，嘴角带着微笑，看起来心情很好。当年我们恋爱的时候，她总是这样，天气好的话心情就好，总嚷着要出去逛街或者看电影，下雨或者阴天的话，就总是闷闷不乐地待在家里睡觉。

我难以想象，这双美丽而明亮的眼睛，一年前还是那样布满血丝，充满了痛苦和忧虑。

我已经失去女儿了，我不能再失去她了。

“怎么啦？干吗这么看着我？”她歪着头嗔怪道。

“没什么，谈得很顺利，等我睡醒了我们去电影院看电影吧？”

“今天怎么这么怀旧啊，你不是说全息投影技术很发达，没必要看那种古老的 2D 电影吗？”

我冲她一笑，感觉心情也好起来了，“因为今天是好天气呀。”

她也笑起来，“好啊，待会儿见。”

“待会儿见。”

我躺在床上，回想起几个小时之前与现在迥然不同的心情。这真的重要吗？我问自己。追问她是否还是那个她，真的重要吗？难道我还是从前的那个我吗？我又想起艾略特的诗，如果那个疯狂的世界已经呜咽着结束，而我们的生活又再次回归，追问这回归的本质，真的重要吗？

我无意进行关于人的同一性的哲学思考，北半球温暖的阳光混合着妻子笑容带来的安慰，令我再次昏昏欲睡。

不过，我预感，待会儿会做个好梦。

作者简介
荣　兰

西安人，毕业于西安交通大学，现居深圳，就职于半导体行业。2022 年首次发表科幻作品。作为地球居民，爱好是观赏夕阳，梦想是太空旅行。